近代稀见旧版文献再造丛书

民国紅學要籍汇刊

（影印本）

王振良 编

第一卷

南開大學出版社

图书在版编目(CIP)数据

民国红学要籍汇刊 ：全 11 卷 / 王振良编. — 影印本. —天津：南开大学出版社，2017.4
(近代稀见旧版文献再造丛书)
ISBN 978-7-310-05342-1

Ⅰ. ①民… Ⅱ. ①王… Ⅲ. ①红学—研究—中国—民国 Ⅳ. ①I207.411

中国版本图书馆 CIP 数据核字(2017)第 031474 号

南开大学出版社出版发行
出版人：刘立松
地址：天津市南开区卫津路 94 号　　邮政编码：300071
营销部电话：(022)23508339　23500755
营销部传真：(022)23508542　　邮购部电话：(022)23502200
*
天津市蓟县宏图印务有限公司印刷
全国各地新华书店经销
*
2017 年 4 月第 1 版　　2017 年 4 月第 1 次印刷
210×148 毫米　32 开本　176.625 印张　44 插页　8688 千字
定价：1360.00 元

如遇图书印装质量问题，请与本社营销部联系调换，电话：(022)23507125

总　序

赵建忠

学友王振良兄，于乡邦文化建设身体力行，成绩斐然。南开大学研究生毕业后供职《今晚报》，采访、撰稿、编辑的业余时间里，仍耕耘于古代小说园地。振良热衷于收藏旧书，曾从其插架的三万余册藏书中遴选出72种稀见小说研究旧著，对各书作者、编者、序跋评点者及版本源流等进行了详尽的著录、考释后，写成专著《稗谈书影录》出版，在业内颇获好评。可以说，他兼具学者、记者、编辑的多重身份。近日，他又担负起自己辛苦搜求的18种民国红学研究旧书的影印、主编工作，这当然是件嘉惠学林的好事。在南开大学出版社即将付梓之际，振良要我为这套丛书的学术价值作一介绍。私情公谊，当然义不容辞。

就200多年的《红楼梦》研究而论，民国红学（1912—1949）上承晚清余绪，下启新中国开篇，堪称红学发展史上的一个特殊阶段。五四以降伴随着西学东渐，各种思潮纷至沓来，加之社会转型期新旧思想杂糅，使这个特殊历史阶段的学术呈现出自身特色，从而在学术史上具有独特的价值，学界艳称的『民国学术』黄金期，概缘于此。《红楼梦》研究作为『民国学术』的重要组成部分，必然也会折射出特定时代学术环境的底色，不可避免地打上其烙印。

对这18种民国红学旧书进行分梳归纳，从红学流派划分的角度，大致可归为三种类型：红学索隐、考证著述；红学题咏、评点著述；红学杂评、批评著述。

收入本丛中的红学索隐、考证著述共6种。蔡元培作为民国时期教育界、学术界先驱人物，其红学成果自然备受时人瞩目，出版于民国六年(1917)的《石头记索隐》不仅是红学史上标志性的作品，即置于『民国学术』经典之林，亦当之无愧。考虑到其书作为研红必备之书多次再版，已广泛流行，故在此无须赘述；然而受蔡氏基本研究思路的启发，索隐红学著作以后竟不断出现，如民国十六年(1927)由商务印书馆印行的《红楼梦本事辨证》，由于学术旨趣接近且系同乡，蔡元培还为这部著作写过序言。关于此书作者寿鹏飞，权威红学工具书《红楼梦大辞典》对其生平事迹介绍语焉不详，甚至连作者的生卒年都没弄清。其实寿鹏飞与蔡元培一样，红学著述也具有深挚、浓厚的民族主义思想，他在当时也算一个比较活跃的文化人，生于1873年，卒于1961年。差不多与寿鹏飞同时期的红学索隐著作，还有民国十四年(1925)天津大公报馆印行的阚铎著《红楼梦抉微》，基本观点是『红楼全从金瓶化出』，以致红学史家们对这部著作评价不高，认为它是『索隐派中的恶札』。不可否认，同红学索隐派的其他著作一样，《红楼梦抉微》也存在『穿凿附会』的通弊，但其求索的对象，又不是具体的历史人物或历史事件，而是将《红楼梦》视为一部虚构的小说，仅仅是在《金瓶梅》与《红楼梦》这两部小说之间寻找内在联系，这正是此书与其他红学索隐派著述的迥异之处，也是其独特价值所在。由于这个原因，有的红学研究者包括阚铎本人在内，并没有将《红楼梦抉微》与其他红学索隐派著述相提并论，这应该是我们重新估衡此书价值的基本出发点。阚铎之后影响较大的新索隐红学专著，当属民国二十三年(1934)由西京出版社出版的景梅九的《石头记真谛》(又名《红楼梦真谛》)，堪称红学索隐中的一部集大成之作。著述此书时的时代大背景，正是山河破碎、黍离麦秀的中国人民抗日战争全面爆发前夜，作者在自序中就表现出沉痛的民族情绪『不意迩来强寇侵凌祸迫，亡国种族隐痛突激心潮……颇觉原著者亡国悲恨难堪，而一腔红泪倾出双眸矣』。看得出来，《石头记真谛》只是将文本索隐当成手段，而终极目的则是为服务于民众救亡伟业。可以说，景梅九将蔡元培以来运用《红楼梦》宣传民族主义思想的做法推向了极致，同时也将红学与政治进一步挂钩，从而推动了新索隐派向红学社会历史学派理论的转型。因此之故就发生一个学术命题：以科学方法为指导的“新红学”考证派，为什么竟不能阻止红学索隐著作在整个民国时期的不绝如缕，其影响甚至还绵延至当代？（如近年央视《百家讲坛》热播著名作家刘心武的系列红学讲座，即属于这一派的复活）这就需要将红学索隐放到《红楼梦》研究史上给以客观、辩证的定位。应该指出的是，“索隐”方法的较早运用本在史学领域，如《史记索隐》等史学专著，探求本事、史料还原，取得了一定的学术成果。从文化渊源上考察，索隐派走的是“今文经学”的治学路数，“今文经学”对“五经”中的《尚书》《春秋》等史书的阐释有其合理性，然而运用到文学领域如对《诗经》的解读，就有以意逆志、牵强附会之嫌。索隐方法引申到红学领域后，出发点本想约束《红楼梦》评点、题咏、杂评家们释义的发散性，操作方式上也是指向作品情节的考证，与主流红学倡导的“回归文本”方向的努力比较接近，但由于受“今文经学”治学路数的影响，这一派很容易在解释作品时陷入误读和主观臆测的误区。其实不管《红楼梦》中存在多少历史信息，它一旦被天才的作家所整合，就形成了新的意义单位，与原来的所谓“本事”已无甚关联。

能与旧红学索隐派形成对垒的最重要的民国时期著述，除胡适之作外，自然非俞平伯《红楼梦辨》莫属了。这部著作属于新红学代表作，于民国十二年（1923）在亚东图书馆出版，写这本书的起因是俞平伯与顾颉刚通信讨论《红楼梦》。而新中国成立不久出版的《红楼梦研究》则是该书《红楼梦辨》的修订本。修订的原因是作者认为原书存在一些错误，即本来的错误和发现新材料而证明出来的错误。但尽管原著修订后更名再版时增加了些新篇目，原书《红楼梦辨》还是一本不可回避的著作。从“辨彰学术，考镜源流”角度讲，《红楼梦辨》初版肯定与二十世纪五十年代特殊时代环境下又增订再版的《红楼梦研究》思路不同，这种不同还不仅仅是删除了胡适的序言。通过对原著初版、增订再版前后变化的细致深入考察，可以见出作者红学观念移步换形的轨迹走向；与考证红学相关的民国年间著述，本丛书还特别收录了方豪的《红楼梦新考》。由于方豪与教会的缘分以及精通拉丁语、法语、英语等便利条件，其得以系统梳理了《红楼梦》中的『洋货』如呢布、钟表、工艺品、食品、药品、动物、美术品等。方豪根据清朝的官方档案、士人笔记以及外籍教士的记录等，分门别类地考索了其来源，并与曹雪芹原著中的相关描写对照印证。值得注意的是，该书还提供了当时外国传教士在康熙南巡时『见驾』的情形，并由此推论曹雪芹先人『俱有晤见西人之机会』，认为《红楼梦》中西洋物品之『来源虽非一途，但来自洋教士者必占多数』。这样的结论自有其合理性，对《红楼梦》中写到的『洋货』进行详尽考释，不仅可以帮助我们了解作品中人物、事件发生的时代背景，也有助于研究者对作品的写作年代进行大体判断，因此这样的考证就颇有学术价值。

收入本丛书的徐复初所编《红楼梦附集十二种》，系有关《红楼梦》题咏、评点著作的汇编。共收《石头记评花》《读红楼梦杂记》《红楼梦竹枝词》《红楼梦题词》《红楼梦赋》《红楼梦问答》《红楼梦存疑》《石头记论赞》《石头记总评》《石头记分评》《大观园图说》《红楼百美诗》等。这些作品分别以韵文、散文的形式对《红楼梦》进行『聚焦透视』『散点透视』，它们或赞咏《红楼梦》情事佳话，或总括其事，或逐回细品，于人情伦理间探求作者的宛转深意，可谓用心良苦。值得注意的是同期徐枕亚所撰《石头记题词》，内容虽也不外『大旨谈情』，但作为鸳鸯蝴蝶派小说的鼻祖，他在品红诗词中融入了自己的颇多身世之感，只要读者比照一下其骈文书信体小说《玉梨魂》，就能体味到《石头记题词》对宝黛爱情的那种切肤之痛。此外，署名醉红生所编的《红楼梦题咏》，也是有关《红楼梦》题咏、评论著述的汇编，其包括话石主人《红楼梦新语》、莲海居士《红楼梦觥史》、蒋如洵《红楼梦杂咏》、卢先骆《红楼梦竹枝词》、黄金台《红楼梦小阳秋》等。民国年间的红学题咏、评点著述当然不止徐复初、徐枕亚、醉红生这3种，可以说不可胜数，但迄今为止，红学史家们对琐碎的评点、题咏红学的研究仍很薄弱。推究这种状况形成的原因，可能是由于这种论红模式往往随感而发难成系统，自然难与其他红学流派的那种大气磅礴相比并。其实，对红学题咏、评点进行梳理和研究，于我们对那些作品体现的红学观念及《红楼梦》一书传播、影响的了解，是极有价值的工作。

红学史上还有一批很奇特的著述，它们主体上并非韵文形式，因此不可能划入红学题咏之列。而这些红学著述有的虽夹杂了寻找所谓红楼人物原型或提示作者家世、版本线索的相关内容，但与专门索隐、考证的红学著述又不能同日而语；这些著述与王国维《红楼梦评论》那样的批评派红学典范之作也有着本质上的差异；至于与评点派红学著作的区别，更是显而易见。这些著述名之曰『红学杂评』或更符合实际，『杂评派』是评点派红学向批评派红学过渡的一座桥梁，其演变过程呈现出的遗传与变异现象颇为复杂。本丛书中收录了5部红学杂评著述，其中吴克岐所撰《犬窝谭红》约成书于民国元年(1912)，该笔记价值在于提及著者见及钞本线索，共收《红楼梦正误》《红楼梦正误补》《红楼梦正误拾遗》3种。此外，吴克歧尚有未刊稿本《读红小识》，本次影印主要选收了其与《犬窝谭红》互有出入部分，即国家图书馆藏《红楼梦正误》一卷。还有他的《忏玉楼丛书提要》，是其评价清代红学著述的提纲挈领式笔记，有一定学术价值，也一并影印。这类笔记著述尚有姚燮的《红楼梦类索》，民国二十九年(1940)由上海珠林书店出版。《类索》分为人索、事索、余索三部分，统计全书人数的同时记叙贾氏家族及杂流人品，还记叙了器物、艺文并辑录了各项分类事物等，因此，当时就有评论家指出，作者对《红楼梦》本身的评论虽『无甚精义』，但年月岁时考证详细，并以『谱录家』称之，《红楼梦类索》的红学模式对后来的研究者也产生了一定影响(如周汝昌《红楼梦新证》『红楼纪历』部分的构思)。而同姚燮的《红楼梦类索》评红观点『无甚精义』正相反，洪秋蕃所著、海上漱石生鉴定的《红楼梦考证》(原名《红楼梦抉隐》)却是新意迭出，作者认为：《红楼梦》一书『结构奇，穿插妙，描摹肖，铺序工，见事真，言情挚，命名切，用笔周，妙处殆不可枚举』。应该说，这种看法高度概括了《红楼梦》所达到的思想、艺术境界，言简意赅，见解超群，比起后来某些空洞无物的泛泛长论要高明许多。

由于杂评派红学存在的琐屑通弊，二十世纪三四十年代红学批评派终于形成气候并取得主流地位。本丛书收录了4种这方面著述，其中，《林黛玉的悲剧》署名阿印，民国三十七年(1948)由香港千代出版社出版。此书并不限于专论林黛玉，共收有七篇文章，还涉及对贾宝玉、贾政、薛宝钗、尤二姐、紫鹃、袭人的评论，作者采取的是谈心式评析，娓娓道来，有如与读者面对面谈论，从而拉近了评论家与读者的距离。作者还运用了对比论述的方法，将身份相类而性格气质各异的人物在比照中显示差异。此前，较有影响的还有高语罕所著《红楼梦宝藏》，主要是针对贾宝玉、林黛玉、薛宝钗、史湘云、王熙凤几个奇女子以及贾母与刘姥姥等《红楼梦》人物的评析。当然，同时期这类著作影响最为深远的，还是王昆仑的《红楼梦人物论》。发表时署名太愚，先在《现代妇女》杂志陆续刊出系列文章，民国三十七年(1948)由国际文化服务社结集印行。作者以广阔的视野分析了林黛玉、薛宝钗及书中其他女性的不同烦恼及共同悲剧命运，比起传统的『拥林抑薛』派的意气之争和简单人物分析法，《红楼梦人物论》无疑要深刻、全面得多。

值得重点推介的民国时期红学批评派论著，还有李辰冬所著《红楼梦研究》。

这部著作在二十世纪三四十年代曾引起强烈反响，我们注意到，这一时期红学的学术视野相对宽阔，不再拘囿于新旧红学的基本套路，人们各自从自身所处的地位和所具的学养出发来认识研究《红楼梦》。把《红楼梦》置于同外国小说比较中认识其价值的，李辰冬是很突出的一位。《红楼梦研究》『导言』部分，作者开门见山地表明了对《红楼梦》进行索隐和考证的看法。李辰冬批评了索隐红学，有保留地肯定了在《红楼梦》研究中运用考证方法，但对于胡适提出的『自传说』，李辰冬认为其有『拘泥史事之嫌』，这种思考在当时可谓超群。此外，论及『红楼梦的艺术价值』，算是全书精华部分。如关于《红楼梦》的结构问题，李辰冬认为『好像跳入大海一般，前后左右，波浪澎湃，而且前起后拥，大浪伏小浪，小浪变大浪，也不知起于何地，止于何时，使我们兴茫茫沧海无边无际之叹！又好像入海潮正盛时的海水浴一般，每次波浪都给我带了一种抚慰与快感；而且，此浪未覆，他浪继起，使我们欲罢不能，非至筋疲力尽不已』，又说：『《红楼梦》系一浪接一浪，无间断，无痕迹，即令回来，不是余波未尽，就是新浪重起，使我们游泳《红楼梦》海面的人，食无心，睡无意』。又如，关于《红楼梦》的风格问题，李辰冬认为『没一点润饰，没一点纤巧，并且也不用比拟，也不加辞藻，老老实实，朴朴素素，用最直接的文字，表现实物最主要的性质』。《红楼梦研究》能在艺术分析方面发前人所未发，主要还是得力于李辰冬对新理论和研究方法的探索。难能可贵之处还在于，《红楼梦研究》不是某种理论的机械照搬，而是辩证地汲取，尤其是在索隐、考据还很盛行的时代氛围里，李辰冬不迷信学术权威划定的治学路径，而是独辟蹊径地注意到了《红楼梦》本身的艺术价值，把人们的视线拉回到《红楼梦》文本，这是需要独特的眼光和学术勇气的。我们承认，红学考证派确实把《红楼梦》研究纳入了科学的轨道，但是，文学毕竟不同于科学，心灵感悟的东西单靠所谓『科学意识』是难以得到圆满解释的。如果强调过了头，有时这种『科学意识』反而还会成为窒息『创造精神』的劲敌。毋庸讳言，考证派用曹家史实去机械对应《红楼梦》生动活泼的艺术情节，那种『文史合一』的思维模式毕竟是违反创作规律的，从这个意义上说，它又是反科学的。考证派的研究内容虽然切近了《红楼梦》的具体历史语境，但主要还是一种背景的廓清。《红楼梦》精神体现的形上思考关乎人生价值的启悟、人格境界的提升，实质上指向了生命的真谛，人们之所以对那些连篇累牍的红学考证文章有成见，主要原因恐怕还是很少指涉《红楼梦》的精神向度。考证作为一种手段，不能仅局限于文献考证，还应与文学考证和谐统一起来，即我们的研究大方向不能偏离《红楼梦》文本这个轴心。

上述18种民国红学旧书，对于今日读者而言，其中有很多也颇难寻觅。为了回顾、总结民国红学走过的那段历程，就需要熟悉并了解前人的相关研究成果，尤其需要选出一批曾发生重大影响的代表性论著，推荐给广大读者。收入本丛书的论著，固然远不能涵盖民国年间红学研究的全部成果，但却无一不是在红学史上具有独特价值的著述，有的还是有里程碑意义的传世之作，具有很高的理论价值，对于广大读者阅读《红楼梦》，仍然有着现实的指导意义。还需要说明的是，收入本丛书的这批民国红学旧著，当年很多采用的是繁体竖排和旧式标点，对于今天的读者而言，可能在阅读习惯上有些不适应甚至隔膜，也许是这个原因，不少出版社曾改变版式再版，有的旧著作者再版时还增加了些新篇目。原著增订后再版对于了解旧时的红学著作概貌特别是对研究作者的红学观念变化自然有其特殊意义，但作为一种资料书，保存其历史的本来面目，是编辑者所应遵循的最基本也是最重要的准则。当时的人们对《红楼梦》的观感和见解自有其独特之处，作为一段历史是不可复制也不能代替的。因而，不仅治红学学术史者应当了解，即便是普通的读者和研究者，也可从中得到启示和借鉴。如前所述，从『辨彰学术，考镜源流』角度讲，如果是研究特定历史时期的红学，最好还是看作者当时出版的原著。通过对原著初版、增订再版前后变化的细致深入考察，可以见出作者红学观念移步换形的轨迹走向，这种深入研究就具有了红学史意识。从这个意义上说，振良能将辛苦搜求的民国红学研究著作交付南开大学出版社影印，不仅可以让今天读者一睹当年旧书原貌，更重要的是，对于研究民国红学的学者而言，因提供了原始文献而颇获助益。否则，随着时间的流逝，历史资料的流失和湮灭势所不免，因此，为了使这项工作结出一个果实，更为了省却广大《红楼梦》爱好者和研究者的检阅之劳和搜求之苦，影印这套民国红学旧书使之面世，是一件非常有意义的善事。

（作者系天津市红楼梦研究会会长、天津师范大学博士生导师）

民国红学要籍汇刊　总目

第四卷

洪秋藩　红楼梦考证（上卷）

第五卷

洪秋藩　红楼梦考证（下卷）

第六卷

景梅九　石头记真谛

方　豪　红楼梦新考

第七卷

李辰冬　红楼梦研究

太　愚　红楼梦人物论

第八卷

第九卷

第十卷

第十一卷

目录

蔡元培《石头记索隐》

蔡元培，字鹤卿，号孑民。著名民主革命家和教育学家、科学家。浙江绍兴人。一八六八年生，一九四〇年卒。曾长期担任北京大学校长，其『兼容并包』方针对中国现代教育影响深远。作为学者，蔡元培是旧红学索隐派的主要代表人物，其《石头记索隐》发表后，引发了与旧红学考据派代表人物胡适的著名论战。

《石头记索隐》一册，蔡元培编。商务印书馆出版发行，中华民国六年九月初版，中华民国十五年十一月九版，中华民国十九年三月十版。寒斋所藏为中华民国二十三年一月国难后第一版，末附钱静方《红楼梦考》和孟森《董小宛考》。本书不分章节，首有作者《石头记索隐第六版自序》。正文凡二〇六页，约四万字。

《石头记索隐》认为，《红楼梦》乃清康熙朝政治小说，『作者持民族主义甚挚。书中本事，在吊明之亡，揭清之失，而尤于汉族名士仕清者，寓痛惜之意』。书中将小说人物一一指实，如贾宝玉影胤礽，林黛玉影朱竹垞，薛宝钗影高江村，贾探春影徐健庵，王熙凤影余国柱，史湘云影陈其年，妙玉影姜西溟，贾惜春影严荪友，薛宝琴影冒辟疆，董小宛影董鄂妃，刘姥姥影汤潜庵等。诸如此类，不免附会牵强之处，因此招致考据派的强烈批评。史学家孟森为此特撰《董小宛考》，指出董乃崇祯时名妓，顺治八年福临亲政时，还是十四岁幼童，而董已二十八岁，指董小宛为董鄂妃，有悖于常理。孟森先生的考证，对《石头记索隐》可谓致命打击，蔡元培敢于将其附录在书后，亦可见其学者胸怀。

附紅樓夢攷
董小宛

石頭記索隱

商務印書館發行

石頭記索隱

蔡元培編

商務印書館發行

中華民國十六年九月初版
中華民國十九年三月十版
中華民國二十三年一月國難後第一版

（三八九九）

石頭記索隱一册

每册定價大洋伍角
外埠酌加運費匯費

編纂者 蔡元培

發行兼印刷者 商務印書館 上海河南路

發行所 商務印書館 上海及各埠

一八上[illegible]

石頭記索隱第六版自序

對於胡適之先生紅樓夢考證之商榷

余之爲此索隱也、實爲郞潛二筆中徐柳泉之說所引起。柳泉謂寶釵影高澹人、妙玉影姜西溟。余觀石頭記中寫寶釵之陰柔、妙玉之孤高、與高姜二人之品性相合。而澹人之賄金豆、以金鎖影之。其假爲落馬墜積潴中、以薛蟠之似泥母豬影之。西溟之熱中科第、以走魔入火影之。其瘐死獄中、以被劫影之。又以妙字玉字影姜字英字。以雪字影高字。知其所寄託之人物、可用三法推求。一、品性相類者。二、軼事有徵者。三、姓名相關者。於是以湘雲之豪放而推爲其年。以惜春之冷僻而推爲蓀友。用第一法也。以寶玉曾逢魔魘而推爲允礽。以鳳姐哭向金陵而推爲國柱。用第二法也。以探春之名、與探花有關、而推爲健菴。以寶琴之名、與學琴於師襄之故事有關、而推爲辟疆。用第三法也。然每舉一人、率兼用三法或兩法、有可推證、始質言之。其他若元春之疑爲徐元文、寶蟾之疑爲翁寶林、則以近於孤證、姑不列入。自以爲審慎之至、與隨意附會者不同。近讀胡適之先生之紅樓夢考證、列拙著於「附會的紅學」之中、謂之「走錯了道路」、謂之「大笨伯」「笨謎」、謂之「很牽強的附會」、我殊不敢承認。或者我亦不免有敝帚千金之俗見、然胡先生之言、實有不能強我以承認者。今貢其疑於左：

(一)胡先生謂「向來研究這部書的人都走錯了道路、……

不去搜求那些可以考定紅樓夢的著者、時代、版本等等的材料、卻去收羅許多不相干的零碎史事來附會紅樓夢裏的情節。」又謂「我們只須根據可靠的版本與可靠的材料、考定這書的著者究竟是誰？著者的事蹟家世、著書的時代、這書曾有何種不同的本子、這些本子的來歷如何？這些問題、乃是紅樓夢考證的正當範圍。」案考定著者、時代、版本之材料、固當搜求。從前王靜菴先生作紅樓夢評論、有云：「作者之姓名（徧考各書、未見曹雪芹何名。）與作書之年月、其爲讀此書者所當知、似更比主人公之姓名爲尤要。顧無一人爲之考證者、此則大不可解者也。」又云：「茍知美術之大有造於人生、而紅樓夢自足爲我國美術上之唯一大著述、則其作者之姓名、與其著書之年月固爲唯一考證之題目」今胡先生對於前八十回著作者曹雪芹之家世及生平、與後四十回著作者高蘭墅之略歷、業於短時期間搜集多許材料。誠有功於石頭記、而可以稍釋王靜菴先生之遺憾矣。惟吾人與文學書最密切之接觸、本不在作者之生平、而在其著作。著作之內容、即胡先生所謂「情節」者、決非無考證之價值。例如我國古代文學中之楚辭、其作者爲屈原、宋玉、景差等。其時代在楚懷王襄王時、即西曆紀元前三世紀頃。久爲昔人所考定。然而「善鳥香草以配忠貞、惡禽臭物以比讒佞、靈修美人以媲於君、虙妃佚女以譬賢臣、虬龍鸞鳳以託君子、飄風雲霓以爲小人。」爲王逸所舉者、固無非內容也。其在外國文學、如 Shakespeare 之著作、或謂出 Bacon 手筆、遂生「作者究竟是誰」之問題。至如 Goethe 之著 Faust 則其所根據之神話與劇本、及其六十年間著作之經過、均爲文學史所詳載。而其內容、則第一部之 Gretchen 或謂影 Elsässirin Friederike (Biélschowsky 之說)或謂影 Frankfurter Gretchen (Kuno Fischer 之說)第二部之 Walpurgisnacht 一節、爲地質學理論。Heleua 一節、爲文化交通問題。Euphorion 爲英國詩人 Byron 之影子。(各家略同。)皆情節上之考證也。俄之託爾斯泰、其生平、其著作之次第、皆無甚疑問。近日張邦銘、鄭陽和、兩先生所譯英人 Sarolea 之託爾斯泰傳、有云:「凡其著作、無不含自傳之性質。各書之主人翁、如伊爾屯尼夫、鄂崙玲、聶乞魯多夫、賴文、畢索可夫等、皆其一己之化身。各書中所敘他人之事、莫不與其身有直接之關係。……家庭樂敘其少年時情場中之一事、並表其情愛與婚姻之意見。書中主人翁既求婚後、乃將少年狂放時之惡行、縷書不諱、授所愛以自懺。此事託爾斯泰於家庭樂出版三年後、向索利亞柏斯求婚時、實嘗親自爲之。卽戰爭與平和一書、亦可作託爾斯泰之家乘觀。其中老樂斯脫夫、卽託爾斯泰之祖。小樂斯脫夫、卽其父。索利亞、卽其養母達善娜、嘗兩次拒其父之婚者。拿特沙樂斯脫夫、卽其姨達善娜柏斯、畢索可夫與賴文、皆託爾斯泰用以自狀。賴文之兄死、卽託爾斯泰兄的米特利之死。復活書中聶乞魯多夫之奇特行動、論者謂依心理未必能有者、其實卽的米特利生平留於其弟心中之一紀念。的米特利娶一娼、與聶乞魯多夫同也。」亦情節上之考證也。然則考證情節、豈能概目爲附會而排斥之？

(二)胡先生謂拙著索隱所闡證之人名、多是「笨謎、」又謂「假使一部紅樓夢、眞是一串這麼樣的笨謎、那就眞不值得猜了。」案拙著闡證本事、本兼用三法、具如前述。所謂姓名關係者、僅三法中之一耳、卽使不確、亦未能抹殺全書。況胡先生所謚爲笨謎者、正是中國文人習慣、在彼輩方以爲必如是而後值得猜也。世說新書稱曹娥碑後有黃絹幼婦外孫齏臼八字、卽以當絕妙好辭四字。古絕句「藁砧今何在？山上復有山。何當大刀頭、破鏡飛上天。」以藁砧當夫、大刀頭當還。南史記梁武帝時童謠有鹿子開城門、城門鹿子開、等句、謂鹿子開者、反語爲來子哭、後太子果薨。自胡先生觀之、非皆笨謎乎？品花寶鑑以侯石公影袁子才、侯與袁爲猴與猿之轉借、公與子同爲代名詞、石與才則自天下才有一石子建獨占八斗之語來。兒女英雄傳、自言十三妹爲玉字之分析、非經說破、已不易猜。又以紀獻唐影年羹堯、紀與年、唐與堯、雖尙簡單、而獻與羹則自犬曰羹獻之文來。自胡先生觀之、非皆笨謎乎？卽如儒林外史之莊紹光卽程綿莊、馬純上卽馮粹中、牛布衣卽朱草衣、均爲胡先生所承認。（見胡先生所著吳敬梓傳及附錄。）然則金和跋中之所指目、殆皆可信。其中如因范蠡曾號陶朱公而以范當陶、因萬字俗寫作万而以萬代方、亦非笨謎乎？然而安徽第一大文豪且用之、安見漢軍第一大文豪必不出此乎？

（三）胡先生謂拙著中劉老老所得之八兩及二十兩有了下落、而第四十二回王夫人所送之一百兩沒有下落、謂之「這種完全任意的去取、實在沒有道理。」案石頭記凡百二十回、而余之索隱尚不過數十則、有下落者記之、未有者姑闕之、此正余之審慎也。若必欲事事證明而後可、則石頭記自言著作者有石頭、空空道人、孔梅溪、曹雪芹等、而胡先生所考證者惟有曹雪芹。石頭記中有多許大事、而胡先生所考證者惟南巡一事。將亦有任意去取、沒有道理之誚與？

（四）胡先生以曹雪芹生平、大端考定、遂斷定石頭記是

「曹雪芹的自敘傳。」「是一部將真事隱去的自敘的書、」「曹雪芹卽是紅樓夢開端時那個深自懺悔的我、卽是書裏甄賈（真假）兩個寶玉的底本。」案書中既云真事隱去、並非僅隱去真姓名、則不得以書中所敘之事爲眞。又使寶玉爲作者自身影子、則何必有甄賈兩個寶玉？（鄙意甄賈二字、實因古人有正統僞朝……習見而起。賈雨村舉正邪兩賦而來之人物、有陳後主、唐明皇、宋徽宗等、故疑甄寶玉影宏光、而賈寶玉影允礽也。）若因趙嬤嬤有甄家接駕四次之說、而曹寅適亦接駕四次、爲甄家卽曹家之確證、則趙嬤嬤又說賈府只預備接駕一次、明在甄家四次以外、安得謂賈府亦卽曹家乎？胡先生因賈政爲員外郎、適與員外郎曹頫相應、遂謂賈政即影曹頫、然石頭記第三十七回有賈政任學差之說。第七十一回有賈政回京覆命、因是學差、故不敢先到家中。云云、曹頫固未聞曾放學差也。且使賈府果爲曹家影子、而此書又爲雪芹自寫其家庭之狀況。則措詞當有分寸。今觀第十七回焦大之謾罵、第六十六回柳湘蓮道:「你們東府裏、除了那兩個石頭獅子乾淨罷了。」似太不留餘地。且許三禮奏參徐乾學、有曰:「伊弟拜相之後、與親家高士奇更加招搖、以致有『去了余秦檜、(余國柱)來了徐嚴嵩。乾學似龐涓、是他大長兄。』之謠。又有『五方寶物歸東海、萬國金珠貢濟人。』之對。云云、今觀石頭記第五十五回有剛剛倒了一個巡海夜叉、又添了三個鎮山太歲」之說。第四回、有「賈不假、白玉爲堂金作馬。阿房宮、住不了金陵一個史。東海少了白玉牀、龍王來請金陵王。豐年好大雪、珍珠如土金如鐵。之護官符。顯然為當時一諺一對之影子、與曹家無涉。故鄙意石頭記原本、必為康熙朝政治小說、為親見高徐余姜諸人者所草。後經曹雪芹增刪、或亦許插入曹家故事。要未可以全書屬之曹氏也。

民國十一年一月三十日蔡元培

石頭記索隱

蔡元培

石頭記者。清康熙朝政治小說也。作者持民族主義甚摯。書中本事。在弔明之亡。揭清之失。而尤於漢族名士仕清者。寓痛惜之意。當時既慮觸文網。又欲別開生面。特於本事以上。加以數層障冪。使讀者有橫看成嶺側成峰之狀況。最表面一層。談家政而斥風懷。尊婦德而薄文藝。其寫寶釵也。幾爲完人。而寫黛玉妙玉。則乖癡不近人情。是學究所喜也。故有王、雪、香、評、本。進、一、層。則純乎言情之作。爲文士所喜。故普、通、評、本。多著眼於此點。再進、一、層。則言情之中。善用曲筆。如寶玉中覺。在秦氏房中。布種種疑陣。寶釵金鎖爲籠絡寶玉之作用。而終未道破。又於書中主要人物。設種種影子以暢寫之。如晴雯小紅等均爲黛玉影子。襲人爲寶釵影子。是也。此等曲筆。惟太、平、閒、人、評、本。能盡揭之。大平閒人評本之缺點。在誤以前人讀西遊記之眼光讀此書。乃以大學中庸明明德等爲作者本意所在。遂有種種可笑之傅會。如以喫飯爲誠意之類。而於闡證本事一方面。遂不免未達一間矣。闡證本事。以、郎、潛、紀、聞、所、述、徐、柳、泉、之、說、爲最合。所謂「寶釵影高澹人。妙玉影姜西溟」是也。近人乘、光、舍、筆、記。謂「書中女人皆指漢人。男人皆指滿人。以寶玉曾云男人是土做的。女人是水做的也」尤與鄙見相合。左之札記。專以闡證本事。於所不知則闕之。

書中紅。字多影朱。字。朱者。明也。漢也。寶玉有愛。紅。之癖。言以滿人而愛漢。族。文。化。也。好喫人口。上。臙。脂。言拾漢。人。唾。餘。也。清制。滿人不得爲狀元。防其同化於漢。東華錄順治十八年。六月。諭吏部。世祖遺詔云。紀綱法度。漸習漢。俗。於醇樸舊制。日有更張。又云康熙十五年十月。議政王大臣等。議準禮部奏。朝廷定鼎以來。雖文武並用。然八旗子弟。尤以武備爲急。恐專心習文。以致武備廢弛。見今已將每佐領下子弟一名。准在監肄業。亦自足用。除見在生員舉人進士錄用外。嗣後請將旗下子弟考試生員舉人進士。暫令停止。從之。是知當時清帝。雖躬修文學。且創開博學鴻詞科。實專以籠絡漢人。初不願滿人漸染漢俗。其後雍乾諸朝亦時時申誡之。故第十九回「襲人勸寶玉道。再不許吃。人。嘴。上。擦。的。臙。脂。了。與那愛。紅的毛病兒」又「黛玉見寶玉腮上血漬。詢知爲淘澄臙脂膏子所濺。謂爲帶出幌子。吹到舅舅耳裏。使大家不乾淨惹氣。」皆此意。寶玉在大觀園中。所居曰怡。紅。院。即愛。紅。之義。所謂曹雪芹於悼。紅。軒中增刪本書。則弔明。之義也。本書有紅樓夢曲以此。書中序事託爲石。頭。所記。故名石頭記。其實因金陵亦曰石頭城而名之。余國柱（即書中之王熙鳳）被參。以其在江。寧。置產營利。與協理寧。國。府。歷刼返金。陵。等同意也。又曰情僧錄及風月寶鑑者。或就表面命名。或以情字影清字。又以古人有清風明月語。以風月影明清。亦未可知也。

石頭記敘事。自明亡始。第一回所云。「這一日三月十五◎日◎葫蘆廟起火○燒了一夜○甄◎氏◎燒◎成◎瓦◎礫◎場◎」卽指甲申三◎月◎間◎明愍帝殉國北◎京◎失◎守◎之事也○士隱注解好了歌○備述滄海桑田之變態○亡國之痛○昭然若揭○而士隱所隨之道人○跛◎足◎蔴◎履◎鶉◎衣◎或卽影愍帝自縊時之狀○甄○士○本影政◎事◎甄士隱隨跛足道人而去○言明之政事○隨愍帝之死而消滅也○

甄士隱卽眞事隱○賈雨村卽假語存○盡人皆知○然作者深信正統之說○而斥清室爲僞統○所謂賈◎府◎卽僞◎朝◎也○其人名如賈○代○化○賈○代○善○謂僞朝之所謂化○僞朝之所謂善也○賈◎政◎者○僞朝之吏◎部◎也○賈◎敷◎賈◎敬◎僞

朝之教◎育◎也○(書曰敬敷五教)賈◎赦◎僞朝之刑◎部◎也○故其妻氏邢○(音同刑)子婦氏尤○(罪尤)賈○璉爲戸○部○戸部在六部位居次○故稱璉○二爺○其所掌則財政也○李○紈爲禮○部○(李禮同音)康熙朝禮制已仍漢舊○故李紈雖曾嫁賈珠○而已爲寡婦○其所居曰稻○香村○稻與道○同音○其初名以杏○花.村○又有杏○帘在望之名○影孔子之杏○壇也○(金瓶梅以孟玉樓影當時之禮部○氏之以孟○又取玉樓人醉杏花風·詩句爲名○即紅樓夢所本也○)作者於漢人之服從淸室○而安富尊榮者○如洪承疇范文程之類○以嬌○杏○代表之○嬌杏即徼◎幸◎書中敘新○

太○爺○到任○卽影滿洲定鼎○觀雨村中秋口號云「天○上○一○輪○纔○捧○出○人間○萬○姓○仰○頭○看」○知爲代表滿洲也○於有意接近○而反受種種之侮辱○如錢謙益之流○則以賈○瑞○代表之○瑞字天祥○言其爲假○文○天○祥○也○(文小字宋瑞)○頭◎上◎澆◎糞◎手◎中◎落◎鏡◎言其身◎敗◎名◎裂◎而至◎死◎不◎悟◎也◎(徐巨源編一劇○演李太虛及龔芝麓降李自成後○聞淸兵入○急逃而南至杭州○爲追兵所躡○匿於岳墳鐵鑄秦檜夫人跨下○値夫人方月事○迨兵過而出○兩人頭○皆○血○汗○與本書澆糞同意)○敍姽○嫿○將○軍○林○四○娘○似以代表起◎義◎師◎而◎死◎者◎敍尤○三○姐○似以代表不◎

屈於清而死者叙柳湘蓮似以代表遺老之隱於二氏者

書中女子多指漢人男子多指滿人不獨女子是水作的骨肉男人是泥作的骨肉與漢字滿字有關也我國古代哲學以陰陽二字說明一切對待之事物易坤卦彖傳曰地道也妻道也臣道也是以夫妻君臣分配於陰陽也石頭記即用其義第三十一回「湘雲說比如天是陽地就是陰比如一顆樹葉兒那邊向上朝陽的就是陽這邊背陰覆下的就是陰走獸飛禽雄爲陽雌爲陰翠縷道怎麼東西都有陰陽喒

們人倒沒有陰陽呢。又道。知道了。姑娘是陽。我就是陰。又道。人家說主子為陽。奴才為陰。我連這個大道理也不懂得。是男為陽。主子亦為陽。女為陰。奴才亦為陰。本書明明揭出。清制。對於君主。漢人自稱奴才。漢人自稱臣。臣與奴才。並無二義。（說文解字臣字象屈服之形。是古義亦然）以民族之對待言之。征服者為主。被征服者為奴。本書以男女影滿漢。以此。賈寶玉言偽朝之帝系也。寶玉者。傳國璽之義也。即指「胤礽」。東華錄康熙四十八年三月。以復立皇太子告祭天壇文曰。建立嫡子胤礽為皇太子。又曰。朕諸子中胤礽居貴是胤礽生而有爲皇太子之資格故曰御玉而生胤礽之被廢也其罪狀本不甚徵實康熙四十七年九月諭曰胤礽肆惡虐衆暴戾淫亂難出諸口又曰胤礽同伊屬下人等恣行乖戾無所不至令朕赧於啓齒又遣使邀截外藩入貢之人將進御馬匹任意攘取以致蒙古俱不心服又曰知胤礽賦性奢侈著伊乳母之夫凌普爲內務府總管俾伊便於取用又曰朕歷覽史書時深儆戒從不令外間婦女出入宮掖亦從不令姣好少年隨侍左右今皇太子所行若此朕實不勝憤懣石頭記三十三回敘

寶玉被打。一爲忠順親王府長史索取小旦琪官事。二爲金釧兒投井。賈環謂是寶玉拉著太太的丫頭金釧兒強姦不遂。打了一頓。那金釧兒便賭氣投井死了。琪官事與姣好少年等語相關。忠順王疑影外藩。長史曾揭出琪官贈紅汗巾事。疑影攘取馬匹事。相傳名馬有出汗如血者故也。曰暴戾淫亂。難出諸口。曰報於啟齒。曰從不令外間婦女出入宮掖。今皇太子所行若此。是當時罪狀中頗有中冓之言。即金釧兒之事所影也。胤礽之罪狀又有曰。近觀胤礽行事。與人大有不同。

晝多○沈○睡○夜半○方○食○飲酒○數○十○巨○觥○不○醉○每對◎越◎神◎明◎則驚◎懼◎不◎能◎成◎禮◎遇陰◎雨◎雷◎電◎則畏◎沮◎不◎知◎所◎措◎居處○失○常○語言○顚○倒○竟類○狂○易○之○疾○似有○鬼○物○憑○之○者○又曰○今忽爲鬼○魅○所○憑○蔽其○本○性○忽起○忽○坐○言動○失○常○時見○鬼○魅○不安○寢○處○屢遷○其○居○啖飯○七○八○碗○尙不○知○飽○飲酒○二○三○十○觥○亦不○見○醉○匪特此也○細加詢問○更有種○種○駭○異○之事○又曰○胤礽居擷○芳○殿○其地險○黯○不○潔○居者輒多病亡○胤礽時常往來其間○致中鬼○魅○不自知覺○以此觀之○種種舉動○皆有鬼○物○使然○大是異事○十一月諭曰○前灼見胤礽行事顚倒○以爲鬼○

物○所○憑○又曰○今胤礽之疾○漸已清爽○召見兩次○詢問前事○胤礽竟有全○然○不○知○者○深自愧悔○又言我幸心內略明○猶懼父皇聞知治罪○未至用○刀○刺○人○如或不然○必有殺○人○之事矣○觀彼雖稍清楚○其語仍略帶瘋○狂○朕竭力調治○果蒙天佑○狂疾○頓○除○又曰○十月十七日○查出魘○魅○廢○皇○太○子○之○物○服侍廢皇太子之人奏稱○是日○廢皇太子忽似瘋○顛○備作○異○狀○幾至○自○盡○諸宮○侍○抱○持○環○守○過此○片○刻○遂復○明○白○廢皇太子亦自○驚○異○問諸宮侍○我頃者作何舉動○朕從前將其諸惡○皆信爲實○以今觀之○實被○魘○魅○而然○無疑也○四十八

年二月諭曰。皇太子胤礽。前染瘋。疾。朕爲國家而拘。禁。之。後詳查被。人。鎭。魘。之處。將鎭。魘。物。俱。令。掘。出。其事乃明。今調理痊愈。始行釋放。今譬有人。因染瘋。狂。持刀。砍。人。安可不行拘執。若已痊愈。又安可不行釋放。四月諭曰。大阿哥鎭。魘。皇太子及諸阿哥之事。甚屬明白。又曰。見今鎭。魔。之事。發覺者如此。或和尙道士等。更有鎭魘。之處。亦未可定。日後發覺。始知之耳。顯親王衍潢等遵旨會議。喇。嘛。巴漢格隆等呪。魘。皇太子情實。應將巴漢格隆、明佳噶卜楚、馬星噶卜楚、鄂克卓特巴俱凌遲處死。皇長子護衛嗇楞雅突。明知大逆之事。乃敢同行。又雅突將皇長子復行呪魘。再此案內又有察蘇齊引誘宗室格隆陶州胡土克圖行呪魘之事。

案石頭記第三十三回「賈政斥寶玉道。好端端的你垂頭。喪氣。咳些。什麽。方纔雨村來要見你。叫你半天纔出來既出來了。全無。一。點。慷。慨。揮。灑。談。吐。仍是葳。葳。蕤。蕤。我看你臉上。一。團。思。欲。愁。悶。氣。色。這會又咳。聲。嘆。氣。」九十五回「失玉以後。寶玉一。日。獃。似。一。日。也不發燒。也不疼痛。只是吃。不。像。吃。睡。不。像。睡。甚至。說。話。都。無。頭。緒」與胤礽罪狀中之居處失常語言顛倒。

及言動失常。不安寢處等語相應。第二十五回。「寶玉湯了臉。有寶玉寄名的乾娘馬道婆。向賈母道。那經典佛法上說的利害。大凡王公卿相人家的子弟。只一生長下來。暗裏便有許多促狹鬼。跟著他」與胤礽罪狀中鬼物憑之時見鬼魅等語相應。又叙寶玉被魘。有云「拏刀弄杖。尋死覓活」叙王熙鳳被魘。有云「手持一把明晃晃鋼刀砍進園來。見雞殺雞。見狗殺狗。見人就要殺人。周瑞媳婦。帶著幾個有力量的膽壯的婆娘上去。抱住奪下刀來。抬回房去」與胤礽所謂未至用刀殺人。及服侍之人稱是日廢皇太子忽患瘋顛○幾至自盡○諸宮侍抱持環守相應○八十一回○「寶玉道○我記得病的時候兒○好好○的○站○著○倒像○背地○裏○有○人○把○我○攔○頭○一○根○疼○得○眼○睛○前○頭○漆○黑○看見○滿○屋○子○裏○都是○些○青○面○撩○牙○拿○刀○舉○棒○的○惡○鬼○躺在○炕○上○覺在○腦○袋○上○加○了○幾○個○腦○箍○是○的○以後○便○疼○的○任○什○麽○不○知○道○了○鳳姐道○我也○全○記○不○得○但○覺○自○己○身○子○不○由○自○主○倒像○有○些○鬼○怪○拉○拉○扯○扯○要我○殺○人○纔○好○有什○麽○拿○什○麽○自記○原○覺○很○乏○只是○不○能○住○手○」亦與胤礽案所謂備作異狀○全然不知持刀斫人等語相應○又說「馬○道○婆○破案○爲潘三保事○送到錦衣府去○

問出許。多。官。員。大。戶。家。太。太。姑。娘。們。的。隱。情。事。來。把他家內一抄。抄出幾篇小賬。上面記著某。家。驗。過。應找。銀。若。干」與胤礽以外。復有皇長子及宗室等案。及所謂和尚道士等更有魘魅等事。亦未可定等語相應。行魘魅者。巴漢格隆等。皆喇。嘛。故以馬。道。婆。代表之。馬與嘛同音也。八十一回又稱「馬道婆身邊。搜出匣子。裏面有象。牙。刻。的。一。男。一。女。不。穿。衣。服。光。著。身。子。的。兩。個。魔。王」亦與相傳喇嘛教中之歡。喜。佛。相等。馬道婆之代表喇嘛也無疑。東華錄康熙四十七年九月諭云。胤礽幼時。朕親教以讀。書。繼令大學士張。

英。教之。又令熊。賜。履。教以。性。理。諸。書。又令老。成。翰。林。官隨從云云。石頭記常言「賈政逼寶玉讀。書」第八回「秦鍾因去歲業。師。回。南。在家溫習舊課。其父秦邦業知賈家塾中司塾的乃賈。代。儒。(僞。朝。之。儒。也)現今之老儒。」第九回。「賈政對李貴道。你去請學裏太爺的安。就道我說的。什麽詩。經。古。文。一概不用虛應故事。只是先把四。書。一齊講明背熟。是最要緊的。」第八十一回「賈政道。前兒倒有人和我提起一位先生來。學問人品都是極好的。也是南。邊。人。」又道「如今儒。大。太。爺。雖學問也只中平。但還彈壓得住這些小孩子們。」八十二回稱「賈代儒爲老。學。究」又「寶玉講後生可畏一章。講到不要弄到。說到這裏。向代儒一瞧。代儒說。講書是沒有什麼避忌的。寶玉纔說不要弄到老。大。無。成」均與性理諸書老成翰林等相應。又熊賜履湖。北。人。張英安。徽。人。所謂南邊人。殆指張熊等。

胤礽以康熙十四年十二月被立爲皇太子。四十七年九月被廢。四十八年三月。復立。五十一年十一月。復廢。自第一次被廢以至復立。爲時不久。而又悉歸咎于魘。魅。故石頭記中僅以三十三回之笞。責。及二十五回之魘。魔。形容之。二十五回中。言「寶玉雖。被。迷。

汚。經和尙摩。弄。一。回。依舊。靈。了。」卽。雖。廢。旋。復。之義。至九十四回之失。玉。乃叙其終。廢。也。至和尙還玉事等。殆無關本事。胤礽之被廢。由於兄弟之傾軋。東華錄所載主動者爲胤禔胤禩二人。石頭記九十四回。於失玉以前。先叙海棠旣萎而復開。「賈母道。花兒應在三。月。裏開的。如今是十。一。月」三月及十一月。與復立復廢之月相應。又「黛玉說花開之因道。當初田家有荊樹一顆。三個。弟。兄。因分。了。家。那荊。樹。便。枯。了。後來感動了他弟兄們。仍舊歸在一處。那顆樹也就發了。」旣說弟兄。又說三個。與胤礽胤禔胤禩三人相應。石頭記敘巧姐。事。似亦指胤礽。巧與礽字形相似也。九十二回。評女。傳。巧姐慕。賢。良。即熊賜履等教胤礽以性。理。諸。書。也。一百十八回。記微嫌舅。兄。欺弱女。賈環賈芸欲賣。巧。姐。於藩王。即指胤礽爲胤禔胤禩所賣事。寶玉被打。由賈。環。訴說金釧兒事。寶玉被魘。由賈。環。之。母。趙姨娘主使。巧姐被賣。亦由賈。環。主謀。與胤禔之陷胤礽相應。其事又有親。舅。舅。王。仁。與聞之。紅樓夢曲中亦云休。似。俺。那。愛。銀。錢。忘。骨。肉。的。很。舅。奸。兄。與胤礽案中有所謂舅。舅。佟。國。維。者相應。東華錄○康熙四十八年○正月○上曰○胤禩乃胤禔之黨○胤禔曾奏言請立胤禩爲太子○伊當輔之○又曰○此事必舅○舅○佟○國○維○大學士馬齊○以當舉胤禩默示於衆○二月○諭舅○舅○佟○國○維○曰○爾曾奏○皇上凡事斷無錯誤之處○此事關繫重大○日後易於措處則已○儻日後難於措處○似屬未便○等語○又曰○因有舅○舅○所奏之言○及羣下小人就中肆行揑造言詞○所以大臣侍衛官員等○俱終日憂慮○若無生路者○中心寬暢者○惟大阿哥八阿哥耳○又曰、舅○舅○前啟奏時○外間匪類○不知其故○因盛讚爾云○如此方謂之國○舅○大○臣○不懼死亡○敢行陳奏○

今爾之情形畢露。人將謂爾爲何如人耶。石頭記一百十八回。「王。仁。拍手道。這倒是一種好事。又有銀。子。只怕你們不能。若是你們敢辦。我。是。親。舅。舅。做。得。主。的。」第一百十九回。「事敗後。嚇得王。仁。等。抱。頭。鼠。竄。的。出。來。」與東華錄之佟國維相應。康熙四十八年。四月諭曰。胤禵之黨羽。俱係賊心惡棍。平日鬬鷄走狗。學習拳勇。不顧罪戾。惟務誘。取。銀。錢。故石頭記亦有愛銀錢的奸兄語。

林。黛。玉。影朱。竹。垞。也。絳。珠。影其氏也。居瀟。湘。館。影其竹。垞。之號也。竹垞生於秀。水。故絳珠草長於靈。河。岸上。「竹垞客遊南北。必。槖。載。十。三。經。二。十。一。史。以。自。隨。已而遊京師。孫退谷過其寓。見插。架。書。謂人曰。吾見客長安者。務攀援馳逐。車塵蓬勃間。不。廢。著。述。者。惟秀。水。朱。十。一人而已。」（見陳廷敬所作墓誌）石頭記第十六回。「黛玉帶。了。許。多。書。籍。來。」四十回。「劉老老到瀟湘館。因見窗下案上設著筆硯。又。見。書。架。上。磊。著。滿。滿。書。劉老老道。這必定是那一位哥兒的書。房。了。賈母笑指黛玉道。這是我這外孫女兒的屋子。劉老老留神打量了林黛玉一番。方笑道。這那裏像個小姐的繡房。竟比那上等的書。房。還好。」以此。竹垞嘗與陳。其。年。合刻所著日朱。陳。村。詞。流傳入禁中。故黛玉與。史。湘。雲。凹。晶。館。聯。句。竹垞入直南書房。旋被劾。鐫一級罷。尋復原官。其被劾之故。全謝山謂因攜。僕。鈔。永。樂。大。典。竹垞所作詠古二首云。漢皇將將屈羣雄。心許淮陰國士風。不分後來輸絳灌。名高一十八元功。海內詞章有定稱。南來庾信北徐陵。誰知。著。作。修。文。殿。物。論。翻。歸。祖。孝。徵。詩意似爲人所賣。石頭記中鳳姐掉。包。事。疑卽指此。七十回。寶釵探春湘雲寶琴均替寶玉臨字。而於黛玉一方面。但云。紫。鵑。送。一。卷。小。楷。疑影攜。僕。寫。書。事。

薛。寶。釵。高。江。村。也。(徐柳泉已言之)薛者雪。也。林和靖詠梅有曰雪。滿山中高。士。臥。月明林。下美人來。用薛字以影江村之姓名也。(高士奇)

嘯亭雜錄曰。高江村家貧。鬻。字。爲活。納蘭太傅愛其才。薦入內廷。仁廟亦愛之。遇巡狩出獵。皆命江村從。故江村詩曰。身隨翡翠叢中列。隊入鵝黃帶裏行。蓋紀實也。江村性。趫。巧。遇事。先。意。承。旨。皆愜。聖。懷。一日。上出獵。馬蹶。意殊不懌。江村聞之。故以。潴。泥。汙。其。衣。入侍。上怪問之。江村曰。適落。馬。墜積。潴。中。未及。浣。也。上大笑曰。汝輩南人。懦弱乃爾。適朕馬屢蹶。竟未墜。

意乃釋然又嘗從登金山上欲題額濡毫久之江村擬江天一覽四字於掌中趨前磨墨微露其迹上如所擬書之其迎合類如此詹曝雜記曰江村初入都自肩襆被進彰儀門後爲明相國司閽者課子一日相國急欲作書數函倉卒無人司閽以江村對即呼入援筆立就相國大喜遂屬掌書記後入翰林直南書房皆明公力也江村才本絕人既居勢要家日富則結近侍探上起居報一事酬以金豆一顆每入直金豆滿荷囊日暮率傾囊而出以是宮廷事皆得聞或覘知上方閱某書即抽某書翻閱偶天語垂問輒

能對大意以是聖祖爺愛賞之鄭方坤本朝詩鈔小傳曰江村年十九之京師以諸生就京闈試不利落魄羈窮賣文自給新歲爲人書春帖子往往自作聯句用寫其幽憂牢落之懷偶爲聖祖所見大加擊節立召見案石頭記寫寶釵處處周到得人歡心自薛姨媽賈母王夫人湘雲岫煙以至襲人輩無不贊嘆並黛玉亦受其籠絡即所謂性趫巧善迎合之影子也寶釵以金鎖配寶玉謂之金玉良緣其嫂曰夏金桂其婢曰黃金鶯鶯兒爲寶玉結絡以金線配黑珠兒線皆以金豆探起居之影子也寶釵最博雅二十

二回點魯智深醉鬧五台山爲寶玉誦寄生草曲詞寶玉讚他無書不知第三十回「寶玉道姐姐通今博古色色都知道」七十六回「湘雲用楷字黛玉說虧你想得出湘雲道幸而昨日看歷朝文選見了只個字我不知何樹因要查一查寶姐姐說不用查只就是如今俗叫做朝開夜合花我信不及到底查了一查果然不錯看來寶姐姐知道的竟多」即其翻書備對之影子也第一回稱「窮儒賈雨村一身一口在家鄉無益因進京求取功名自前歲來此又淹蹇住了暫寄廟中每日賣文作字爲生」即江村襆被進都鬻字

爲活之影子也。「賈雨村高。吟。一。聯。曰玉在櫝中求善價。釵於奩內待時飛。恰値。士。隱。走。來。聽。見。笑道。雨村兄眞抱負不凡也。」即聯句被賞之影子也。四十七回。「薛蟠遭湘蓮苦打。遍身內外滾。的。似。泥。母。猪。一。般。」又說「那。裏。爬。的。上。馬。去。」即江村自稱落馬墮積瀦中之影子也。

江村所作塞北小鈔曰。二十二年。六月十二日。扈蹕出東直門云云。偶患暑氣。上命以冰。水。飲益元散二碗。方解。甲申。上曰。爾南人爲何亦飲冰。水。士奇曰。天氣炎熱。非冰莫解。上曰。朕聞南人殊不畏暑。士奇曰。

南人從來畏暑。故有吳牛見月而喘之語。上大笑。案石頭記第七回。寶釵對周瑞家的說。我這是從胎裏帶來的一般熱毒。又說癩頭和尙所說的方。叫做冷香丸。第三十回。寶玉道。姐姐怎麼不看戲去。寶釵道。我怕熱。看了兩齣。熱得很。要走。客又不散。我不得不推身上不好。就來了。寶玉笑道。怪不得他們拿姐姐比楊貴妃。原也體胖怯熱。與塞北小鈔語相應。(莊子早受命而夕飲冰。我其內熱與。所謂胎裏帶來熱毒。亦兼熱中之諷。)

漢名臣傳云。康熙廿七年。法司逮問貪黷劾罷之巡撫張汧因汧未被劾時曾遣人賫報赴京詰其行賄何人初以分餽甚衆不能悉數抵塞既而指出士奇奉諭置勿問士奇疏請歸田得旨以原官解任廿八年從上南巡至杭州駕幸士奇之西溪山莊賜御書竹窗扁額九月左都御史郭琇疏劾之曰有植黨營私招搖撞騙如原任少詹事高士奇左都御史王鴻緒等表裏爲奸又曰高士奇出身微賤其始也徒步來京覓館爲生皇上因其字學頗工不拘資格擢補翰林令入南書房供奉又曰士奇日思結納諂附大臣攬事招權以圖分肥凡大小臣工無不知有士奇

之。名。又曰。久之羽翼既多。遂自立門戶。結王鴻緒爲死。黨。科臣何楷爲義。兄。弟。翰林陳元龍爲叔。姪。鴻緒胞兄王頊齡爲子。女。姻。親。俱寄以腹心。在外招攬。凡督撫藩臬道府廳縣。以及在內之大小卿員。皆王鴻緒何楷等爲之居。停。哄。諞。而賁緣照管者。餽至成千累萬。即不屬黨護者。亦有常例。名曰平。安。錢。蓋士奇供奉日久。勢焰日張。人皆謂之門路眞。而士奇遂亦自忘乎其爲撞諞。亦居之不疑。曰。我之門。路眞。又曰。光棍俞子易。在京肆橫有年。惟恐事發。潛。遁。直隸天津山東洛口地方。有虎坊橋瓦屋六十餘間。價直八千金。餽。送。士奇。求託照拂。此外順成門斜街並各處房。屋。總令心腹出。名。置。買。何楷代爲收。租。打磨場士奇之親。家。陳元龍夥。計。陳季芳。開張。緞。號。寄頓賄銀。資本。約。至。四。十。餘。萬。又於。本。鄉。平。湖。縣。置田。產。千頃。大興土木。修整花園。杭州。西湖。廣置。園。宅。蘇松。淮。揚。王鴻緒與之合。夥。生。理。又不。下。百。餘。萬。又曰。聖駕南巡時。上諭嚴誡餽。送。定以。軍。法。治。罪。誰敢不遵。惟士奇與王鴻緒。愍不畏死。即淮。揚。等處。王鴻緒招攬府廳各官。約餽。黃。金。潛遺士奇。淮揚如此。則他處又不知如何索詐矣。云云。得旨。高士奇王鴻緒陳元龍俱著休致回籍○王項齡何楷著留任○東華錄○康熙二十八年○吏部議○左副都御史許三禮奏參○原任刑部尚書徐○乾○學○與高○士○奇○招搖納賄○查徐乾學與高士奇招搖納賄之處○並無實據○許三禮又奏參乾學○有云○乾學伊弟拜相之後○與親○家○高士奇○更加招搖○以致有五○方○寶○物○歸○東○海○萬國○金○珠○貢○澹○人○之對○云云○案石頭記第四回○「門子遞與雨村一張護○官○符○上面皆是本地大族名宦之家的諺俗口碑○云○賈不假○白玉爲堂金作馬○阿房宮○三百里○住不下○金陵一個史○東海○缺○少○白○玉○牀○龍王○來○請○金○陵○王○豐年○好○大○雪○珍珠○

如。土。金。如。鐵」即許三禮疏中五方萬國之對之影子也。門子又道。「這。四。家。皆。連。絡。有。親。一損俱損。一榮俱榮。扶持遮飾。皆有照應的。今告打死人之薛。就是豐年大雪之雪也。不單靠三家。他的。世。交。親。友。在。都。在。外。省。本。亦。不。少」此即郭琇疏中死黨義兄弟叔姪子女姻親及許疏中親家等種種關係之影子也。第四回稱「薛公子亦金。陵。人氏。家中有百。萬。之。富。現領著內帑錢糧採辦雜料。雖是皇。商。一應經紀世事。全然不知。不過賴祖父舊日情分。戶部掛個虛名。支領錢糧。其餘事體。自有夥。計。老。人。家。等措辦。」又云。「自薛蟠父親死後。各省。中。所。有。的。買。賣。承。局。總。管。夥。計。人。等。便趁時拐。騙。起。來。京。都。幾。處。生。意。漸亦銷耗」又云。「薛蟠要親自入都。銷算舊賬。再計新支。因此早已檢點下行裝細軟。以及餽。送。親。友。各。色。土。物。人。情。等。類」第十三回。「秦可卿死後。薛蟠表弟。因見賈珍尋好板。便說我們。本。店裏有一付板。叫作什麼檣木」第四十八回。「各鋪。面。夥。計。內有算年賬要回家的。內有一個張德輝。自幼在薛蟠當鋪內攬總。說起今年紙劄香扇短少。明年必是貴的。明年。先打發大小兒上來。當鋪照管照管。趕端陽前。我順路就販些紙劄香扇來賣。

薛蟠心下忖度。不如也打點本錢。和張德輝逛一年來」第六十六回。「薛蟠說。我同夥。計。販了貨物。自春天起身。往回裏走。一路平。安。誰知到了平。安。州地方。遇見一夥強盜。已將東西刦去。不想柳二弟從那邊來。方把賊人趕散。奪回貨物。還救。了。我。們。的。性。命。」第六十七回。「管總的張太爺。差人送了兩箱子東西來。薛蟠說。特的給媽媽合妹子帶來的東西。一箱都是綢。綾。緞。錦。洋貨等家常應用之物。一箱卻是些筆墨紙硯各色箋紙香袋香珠扇子扇墜花粉胭脂等物。外有虎邱帶來的自行人酒令兒。水銀灌的打觔斗小小子。沙子燈。一齣一齣的泥人兒的戲。用青紗罩的匣子裝著。又有在虎邱山上泥捏的薛蟠小像。薛姨媽將箱子裏的東西取出。一分一分的送。給。賈母並王夫人。寶釵將那些頑意兒一件一件的過了目。除了自己留用之外。一分一分的配合妥當。使鶯兒同著一個老婆子跟著送。往。各處。寶玉到黛玉處。見堆著許多東西。就知道是寶釵送來的。便取笑說道。那裏這些東西。不是妹妹要。開。雜。貨。鋪。啊。」第五十七回。那岫煙把綿衣服當了。寶釵問當在那裏。岫煙道。叫做甚麽恆。舒。了。是鼓。樓。西。大。街。寶釵笑道。閙在一家去了。夥計們倘或知道了。好說人沒過來。衣裳先到了。岫煙聽說。便知是他。家。的。本。錢。」第四十五回「黛玉對寶釵道。你如何比得我。你這裏有。地。土。買。賣。家裏又仍舊有。房。有。地。」均與郭琇疏中所謂房屋田產園宅緞號貲本及餽送等事相應。薛蟠在平。安。州遇盜。與平安錢相應。

探。春。影徐。健。菴。也。健菴名乾學。乾卦作☰。故曰三。姑娘。健菴以進士第三人及第。通稱探。花。故名探。春。健菴之弟元文入閣。而健菴則否。故謂之庶。出。然許三禮劾健菴。一則曰膽恃胞弟徐元文欽點入閣。再則日伊弟拜相之後。與親家高士奇更加招搖。以致有去。了。余。秦。檜。(指余國柱)來。了。徐。嚴。嵩。乾學似寵涓是他大長兄之謠。又有五方寶物歸東海(徐氏)萬國金珠貢澹人之對。是健菴雖不入閣。而其時亦有炙手可熱之勢。故石頭記第五十五回「鳳姐兒道。好個三姑娘。我說不錯。只可惜他命薄。沒託生在太太肚裏。平兒笑道。他便不是太太養的。難道誰。敢。小。看。他。不與別的一樣看待麼。」又「鳳姐病中。王夫人命探春合同李紈協理。又請了寶釵來。他三人一理。更覺比鳳姐當權時倒更謹愼了些。因而裏外下人都暗中抱怨○說剛○剛○倒○了○一○個○巡○海○夜○又○又添○了○三○個○鎮○山○太○歲」○此即影射去了余秦檜來了徐嚴嵩一謠也○韓慕廬所作徐健菴行狀○有云○吳中文○社○故盛○公爲之領袖○又云○壬子主試順天○以獨賞爲公鑒○往往憐收既落之才○即遺卷中有一佳言迴句○咨嗟諷○以失之爲恨○又云○公故負海內望○而勤於造進○篤於人物○一時庶幾之流○奔走輻輳如不及○山林遺逸之老○不遠千里○樂從公○後生之才進者○延譽薦引○無虛日○

案石頭記有秋爽齋偶結海○棠○社○指此○又二十七回○「探春屬寶玉道○這幾個月我又攢下有十來串錢了○

你還拏了去。明兒出門逛去的時候。或是好字畫好輕。巧。頑。意。兒。替我帶些來。又道。怎麼像你上回買的那柳。枝。兒。編。的。小。籃。子。眞竹。子。根。挖。的。香。盒。兒。膠泥。垛。的。風。爐。兒。這就好了」卽以表其延攬文士之故事也。

行狀又云。嘗請崇節。儉。辨等威。因申。衣。服。之。禁。使上下有章。案石頭記第二十七回。「探春屬寶玉帶輕巧頑意兒。揀那朴。而。不。俗。直。而。不。拙。的。又道。我還像上回的鞋。做一雙你穿。比那雙還加工夫。如何呢。寶玉道。那回穿著。可巧遇見老爺。說何苦來虛。耗。人。力。作。

踐綫羅……趙姨娘抱怨的了不得正經兄弟鞋蹋攏襪蹋攏的……探春道什麽我是做鞋的人麽環兒難道沒有分例的衣裳是衣裳鞋襪是鞋襪」蓋影射此事

憺園集有賜覽皇太子書法奏稱皇太子歷年親寫所讀書本及臨摹楷法共大小八箴有奇案石頭記七十囘「探春每日臨一篇楷字與寶玉」影此

健菴疊被彈劾於康熙二十九年囘里許以書局自隨僦居洞庭東山石頭記一百囘至一百二回歷敘探春遠嫁第五回「畫著兩人放風箏一片大海一隻

大。船。船中有一女子掩。面。泣。涕。之狀。詩曰。淸。明。涕送江邊望。千里東。風。一夢遙」。皆指此。(行狀曰。再疏乞骸骨。上允所請。時已仲冬。命且過。冬。行。二十九年春。抵家。詩中淸明字指此)。

王熙鳳。影余國柱也。王即柱字偏旁之省。國字俗寫作国。故熙鳳之夫曰璉。言二王字相連也。(楷書王玉同式)國柱曾爲戶。部。尙書。故賈璉行。二。且賈氏財。政。由熙鳳管理。國柱曾爲江。寧。巡。撫。故熙鳳協理寧。國。府。漢名臣傳云。康熙二十八年。三月。給事中何金蘭疏。言。凡解職解任官仍居原任地方。例有明禁。余國柱曾爲江寧巡撫洊陟大學士不思竭忠圖報贖貨無厭穢迹彰聞荷恩放歸里乃被黜後挾輜重往江寧省城購買第宅廣營生計呼朋引類壟斷攫金借勢招搖顯違禁例乞飭部嚴議事下兩江總督傳拉搭察訊以留戀原任地方購買第宅並設立錢店典鋪覆奏刑部擬杖折贖詔免罪趣回籍尋卒於家石頭記第五回有金陵十二釵正副冊正冊中有一片冰山上有一隻雌鳳其判語有云「哭向金陵事更哀五十四回「女先兒說書說殘唐之時有一位鄉紳本是金陵人氏名喚王忠(忘忠)曾做兩朝宰輔如今告

老回家。膝下只有一位公子。名喚王熙鳳」第一百一回。「散花寺神籤。正面寫著王熙鳳衣錦榮歸大了道。奶奶最是通今博古的。難道漢朝的王熙鳳求官的一段事。也不曉得。籤文云。去國離鄉二十年。於今衣錦返家園。蜂採百花成蜜後。爲誰辛苦爲誰甜。大了道。奶奶自幼在這裏長大。何曾回南京去了。如今老爺放了外任。或者接家眷來。順便還家。奶奶可不是衣錦還鄉了。寶釵道。據我看。這衣錦還鄉四字裏頭還有緣故」第百十四回「王熙鳳歷刦返金陵」王夫人打發人來說。璉二奶奶沒有住嘴。說些胡話。要船要轎的說到金陵歸入册子去皆指被黜後仍居江寧也第一百五回「錦衣軍查抄寧國府」「趙堂官說賈赦賈政並未分家聞得他姪兒賈璉現在承總管家不能不盡行查抄」又云「有一起人回說東跨房查出兩箱房地契文一箱借票都是違例取利的王爺道番役呈稟有禁用之物幷重利欠票兩家王子問賈政道所抄家貲內有借券實係盤剝究是誰行的賈璉忙走上跪下稟道這一箱文書既在奴才屋內抄出來敢說不知道麼」第一百六回「賈政問賈璉道那重利盤剝究竟是誰幹的況且非喒們這樣人家所

爲。又「鳳姐對平兒說。雖說事是外頭鬧得。我若。不。貪。財。如今也沒有我的事」皆與何疏相應也。

國柱曾於康熙二十七年爲御史郭琇所劾。稱其在內閣票擬。承。順。大學士明珠指麾。輕重任意。與尚書佛倫等結。黨。把。持。督撫藩臬缺出。展。轉。援。引。總攬。賄。路。保送學道及科道內陞出差。率皆。居。功。要。索。云云。

石頭記中。叙鳳姐逢迎賈母王夫人。無微不至。而營私弋利等事。亦層見疊出。例如二十七回。「且說王鳳姐自見金釧兒死後。忽見。幾。家。僕。人。常來。孝。敬。他。些。東。西。又不。時。來。請。安。奉。承。自己倒生了疑惑。不知何意。這日又。見。人。來。孝。敬。他。東。西。因晚間無人時。笑問平兒。平兒冷笑道。我猜他們女兒都必是太太房裏的丫頭。如今太太房裏有四個大的。一個月一兩銀子的分例。下剩的都是一個月只幾百錢。如今金釧兒死了。必定。他。們。要。弄。這。一。兩。銀。子。的。巧。宗。兒。呢。鳳姐聽了笑道。…也罷了。他們。幾。家。的。錢。也不。能。容。易。化。到。我。跟。前。這是。他。們。自。尋。的。送什。麽。來。我就。收。什。麽。橫豎。我。有。主。意。鳳姐兒安下這個心。所以。只。管。耽。延。著。等那。些。人。把。東。西。送。足。了。然後。乘。空。方。回。王。夫。人。」云云。十六回。「賈璉的乳母趙嬷嬷。替兩個兒子求事情道……倒是來和奶奶說是正經靠著我們爹只怕我還餓死了呢」又「鳳姐忙向賈薔道我有兩個在行安當人你就帶他們去辦這倒便宜了你呢賈薔忙陪笑道正要和嬸娘討兩個人呢這可巧了賈蓉悄悄的向鳳姐道嬸娘要什麽東西分付了開個賬兒給我兒弟帶去按賬置辦了來」二十四回「賈芸見了賈璉因打聽可有什麽事情賈璉告訴他道前兒倒有一件事情出來偏生你嬸娘再三求了我給了賈芹了他許我說明兒園裏還有幾處要栽花木的地方等這個工程出來一定該你就是了」又「賈芸送

香○料○後○鳳姐道○……怪道你叔叔常提起你來○……賈芸問道○原來叔叔也常提我的○鳳姐見問○便○要○告○訴○給○他○事○情○管○的○話○一想○又○恐○被○他○看○輕○了○只說○得○了○這○點○香○料○兒○便混○許○他○管○事○了○因又○止○住○且把○派○他○種○花○木○工○程○等○事○都一○字○不○提○至次日○鳳姐上車○見賈芸來○便命人喚住○隔窗子笑道○芸兒○你竟有膽子○在我跟前弄鬼○怪道○你○送○東○西○給○我○原來○你有○事○求○我○昨日○你○叔○叔○纔○告○訴○我○說○你○求○他○賈芸笑道○求叔○叔○的○事○嬸娘○休○提○我這○裏○正○後○悔○呢○早知○這○樣○我一○起○頭○就求○嬸○娘○這會○子○也○就○完○了○誰承○望○叔○叔○竟○不○能○

的。……鳳姐冷笑道。你。們。要。揀。遠。路。兒。走。叫我。也。難。早告。訴。我。一。聲。什麽。不。成。了。多大。點。事。兒。耽誤。到。這。會。子。那園。子。裏。還。要。種。樹。種。花。我只。想。不。出。個。人。來。早說。不。早。完。了。賈芸笑道。這。樣。明。日。嬸。娘。就。派。我。罷。鳳姐半响道。這。個。我。看。著。不。大。好。等明。年。正。月。裏。的。煙。火。燈。燭。那個。大。宗。兒。下。來。再派。你。罷。賈芸道。好嬸娘。先把。這。個。派。了。我。罷。果然。這。件。辦。的。好。再派。我。那。件。鳳姐笑道。你倒會拉長線兒。罷了。若。不。是。你。叔。叔。說。我不。管。你。的。事。……你到午初時候。來領銀子。後來就進去種花。」又十四回。鳳姐到水月菴中。老尼說張金兒退婚事道……我想如今長安節度使雲老爺與府上相契要求太太與老爺說聲發一封書求雲老爺和那守備說一聲不怕他不依若是肯行張家連傾家孝順也都情願鳳姐笑道這事倒不大只是太太再不管這樣的事老尼道太太不管奶奶可以主張了鳳姐笑道我也不等銀子使也不做這樣的事……鳳姐道……憑說這麼事我說要行就行你叫他送二三千兩銀子來我就替他出這口氣……我比不得他們扯篷拉縴的圖銀子這三千兩銀子不過是給打發去說的小斷們作盤纏使他賺幾個辛苦錢我一

個錢也不要。便是三萬兩。我此刻還拏得出來……鳳姐便將昨日老尼之事。悄悄的說與來旺兒。旺兒心中早已明白。急忙進城。招著主文的相公。假託賈璉所囑。修書一封。連夜往長安縣來。不過百里之遙。兩日工夫。俱已妥協。那節度使名喚雲光。久欠賈府之情。這些小事。豈有不允之理。給了回書」皆與郭琇所劾相應也。

國柱在江寧巡撫任。曾疏請增設機房四十二間。製造寬大緞疋。得旨。寬大緞疋。非常用之物。何爲勞民糜費。斥所奏不行。案石頭記第三回。黛玉初到時。「熙鳳道剛纔帶了人到後樓上找緞子找了半日也沒見昨日太太說的那樣想是太太記錯了王夫人道有沒有什麽要緊因又說道該隨手拿出兩個來給你妹妹裁衣裳的等晚上想著再叫人去拿罷熙鳳道倒是我先料著了知道妹妹這兩日到的我已預備下了等太太回去過了目好送來」七十二回「鳳姐道昨兒晚上夢見一個人找我說娘娘打發他來要一百疋錦」均影此。

國柱於康熙十八年禮科掌印給事中任內劾浙江水師提督常進功年老耳聾非大聲高呼不聞一語

恐祕密軍機因之洩露所關匪細疏下部察議罷進功任案石頭記第五十四回「鳳姐兒笑道再說一個過正月節的幾個人拏著房子大的砲仗往城外去放引了上萬的人跟著瞧去有一個性急的人等不得便偷著拏香點著只聽見撲嗤的一聲衆人閧然一笑都散了這擡砲仗的人抱怨賣砲仗的幹的不結實沒等放就散了湘雲道難道本人沒聽見鳳姐兒道本人原是個聾子……鳳姐兒笑道喈們也該聾子放砲仗散了罷」又第二十七回「鳳姐又笑道林之孝兩口子都是錐子札不出一聲兒來的我成日家

說他們倒是配就了的一對夫妻。一個。天。聾。一個。地。啞」皆影此。

國柱於順治九年成進士。然其文辭不多見。其同時諸人著作中。惟陳其年駢文有大治余國柱一序。案石頭記中。王熙鳳不甚識字。如四十五回「探春等要請鳳姐做監社御史。鳳姐笑道。我又。不。會。做。什。麽。溼。的。乾。的。……探春道。你雖。不。會。做。也。不。要。你。做」五十回。鳳姐兒道。既這樣說。我也說一句在上頭。……李紈將題目講與他聽。鳳姐兒想了半日笑道。你們別笑話我。我只有一句粗話」七十回「鳳姐因理家常久。每每看帖看賬。也頗。識。得。幾。個。字。了。四十二回。寶釵笑道。幸而。鳳。丫。頭。不。認。得。字。不大。通。一概是市俗取笑。大約因國柱非文學家。故以不識字形容之。

史湘雲。陳其年也。其年又號迦陵。史湘雲佩金麒麟。當是其字陵字之借音。氏以史者。其年嘗以翰林院檢討纂修明史也。名以湘雲。又號枕霞舊友。當皆以其狎紫雲故。蔣永修所作陳檢討迦陵先生傳曰。嘗孌歌童雲郎。雲亡覩物輒悲。若不自勝者。又蔣景祁所作迦陵先生外傳曰。先生寓水繪園。欲得紫。雲。侍硯。冒母馬太夫人靳之。必得梅花百詠乃可。雪窗一夕走筆遂成之。可以見其年與紫雲之關係矣。

徐健菴所作陳檢討維崧墓誌銘。京師自公卿下。無不藉藉其年名傾慕願交者。然其年所居在城北市廛。庳陋纔容膝。蒲簾土銼。攤書其中而觀之。歔欷飯。沈思經籍。有餘。無。問。所。從。來。時時。匱。乏。困臥。而。已。……君修髯。美丰儀。風流。俶。儻。……君門閥清素。爲人恂恂謙抑。襟懷。坦。率。不知人世有險巇事。又徐健菴作湖海樓集序曰。其年檢討。陽羨貴公子。與余相識。在戊亥之間。嘗下榻愼園。流連歡劇。每際。稠。人。廣。坐。伸紙。援。筆。意氣。揚。揚。旁若。無。人。案石頭記。常寫史湘雲之爽直。如第五回。紅樓夢曲(樂中悲)云。「幸生。來。英。豪。闊。大。寬。宏。量。從。未。將。兒。女。私。情。略。縈。心。上。」三十回「只見史湘雲大。說。大。笑。」三十一回。「迎春笑道。我就嫌他愛。說。話。也沒。見。睡。在。那。裏。還是。咭。咭。呱。呱。的。笑。一。陣。說。一。陣。也不知那裏來的那些謔話。」三十二回。「襲人道。雲姑娘。你如今大了。越發。心。直。口。快。了」四十九回。「史湘雲極。愛。說。話。的。那裏。禁。得。香。菱。又。請。教。他。談。詩。越發。高。興。了。沒晝。沒。夜。的。高。談。闊。論。起。來。」六十二回。「史湘雲笑著道。這。個。(拇戰)簡。斷。爽。利。合了。我。的。脾。氣。我不。行。這。個。射。覆。沒得。垂。頭。喪。氣。悶。人。我只。猜。拳。去。

了。」百八回。「寶玉心裏想道。我只說史妹妹出了。閣。是換。了。一。個。人。了。……如。今。聽。他。的。話。原是。和。先。一。樣。的。」皆與其年相應。墓誌銘曰。京師自公卿下。凡人事往來。賀贈宴餞頌述之作。必得其文以爲榮。其年輒。提。筆。綴。辭。益與。酬。酢。不。休。又曰。君所。作。歌。隨處。散。落。人。間。傳曰。辛卯壬辰間吳門雲間常潤。大。興。文。會。四郡。名。士。畢。集。觴酌。求。引。髯索。筆。賦。詩。數十。韻。立。就。或時作記序。用六。朝。俳。體。頃刻。千。言。鉅麗。無。比。諸名。士。驚。歎。以。爲。神。案石頭記。極寫湘雲詩思之敏捷。如第三十七回。「湘雲初到。李紈罰他和詩。湘雲。一。心。與。頭。不待。推。敲。刪。改。一面。只。管。和。他。人。說。著。話。心內。早。已。和。成」五十回。「蘆雪亭聯。句。湘雲。那。裏。肯。讓。人。且別。人。也。不。如。他。敏。捷。」皆是。

墓誌銘曰。遇花間席上。尤喜塡詞。與酣。以。往。常自。吹。簫。而。和。之。人或。指。以。爲。狂。其詞。至。多。累至。千。餘。闋。古所未有也。傳曰。所作。詞。尤。淩。厲。光。怪。變化若神。富至。千。八。百。首。石頭記七十回。「史湘雲偶。塡。柳。絮。詞。」二「湘雲說過。喒們這幾社。總沒。有。塡。詞。明日。何。不。起。社。塡。詞。」與其年好爲詞相應。

別傳曰○先生嘗自中州入都○同秀○水○朱○竹○垞○合○刻○一○稿○名朱○陳○村○詞○石頭記六十七回「凹晶館○湘雲黛玉聯句○」殆影此○

傳曰○髯貧○無子○先是游商邱○買妾○妾父母聞其世○家○游裝○都○雅○意其○富○許之○舉一子○名獅○兒○歲三周○載與俱歸○妾○父母暨妾○始知○髯○貧○且老○諸○生○耳○未幾○獅兒竟夭○髯尋遣妾去○去二年○髯拔起薦辟○官檢討云○然髯自得官後○貧益○甚○儲孺人卒於家○生死不相見○益○悼○痛○不○自○聊○賴○壬戌患頭痛○遂不起○墓誌銘曰○授翰林院檢討後○四○年○年五○十○八○而○病○作○積四○十○餘○日○卒○

石頭記(樂中悲)曲「襁褓中父母歎雙亡縱居綺羅叢誰知嬌養」三十二回「寶釵道爲什麼這幾次他(湘雲)來了他和我說話兒見沒人在眼前他就說家裏累得很我再問他幾句家常的話他就連眼圈兒都紅了口裏含含糊糊待說不說的想其情景自然從小沒了爹娘的苦我看他也不覺傷起心來」三十七回「史湘雲穿得齊齊整整走來辭說家裏打發人來接他……那史湘雲只是眼淚汪汪的見有他家人在跟前又不敢十分委屈……還是寶釵心內明白他家人若回去告訴了他嬸娘待他家去又恐怕受氣」所以

寫其未仕以前之厄運也紅樓夢曲又云「……好一似霽月光風耀玉堂廝得個才貌仙郎博得個地久天長準折幼年時坎坷形狀終久是雲散高唐水涸湘江」百九回「史姑娘哭得了不得說是姑爺得了暴病大夫都瞧了說這病只怕不能好若是變了癆病還可捱過四五年」百十回「史湘雲想到自己命苦剛配了一個才貌雙全的男人性情又好偏偏得了寃孽證候不過挨日子罷了」百十八回「王夫人道就是史姑娘是他叔叔的主意頭裏原好如今姑爺癆病死了你史妹妹立志守寡也就苦了」皆所以寫其旣仕以

後之厄運也。其年出於明之世家而入淸。故以父母早亡喻之」。

別傳曰。相傳先生爲善。卷。山。中。誦。經。猿。再。世。故其性情蕭。淡。不。耐。拘。檢。疾革時。吟山鳥山花是故人句而逝。石頭記四十九回。「一時史湘雲來了。穿著賈母與他的一件貂鼠腦袋面。子大毛黑灰鼠裏子。裏外發燒大褂子。頭上戴著一頂挖雲鵝黃片金裏大紅猩猩氈昭君套。又圍著大貂鼠風領。黛玉先笑道。你們瞧瞧。孫行者來了。……只見他裏頭穿著一件半新的靠色三鑲領袖。秋香色盤金五色繡龍窄褙小袖掩襟銀鼠短襖○裏面短短的一件水紅妝段狐嵌褶子○腰裏緊緊束著一條蝴蝶結子長穗五色宮絛○脚下也穿著鹿皮小靴○越顯得蜂腰猿背○鶴勢螂形○五十回○「暖香塢巧製春燈謎○」湘雲想了一想笑道○我編了一支點絳脣○……便念道○溪壑○分○離○紅塵○游○戲○眞○何○趣○名利○猶○虛○後事○總○難○提○衆人都不解○想了半日○有猜是和○尙○的○也有猜是道○士○的○也有猜是偶戲人的○寶玉笑了半日道○都不是○我猜○著○了○必定○是○要○的○猴○兒○湘雲笑道○正是○這○個○了○衆人道○前頭都好○末後一句怎麽樣解○湘雲道○那一○個○要○的○猴○兒○不○是○剁○了○尾○

巴。去。的」皆影射山猿再世之傳說也。衆人猜爲和尚道士。而猜著者又爲將做和尚之寶玉。皆影誦經猿。所謂後事總難提。所謂剁了尾巴。則影其歿後無子云。

墓誌銘曰。口蹇。訥。不善持論。石頭記二十回「黛玉笑道。偏你。咬。舌。子。愛。說。話。連個二哥哥也叫不上來。只是愛。哥。哥。愛。哥。哥。的。回來趕圍棋兒。又該你鬧么愛。三。了。寶玉笑道。你學會了。明兒連。你。還。咬。起。來。呢。……湘雲笑道。我只保佑著。明兒得。一。個。咬。舌。兒。林。姊。夫。時時刻刻。你可聽愛。呀。厄。的去。」卽影此。

妙玉。姜西溟也。（從徐柳泉說）姜爲少女。以妙代之。詩曰。美如玉。美如英。玉字所以影英字也。（第一回名石頭爲赤霞宮神。瑛。侍者。神瑛殆卽宸英之借音）。全謝山所作翰林院編修姜先生宸英墓表曰。常熟翁尙書者。先生之故人也。是時枋臣方排睢州湯文正公。而尙書爲祭酒。受枋臣旨。劾睢州爲僞學。枋臣因擢之副詹事。以逼睢州。以睢州故兼詹事也。先生。以。文。頭。責。之。一日而其文遍傳京師。尙書恨甚。枋臣有子多才。求學於先生。枋臣頗欲援先生登朝。枋臣有幸僕曰安三。勢傾京師。欲先。生。一。假。借。而。不。可。得。

枋臣之子乘間言於先生曰。家君待先生厚。然而率不得大有佽助。某以父子之間。亦不能爲力者。何也。蓋有人焉。願先生少施顏色。則事可立諧。……先生投。盃。而。起。曰。吾以。汝。爲。佳。兒。也。不料。其。無。恥。至。此。絕不。與。通。又方望溪記姜西溟遺言曰。徐司寇健菴。吾故交也。能進退天下士。平生故人。並退就弟子之列。獨吾。與。爲。兄。弟。稱。其子某作樓成。飲吾以落之。曰。家君云。名此必海內第一流。故以屬先生。吾笑曰。是東。鄉。可。名。東。樓。墓表又云。嘗於謝表中用義山點竄堯典舜典二語。受卷官見而問曰。是語甚麤。其有出乎先生日。義山。詩。未。讀。耶。案石頭記中。極寫妙玉之狷傲。第十七回。王夫人道。這樣我們何不接了他(妙玉)來。林之孝家的回道。若接。他。他說。侯。門。公。府。必以。貴。勢。壓。人。我再不去的。王夫人道。他既。是宦家小姐。自然要傲。些。就下個請帖何妨。四十一回。妙。玉。忙。命。將。成。窰。的。茶。杯。別。收。擱在。外。頭。去。罷。寶玉會意。知爲劉老老吃了。他嫌。骯。髒。不。要。了。黛玉因問。這也是舊年的雨水。妙玉冷笑道。你這。麽。個。人。竟是。大。俗。人。連水也嘗不出來。……黛玉知他天。性。怪。僻。不好。多。話。亦不。好。多。坐。……寶玉道。那茶杯。……不如就給了那貧婆子罷。

⋯⋯妙玉點頭說道。這也罷了。幸而。那。杯。子。是。我。沒。吃。過。的。若是。我。吃。過。的。我就。碰。碎。了。也。不。能。給。他。⋯⋯你只交給他快拏了去罷。寶玉道。自然如此。你那。裏。和。他。說。話。去。越發。連。你。都。骯。髒。了。⋯⋯寶玉又道。等我們出去了。我叫幾個小么兒來。河裏打幾桶水來洗地如何。妙玉笑道。這更好了。只是。囑。付。他。們。擡。了。水。只擱。在。山。門。外。頭。牆。根。下。別進。門。來。」六十三回「岫煙笑道。我找妙玉說話。寶玉聽了詫異。說道。他。爲。人。孤。癖。不合。時。宜。萬人。不。入。他。的。目。原來。他。推。重。姐。姐。竟知。姐。姐。不。是。我。們。一。流。俗。人。⋯⋯寶玉將拜帖取與岫煙看。(拜帖寫檻。外。人。妙玉恭肅遙叩芳辰)岫煙笑道。他這。脾。氣。竟不。能。改。竟是。生。成。這。等。放。誕。詭。僻。了。從來沒見拜帖上寫別號的。……他常說。古人中。自漢晉唐宋以來。皆無好詩。只有兩句好。說道。縱有千年鐵門檻。終須一個土饅頭。所以他自稱檻。外。之。人。又常讚文是莊子的好。故又或稱爲畸。人。他若帖子上是自稱畸人的。你就還他個世人。畸人者。他自稱是畸零之人。你謙自己乃世上擾擾之人。他便。喜。了。如今他自稱檻外之人。是自謂蹈於鐵檻之外了。故你如今只下檻。內。人。便合。了。他。的。心。了。」八十七回「寶玉悉把黛玉的事（撫琴）述了一遍○因說咱們去看他○妙玉道○從古○只○有○聽○琴○再沒○有○看○琴○的○寶玉笑道○我原說我是個俗○人」○九十五回○「岫煙求妙玉扶乩○妙玉冷○笑○幾○聲○說道○我與○姑○娘○來○往○爲的○是○姑○娘○不○是○勢○利○場○中○的○人○今日○怎○麽○聽○了○那○裏○的○謠○言○過來○纏○我○……岫煙知他脾○氣○是○這○麽○著○的○」一百九回○「妙玉來看賈母病○岫煙出去接他○說道○……況且咱們這裏的腰門常關著○所以這些日子不得見你○妙玉道○……我○那○管○你○們○關○不○關○我要○來○就○來○我不○來○你們○要○我○來○也○不○能○啊○岫煙○笑○道○你還○是○那○種○脾○氣○」又第五回○紅樓夢曲○（世

難容)云「天生成孤僻人皆罕你道是啖肉食腥羶(西溟不食豕見下條)視綺羅俗厭」皆是

西溟性雖狷傲而熱中於科第方望溪曰西溟不介而過余以其文屬討論曰吾自度尚有不止於是者以溺於科舉之學東西奔迫不能盡其才今悔而無及也朱竹垞書姜編修手書帖子後云予嘗勸罷鄉試西溟怒不答平生不食豕兼惡人食豕一日予戲語之曰假有人注鄉貢進士榜蒸豕一柈曰食之則以淡墨書子名子其食之乎西溟笑曰非馬肝也石頭記八十七回「寶玉一面與妙玉施禮一面又笑問

道。妙公輕易不出禪關。今日何緣下凡一走。妙玉聽。了。忽然。把。臉。一。紅。也不。答。言。低了。頭。自。看。那。棋。…寶玉尚未說完。只見妙玉微。微。的。把。眼。一擡。看了。寶。玉。一。眼。復又。低。下。頭。去。那臉。上。的。顏。色。漸。漸。的。紅。暈。起。來。…重。新。坐。下。癡癡。的。問。著。寶。玉。道。你從。何。處。來。…

妙玉坐到三更過後。聽得屋上咯碌碌一片瓦響。…忽聽。房。上。兩。個。猫。兒。一。遞。一。聲。廝。叫。那妙玉忽。想。起。日。間。寶。玉。之。言。不覺。一。陣。心。跳。耳。熱。自己。連。忙。收。攝。心。神。走進禪房。仍歸禪牀上坐了。怎奈神。不。守。舍。一時。如。萬。馬。奔。馳。覺得。禪。牀。便。恍。蕩。起。來。…大夫道。這是走魔入火的原故……外面那些游頭浪子聽見了便造作許多謠言說這樣年紀那裏忍得住況且又是很風流的人品很乖覺的性靈以後不知飛在誰手裏便宜誰去呢……惜春因想妙玉雖然潔淨畢竟塵緣未斷皆寫其熱中之狀態也

西溟未遇時欲提挈之者甚多忌之者亦不鮮墓表曰凡先生入闈同考官無不急欲得先生者顧俺得俺失又曰當是時聖祖仁皇帝潤色鴻業留心文學先生之名遂達宸聽一日謂侍臣曰聞江南有三布衣尚未仕耶三布衣者秀水朱先生竹垞無錫嚴先

生耦漁及先生也又嘗呼先生之字曰姜西溟古文當今作者…會徵博學鴻儒崑山葉公與長洲韓公相約連名上薦葉公適以宣召入禁中浹月既出則已無及矣新城王公歎曰其命也夫…先生累以醉後違科場格致斥…受卷官怒高閣其卷不復發謄（因先生斥其未讀義山詩）遺言曰翁司寇寶林用此（刊布責翁文）相操尤急此吾所以困至今也李次青姜西溟先生事略曰始睢州典試浙中歎息語同事暗中摸索勿失姜君竟弗得嗣後每榜發無不以失先生爲恨者曝書亭集有爲姜宸英題畫詩孫注曰

案已未鴻博試○據其鄉後進云○以厄○於○高○江○村○詹○事○不○獲○舉○墓表又曰○康熙丁丑○年七○十○矣○先生入闈○復違○格○受卷○官○見○之○歎○曰○此老○今○年○不○第○將絕○望○而○歸○耳○爲改○正○之○遂成○進○士○石頭記第五回○紅樓夢曲○(世難容)云「好○高○人○共○妒○過潔○世○同○嫌○可歎○這○青○燈○古○殿○人○將○老○辜負○了○紅○粉○朱○樓○春○色○闌○……又何○須○王○孫○公○子○歎○無○緣」百十二回「妙玉說道○我自○玄○墓○到○京○原想○傳○個○名○的○爲這裏請來○不能又棲他處○」八十七回○「怎奈神不守舍○……身子已不在菴中○便○有○許○多○王○孫○公○子○要○、求○娶○他○又有○些○媒○婆○扯○扯○拽○拽○扶他○上○車○」五十回。「李紈說。可厭。妙。玉。爲。人。我不。理。他。」皆寫其不遇之境也。

墓表曰。以己卯試事。同官不飭簠簋。牽連。下。吏。滿朝。臣。寮。皆知。先。生。之。無。罪。顧以。其。事。涇。渭。各。具。當自。白。而不。意。先。生。遽。病。死。新城方爲刑部。歎曰。吾在。西。曹。使湛。園。以。非。罪。死。獄。中。媿何。如。矣。方望溪曰。己卯主順天鄉試。以目。昏。不。能。視。爲同。官。所。欺。挂吏。議。遂。發。憤。死。刑。部。獄。中。……平生。以。列。文。苑。傳。爲。恐。而末。路。乃。重。負。汙。累。然觀。過。知。仁。罪由。他。人。人皆。諒。焉。而發。憤。以。死。亦可。謂。狷。隘。而。知。恥。者。矣。石頭記百十二回。「有人大聲的說道○我說那○三○姑○六○婆○是最要○不○得○的○……那個○什○麽○菴○裏○的○尼○姑○死要○到○咱○們○這○裏○來○……那腰○門○子○一○會○兒○開○著○一會○兒○關○著○不知○做○什○麽○……我今日纔知道是四姑奶奶的屋子○那個○姑○子○就○在○裏○頭○今日○天○沒○亮○溜○出○去○了○可不○是○那○姑○子○引○進○來○的○賊○麽○……包勇道○你們○師○父○引○了○賊○來○偷○我○們○已經○偷○到○手○了○他跟○了○賊○去○受○用○去○了○」百十五回○「地藏的姑子問惜春道○前兒聽見說櫳翠菴的妙師父○怎麽○跟○了○人○去○了○惜春道○那裏○的○話○說這○個○話○的○人○隄防○的割○舌○頭○人家○遭○了○強○盜○搶○去○怎麽○還○說○這○樣○的○壞○話○那

姑子道。妙師父爲人怪癖只怕是假惺惺罷」五回紅樓夢曲曰「到頭來依舊是風塵骯髒違心願好一似無瑕白玉遭泥陷」皆寫其受誣也。百十二回「妙玉自已坐著覺得一股香氣透入顖門便手足痲木不能動彈口裏也說不出話來心中更自著急……此時妙玉如醉如癡可憐一個極潔極淨的女兒被這強盜的悶香薰住由著他擺布去了」寫其以目昏而爲同官所欺也。百十二回又云「不知妙玉被刼或是甘受汙辱還是不屈而死未知下落也難妄擬……惜春想起昨日包勇的話來必是那強盜看見了他昨晚搶去了也未可知但是他素來孤潔得很豈肯惜命」百十七回「恍惚有人說是有個內地裏的人城裏犯了事搶了一個女人下海去了那女人不依被這賊寇殺了衆人道喒們櫳翠菴的妙玉不是叫人搶去不要就是他罷賈芸道前日聽見人說他菴裏的道婆做夢說看見是妙玉叫人殺了」皆寫其瘐死獄中也西溟祭納蘭容若文有曰兄一見我怪我落落轉亦以此賞我標格……我蹶而窮百憂萃止是時歸兄館我蕭寺人之狺狺笑侮多方兄不謂然待我彌莊……梵筵棲止其室不遠縱譚晨夕枕席書卷余來京師

刺字。漫。滅。舉頭。觸。諱。動足。遭。跌。兄輒怡然。忘其顛蹶。數兄知我。其端非一。我常。箕。踞。對客。欠。伸。兄不。余傲。知我。任。眞。我時。嫚。罵。無問。高。爵。兄不。余。狂。知余。疾。惡。激昂。論。事。眼睜。舌。撟。兄爲。抵。掌。助之。叫。號。有時。對。酒。雪涕。悲。歌。謂余。失。志。孤憤。則。那。彼何。人。斯。實應。且。憎。余色。拒。之。兄門。固。扃。石頭記中寫妙玉品性均與之相應。而蕭寺及梵筵云云。尤爲櫳翠菴之來歷也。惜春。嚴蓀友也。蓀友爲薦舉鴻博四。布。衣。之一。故曰四。姑。娘。蓀友又號藕。漁。亦曰藕。蕩。漁。人。故惜春住藕。榭。詩社中即以藕。榭。爲號。

池北偶談。公卿薦舉鴻博。繩孫目疾。是日應制。僅爲。八。韻。詩。朱竹垞嚴君墓誌。晚歲。有。以。詩。文。畫。請。者。概。不。應。石頭記三十七回「惜春本。性。嬾。於。詩。詞」殆指此。墓誌曰。君兼。善。繪。事。李次青嚴蓀友事略又稱其尤精畫。鳳。石頭記惜春之婢名入。畫。第四十回。賈母指著惜春笑道。你瞧我這個小孫女兒。他就會畫。等明。兒。叫。他。畫。一。張。如。何」第四十二回「李紈笑道。四丫頭要。告。一。年。的。假。呢。黛玉笑道。都是老太太昨兒一句話。又叫。他。畫。什。麽。園。子。圖。兒。惹得。他。樂。得。告。假。了」五十回「賈母道。那是你四妹妹那裏和煖。和我們到那裏。瞧瞧。他。的。畫。兒。趕年。可。能。有。了。不。能。衆人笑道。那裏。能。年。下。就。有。了。只怕。明。年。端。陽。纔。有。呢。賈母道。這還了得。他竟比蓋這園子還費工夫了。…只問惜春畫。在。那。裏。惜春因笑道。天。氣。寒。冷。了。膠性。皆。凝。滯。不。堪。畫了。恐。不。好。看。故此。收。起。來。了。皆借蘩友繪事爲點綴。其所云請假一年。明年纔有。及天寒收起等。則晚歲不應之義也。

墓誌曰。君歸。田。後。杜門。不。出。築堂曰雨青草堂。亭曰佚亭。布以窠石。小梅。方竹。宴坐。一。室。以。爲。常。暇。輒。掃。地。焚。香。而。已。事略曰。既入史館。分。纂。隱。逸。傳。容與。蘊。

藉○蓋○多○自○道○其○志○行○云○石頭記七十四回○「惜春年幼○天性○孤○癖○任人○怎○說○只是○咬○定○牙○斷乎○不○肯○留○著○（入畫）○又說道○不但○不要入畫○如今我也大了○連我○也○不○便○往○你○們○那○邊○去○了○況且○近○日○聞○得○多○少○議○論○我若○再○去○連我○也○編○派○…我一個姑娘○只好○躲○是○非○的○我反○尋○是○非○成個○什○麼○人○了○…我○只○能○保○住○自○己○就彀○了○以後○你○們○有○事○好歹○別○累○我○…狀○元○難○道○沒○有○糊塗○的○…怎○麼○我○不○冷○我清○清○白○白○的○一○個○人○爲什○麼○叫○你○們○帶○累○壞○了○…你○這○一○去○了○若果○然○不○來○倒也○省○了○口○舌○是○非○大家○倒○還○干○淨」八十七回○「惜春想○我

若○出○了○家○時○那有○邪○魔○纏○擾○一念○不○生○萬緣○俱○寂○想到○這○裏○驀與◉神○會○若有○所○得○便口○占○一○偈○云○大造○本○無○方○云何○是○應○住○既從○空○中○來○應向○空○中○去○占畢○即命○丫○頭○焚○香○自己○靜○坐○了○一○回」百十五回○「惜春道○如今○譬○如○我○死○了○是○的○放我○出○了○家○干干○淨○淨○的○一○輩○子」皆寫其杜門不出掃地焚香之決心也○

寶琴○冒辟疆也○辟疆名裏○孔子嘗學琴於師襄○故以琴字代表之○

辟疆有姬曰董白○其沒也○辟疆作影梅菴憶語以哀之○有曰○壬午清和晦日○姬送余至北固山○舟泊江邊○

時西先生畢令梁寄余夏西洋布一端薄如蟬紗潔比雪豔以退紅爲裏爲姬製輕衫不減張麗華桂宮霓裳也借登金山山中遊人數千尾余兩人指爲神仙又曰余家及園亭凡有隙地皆植梅春來早夜出入皆爛縵香雪中姬於含蕊時先相枝之横斜與几上軍持相受或隔歲便芟翦得宜至花放恰採入供

石頭記四十九回「湘雲又瞧著寶琴笑道這一件衣裳也只配他穿別人穿了實在不配」五十回「賈母一看四面粉妝銀砌忽見寶琴披著鳧靨裘站在山坡背後遥等身後一個丫鬟抱著一瓶紅梅……喜的忙

笑道。你們瞧這雪坡上。配上他這個人物。又是這件。衣。裳。後頭又是這梅。花。像個。什。麽。衆人都笑道。就像老太太房裏掛的仇十洲畫的豔。雪。圖。賈母搖頭笑道。那畫的那裏。有。這。件。衣。裳。人也。不。能。這。樣。好。……這是已許。配。梅。家。了。……把他許。了。梅。翰。林。的。兒。子」四十九回。「薛蝌因當年父親已將胞妹薛寶琴許。配。都。中。梅。翰。林。之。子。爲。媳。」皆與隱梅盦憶語中語相應。張公亮所作冒姬董小宛傳。小宛。秦。淮。樂籍中奇女也。……徙之金。閶。……住半塘。……自西。湖。遠游於黃。山。白。嶽。間者將三年。……自此渡滸。墅。遊惠。山。歷毗。陵。陽。羨。

澄。江。抵北。固。登金。焦。石頭記五十回「薛姨媽道。他從小兒見的世面倒多。跟他父親四。山。五。岳。都走遍了。他父親帶了家眷。這一省逛一年。明年又到那一省逛半年。所以。天。下。十。停。走。了。有。五。六。停。了。……寶琴走來笑道。從小。兒。所。走。的。地。方。的古蹟不少。我如今揀了十個地方古蹟。做了十首懷古詩」五十一回寶琴十首懷古絕句。爲赤。壁。交。趾。鍾。山。淮。陰。廣。陵。桃。葉。渡。靑。冢。馬。嵬。蒲。東。寺。梅。花。觀。十處。雖地名不皆符合。然彼此足相印證。

辟疆之別墅曰水。繪。園。石頭記五十二回「寶琴說。曾見眞。眞。國。女。子」蓋用聞奇錄中畫中美人名眞眞事。以映繪字。此女子所作詩。有曰「昨日朱。樓。夢。今宵水。國。吟。」上句言其不忘明室。下句則卽謂水繪園也。古人嘗以千。里。草。影董。字。後漢童謠千里草何青青是也。石頭記五十回「李綺燈謎。以螢字打一個字。寶琴猜是花。草。的。花。字。黛玉笑道。螢可不是草化的」殆亦以草字影董字也。相傳董小宛實非病死。而被刼入清官。草化爲螢。疑卽指此。螢與榮。國。府。之榮同音也。

劉老老。湯潛菴也。(合肥蒯君若木爲我言之)潛菴受業於孫夏峰。凡十年。夏峰之學。本以象山陽明。爲宗。石頭記。「劉老老之女壻曰王。狗兒。狗兒之父曰王。成。其祖上曾與鳳姐之祖王夫人之父認識。因貪王。家。勢。利。便連。了。宗」似指此。耿介所作湯潛菴先生斌傳曰。皇太子將出閣。上諭吏部。自古帝王。諭教。太。子。必簡。和。平。謹。恪。之。臣。專資贊導。江寧巡撫湯斌。在經筵時。素行謹。愼。朕所稔知。及簡任巡撫以來。潔己。率。屬。實心。任。事。允宜拔擢大用。風示有位。特授禮部掌詹事府事。石頭記四十二回。「鳳姐兒道。他（巧姐兒）還沒個名字。你就給他起個名字。借借。你。的。壽。二則你們是莊家人。不怕你惱。到底貧苦些。你貧。苦。人。起。個。名。字。只怕。壓。的。住。他」又一百十三回「鳳姐對巧姐兒道。你的名字。還是他起的呢。就和。乾。娘。一。樣。你給他請個安。……老老道。只是不到我們那裏去。鳳姐道。你帶。了。他。去。罷」一百十九回。「平兒道。老老你既是姑。娘。的。乾。媽」疑皆指其爲詹事時事。

觚賸「舊傳明祖夢兵卒千萬。羅拜殿前。……高皇曰。汝因多人。無。從。稽。考。姓。氏。但五人爲伍。處處血食足矣。因命江南家立尺五小廟祀之。俗稱。五。聖。祠。是後日漸蓄衍。甚至樹頭花前。雞塒豕圈。小有萎殀。輒曰五聖爲禍。吾吳上方山尤極淫侈。娶。婦。貸錢。殀詭百出。吳人驚信若狂。簫鼓畫船。報賽者相屬於道。巫。覡。牲牢。闐委雜陳。計一日之費。不下數百金。歲無虛日也。睢州湯公巡撫江南。深痛惡俗。康熙乙丑。奏於朝。而奉有俞旨。幷檄各省。如江南土木之偶。或畀。炎。火。或投濁流。五聖祠遂斬無孑遺。「國朝先正事略」蘇州府城上方山。有祠曰。五。通。禱賽甚盛。凡少。年。婦。女。感寒。熱。覡巫。輒。謂。五。通。將。娶。爲。婦。往往。羸。瘵。死。常數十家。前有大吏。擬撤其祠。遇祟死。民益神之。公收像。投水。

火○盡燬○所○屬○淫○祠○請旨勒石永禁」石頭記三十九回○「劉老老道○去年冬天○接連下了幾天雪○地下壓了三四尺深○……只聽外頭柴草響○我想必定有人偷柴草來了○……賈母道○必定是過路的客人們冷了○見現成的柴○抽些○烤○火○去○也是有的○劉老老道○……原來是○一○個○十○七○八○歲○極○標○緻○的○一○個○小○姑○娘○……外面人喊噪起來○……丫鬟回說○南院馬棚子裏走了○火○了○不相干○已救下了○……只見東○南○上○火○光○猶○亮○……又忙命人去火○神○跟前燒○香○……賈母足足看○火○光○熄○了○……都是纔○說○抽○柴○草○惹出○火○來○了○……林黛玉忙笑道○咱們雪下

吟詩依我說還不如弄一捆柴火雪下抽柴……劉老老編了告訴他道那原是我們莊北沿地埂子上有一個小祠堂裏供的不是神佛當先有個什麼老爺說著又想名姓寶玉道不拘什麼名姓你不必想了(觚賸所謂無從稽考姓氏)只說原故就是了劉老老道這老爺沒有兒子只有一位小姐名叫若玉小姐(五字與玉字相似故曰若玉)……生到十七歲一病死了(國朝先正事略所謂少年婦女……五通將娶爲婦往往嬴瘵死)……因爲老爺太太思念不盡便蓋了這祠堂塑了這若玉小姐的像派了人燒香撥火如今日

久年深的。人也沒了。廟也。破。了。那像。也。就。成。了。精。……他時常變了人出來各村莊店道上閒逛。我纔說抽。柴。火。的。就是他了。我們村莊上的人。還商議著。要打。了。這。個。像。平了。廟。呢。……寶玉道。我明日做。個。疏。頭。替你。化。些。佈。施。你就。做。香。頭。攢了。錢。把這。廟。修。蓋。再裝。塑。了。泥。像。每月。給。你。香。火。錢。燒。香。豈不好。(汪士鋐所作湯潛菴先生墓表。其後五路神徙於他所。鬖鬖乎有復興之勢。)……焙茗笑道。找到。東。北。上。田。埂。子。上。纔有。一。個。破。廟。……那廟門卻倒也朝南開。也是稀破的。……一。看。泥。胎。嚇的。我。又。跑。出。來。活似。眞。的。一。般。……那。

裏是什麼女孩兒竟是一位青臉紅髮的瘟神爺」皆影湯公燬五通祠事也

徐乾學所作工部尚書湯公神道碑「居官不以絲毫擾於民夏從貿肆中易苧帳自蔽春野薺生日採取啖之脫粟羹豆與幕客對飯下至臧獲皆怡然無怨色常州知府祖進朝製衣韡欲奉公久之不敢言竟自服之」馮景所作湯中丞雜記「黃進士春江言公涖任時某親見其夫人曁諸公子衣皆布行李蕭然類貧士而其日給爲菜韭公一日閱簿見某日兩隻雞公愕問曰吾至吳未曾食雞誰市雞者乎僕叩頭曰

公子。公怒。立召公子跽庭下而責之曰。汝謂。蘇。州。雞。賤。如。河。南。耶。汝思。啖。雞。便歸去。惡有士。不。嚼。菜。根。而能作百事者哉。并笞其僕而遣之。公生日。薦紳知公絕饋遺。惟製。屏爲壽。公辭焉。啟曰。汪琬。撰。文。在上。公命錄。以。入。而。返。其。屏。……去之日。敝麓數肩。不增一物於舊。惟廿。一。史。則。吳。中。物。公指爲祖道諸公曰。吳中。價。廉。故市。之。然頗累馬力。「觚賸續編」雎州湯潛菴先生。以江南巡撫內遷大司空。其歿於京邸也。同官唁之。身臥。板。牀。上衣。敝。藍。絲。襖。下著。褐。色。布。袴。檢其所遺。惟竹笥內俸。銀。八。兩。崑山徐大司寇賻。以。二。十。金。

乃能成殯。」石頭記第六回。記劉老老之外孫名板。兒。外孫女名青。兒。一進。榮。國。府。攜板。兒。去。板兒當影吳中所市之廿一史。青兒則影其日給菜韭也。又劉老老見鳳姐時。賈蓉適來借屏。「賈蓉笑道。我父親打發我來。求嬸子說上回老舅太太給嬸子的那。架。玻。璃。炕。屏。明兒請一個要。緊。的。客。借去。略。擺。一。擺。就。送。來。的。……鳳姐笑道。也沒見我們王。家。的。東。西。都。是。好。的。……碰。壞。一。點。你可仔細你的皮。」是影不受壽屏事。曰借。曰略擺一擺就送來。言不受也。王家的東西都是好的。王汪同音。汪琬撰文在上也。不許碰壞一點。但錄其文而於屏一無所損也。又鳳姐給他二十兩銀子。而第三十九回「劉老老道。這樣螃蟹。…再搭上酒菜。一共倒有二十多兩銀子。阿彌陀佛。這一頓的錢。彀我們莊家人過一年的了」疑皆影徐健菴賻二十金也。第三十九回「劉老老又來了。有兩三個丫頭在地下。倒口袋裏的棗子。倭瓜。並些野菜。老老道。姑娘們天天山珍海味的也吃膩了。吃個野菜兒。也算我們的窮心。賈母又笑道。我纔聽見鳳哥兒說你帶好些瓜菜來。我叫他快收拾去了。我正想個地裏現結的瓜兒菜兒吃。外頭買的不像你們田地裏的好吃。

劉老老笑道。這是。野。意。兒。不過。吃。個。新。鮮。依我們倒想魚肉吃。只是吃不起。」第四十二回。「平兒道。到年下。你只。把。你。們。曬。的。那。個。灰。條。菜。乾。子。和豇。豆。扁。豆。茄。子。葫。蘆。條。子。各樣。乾。菜。帶。些。來。我們。這。裏。上。上。下。下。都。愛。吃。這。個。」皆影喚野薺給菜韭及謂士當嚼菜根等也。平兒道「這一包是八。兩。銀。子。」影死後所遺惟俸銀八兩也。三十九回。「鴛鴦去挑了兩件隨。常。的。衣。服。給劉老老換上。」四十二回。「鴛鴦道。前兒我叫你洗澡換。的。衣。裳。是我。的。你不。棄。嫌。我還。有。幾。件。也送。你。罷。劉老老又忙道謝。鴛鴦果然又拏出幾件來。又鴛鴦指炕上一個包袱說道這是老太太的幾件衣裳都是往年間生日節下衆人孝敬的老太太從不穿人家做的收著也可惜卻是一次也沒穿過的昨日叫我拏出兩套兒送你帶去或送人或自己家裏穿罷又平兒又悄悄笑道這兩件襖兒和兩條裙子還有四塊包頭一包絨線這是我送老老的那衣裳雖是舊的我也沒大很穿你要棄嫌我就不敢說了老老忙笑說道姑娘說那裏話這樣好東西我還棄嫌我便有銀子沒處買這樣的去呢只是我怪臊的收了又不好不收又孤負了姑娘的心皆影祖進朝欲奉

衣韡久不敢言而自服之也。四十回。「賈母道。那個紗叫軟烟羅。先時原不過是糊窗屜。後來我們拏這個做被做帳。子。試試也竟好。……劉老老口裏不住的念佛說道。我們。想。做。衣。裳。也。不。能。拏著。糊。窗。子。豈。不。可。惜。……賈母道。若有時都拏出來。送這。劉。親。家。兩。疋。有雨過天青的。我做一個帳。子。掛下。」四十二回。「平兒說道。這是昨日你。要。的。青。紗。一。疋。奶奶另外送你一個實地月白紗做裏子。這是兩。個。藕。綢。做襖。兒。裙。子。都好。這包袱裏是兩疋綢子。年。下。做。件。衣。裳。穿。」又四十一回。「劉老老忽。見。有。一。副。最。精。緻。的。牀。帳。」皆影其苧幮自蔽全家衣布及死時服敝藍絲褉褐色布袴事也。第四十回「劉老老道。這裏的。雞兒也。俊下的這蛋也小巧怪俊的。」四十一回「鳳姐道。你把纔下來的茄子。把皮刨了。只要淨肉。切成碎釘子。用雞油炸了。再用雞。肉。脯子。合香菌。新筍。蘑菇。五香豆腐乾子。各色乾果子。都切成釘兒。拏雞湯煑乾。將香油一收。外加糟油一拌。盛在磁罐子裏。封嚴。要吃時拏出來。用炒的雞。爪。子。一拌。就是了。劉老老聽了搖頭吐舌說。我的佛祖。倒得。十。來。隻。雞。來。配。他。怪道這個味兒。」影其責子啖雞事也。

履園叢話。「湯文正公涖任江蘇。聞吳江令郎墨郭公琇。有墨吏聲。公面責之。郭曰。向來上官要錢。卑職無措。只得取之於民。今大人如能一淸如水。卑職何敢貪耶。公曰。姑試汝。郭回任。呼役。汲。水。洗。其。堂。由是大改前轍」石頭記四十一回。「賈母帶了劉老老至櫳翠庵來。…寶玉道。等我們出去了。我叫幾個小么兒來。河裏。打。幾。桶。水。來。洗。地。如。何。」影郭琇洗堂事也。其他迎春等人。尙未考出。姑闕之。又有插敍之事。頗與康熙朝時事相應者。數條。附錄於後。四十八回。賈雨村拏石獃子事。卽藏名世之獄也。藏居南○山○岡○卽以南○山○名其集○詩曰○節彼南○山○維○石○巖○巖○又戴之賈禍○尤在其致門生余○石○民○一書○故以石獃子代表之○所謂「老爺不知在那裏看○見○幾○把○舊○扇○子○回家○來○看家○裏○所○有○收○著○的○這○些○好○扇○子○都○不○中○用○了○……偏他家就有二○十○把○舊○扇○子○死也○不○肯○拏○出○大○門○來○……他只是不賣○只說○要○扇○子○先要○我○的○命○……誰知那雨村沒天理的○聽見○了○便設了法子訛他拖欠官銀○拏了○他○到○衙○門○裏○去○說所欠公銀○變賣家產賠補○把這○扇○子○抄○了○來○做了官價○送了來○那石○獃○子○如○今○不知○是○死○是○活○……爲○這○點○子○小○事○弄的○人○家○敗○

產。」扇者史也。看了舊扇子。家裏這些扇子不中用。有實錄之明。史。則淸。史。不足觀也。二十把舊扇子。二。十。史。也。石獃子死不肯賣。言如戴名世等。寧死而不肯以中國古史俾淸人假借也。拏石獃子。抄扇子。弄的人家敗產。石獃子不知是死是活。謂燒。燬。南。山。集。版。斬戴。名。世。其案。內。干。連。之。人。幷。其。妻。子。或先。發。黑。龍。江。或入。旗。也。

第二十三回。回目以西。廂。記。牡丹。亭。對舉。四十回。黛玉應酒令。並引二書。五十一回。寶琴編懷古詩。末二首。亦本此二書。所以代表當時違礙之書也。西廂終於一夢。以代表明季之記載。牡丹亭述麗娘還魂。以代表主張光復明室諸書。寶玉初讀西廂。正值落。紅。成陣。引起黛玉葬。花。即接敍黛玉聽曲。恰爲原來是姹。紫。嫣。紅。開遍似這般都。付。與。斷。井。頽。垣。及良辰美景奈。何。天。賞心樂事誰。家。院。其後又想起西廂記中花。落。水。流。紅。等句。落紅也。葬花也。付紅紫於斷井頽垣。皆弔亡明也。奈何天。誰家院。猶言今日域中誰家天下也。黛玉應酒令。引牡丹亭。仍爲良辰美景奈何天。引西廂。則曰紗窗也沒。有。紅。娘。報。言不得明室消息也。第四十二回「寶釵道。我們家也算是個讀書人家祖父手裏也極愛藏書先時人口多姊妹兄弟也在一處……諸如這西廂琵琶以及元人百種無所不有他們背著我們偷看我們背著他們偷看後來大人知道了打的打罵的罵燒的燒丟開了」言此等違礙之書本皆祕密傳閱經官吏發見則燬其書而罰其人也寶琴所編蒲東寺懷古曰「小紅骨賤一身輕私掖偷攜強撮成雖被夫人時弔起已經句引彼同行」似以形容明室遺臣強顏事清之狀其梅花觀懷古末句「一別西風又一年」亦有黍離之感「黛玉道兩首雖於史鑑上無考咱們雖不曾看這些外傳不知

底。裏。難道咱們連兩本戲也沒見過不成。三歲的孩。子。也。知。道。何況。咱。們。李紈道。凡說書唱戲甚至於求的籤上都有。老。少。男。女。俗。語。口。頭。人。人。皆。知。皆。說。的」言此等忌諱之事。雖不見史鑑。亦不許人讀其外傳。而人人耳熟能詳也。

第七回。焦大醉後謾罵。「衆小廝把他捆起來。用土。和。馬。糞。滿。滿。的。塡。了。他。一。嘴。」第百十一回。「大家見一個梢。長。大。漢。手。執。木。棍。……正是甄家薦來的包勇……包勇用力一。棍。打。去。將賊。打。下。屋。來。」似影射方望溪事。嘯亭雜錄。「方靈皋性剛戇。遇事輒爭。嘗與履恭王同判禮部事。王有所過當。公拂袖而爭。王曰。禿老可敢若爾。公曰。王言如馬。勃。味。往謁查相國。其僕恃勢不時稟。公大怒。以杖。叩。其。頭。血涔涔下。僕狂奔告相公。迎見後。復至查邸。其僕望之即走。曰舞。杖。老。翁。又來矣」望溪名苞。故曰包勇。

第十八回。「黛玉因見寶玉構。思。太。苦。走至案旁。知寶玉只少杏帘在望一首。……自。己。吟。成。一。律。寫在。紙。條。上。搓成。個。團。子。擲向。寶。玉。跟。前。寶玉。遂。忙。恭。楷。繕。完。呈。上。賈妃看畢。指杏。帘。一。首。爲。四。首。之。冠。」似影射張文端助王漁洋事。嘯亭雜錄。「王文簡詩名重當時。浮沈粉署。張文端公直南書房。代爲延譽。仁廟亦嘗聞其名。召入。面。試。漁洋詩。思。本。遲。加以部曹小臣。乍覩天顏。戰栗不。能。成。一。字。文端。代。作。詩。草。撮爲。丸。置案。側。漁。洋。得。以。完。卷。上閱之。笑曰。人言。王。某。詩。多。丰。神。何整。潔。殊。似。卿。筆。⋯漁洋感激終身。曰、是日微張某余幾曳白矣」

元妃省親。似影清聖祖之南巡。蓋南巡之役。本爲省覲世祖而起也。第十六回。「趙嬤嬤道。我聽見上上下下。嘈嚷了這些日子。什麼省。親。不。省。親。我也不理論他去。如今又說省。親。到底。是。怎。麼。個。緣。故。賈璉道。如今當今體貼萬人之心。世上。至。大。莫。如。孝。字。…當今自爲日夜侍奉太。上。皇。皇。太后。尚。不。能。略。盡。孝。意。…於是。太。上。皇。皇太后大喜。深讚當今至。孝。純。仁。…鳳姐笑道。當年太。祖。皇。帝。仿。舜。巡。的。故。事。比一部書還熱鬧。我偏沒造化趕下。趙嬤嬤道。阿呀呀。那可是千載難。逢。的。那時候我纔記事兒。咱們賈府。…只預備接。駕。一。次。把銀子化的淌海水似的。說起來。鳳姐忙接道。我們王府裏也。預。備。過。一。次。…趙嬤嬤道。如今還有現在江南的甄家。阿呀呀。好世派。他家。獨。接。駕。四。次。…也不過拏著皇帝家的銀子。往皇帝身上使罷了。誰家有那些錢買這個虛熱鬧去」趙嬤嬤說省親是怎麼個緣故。可見省親是擬議之詞。康熙朝無所謂太上皇。而以太上皇與皇太后並稱。是其時世祖未死之證。宮妃省親。與皇帝南巡。事絕不同。而鳳姐及趙嬤嬤乃縷述太祖皇帝南巡故事。且縷述某家接駕一次某家接駕四次。是明指康熙朝之南巡。不過因本書既以賈妃省親事代表之。不得不假記南巡爲已往之事云爾。

右所證明。雖不及百之一二。然石頭記之爲政治小說。決非牽強傅會。已可概見。觸類旁通。以意逆志。一

切怡紅快綠之文。春恨秋悲之迹。皆作二百年前之因話錄舊聞記讀可也。民國四年十一月著者識

附錄

錢靜方紅樓夢考

紅樓夢一書。描寫人情世故。深入細微。膾炙人口者。垂二百數十年矣。前清俞曲園先生嘗考之。謂爲康熙朝相臣明珠之子而作。明珠姓納蘭氏。長白人。其子名成德。字容若。長於經學。又好塡詞。通志堂經解每一種有納蘭成德容若序。即其人也。乾隆五十一年二月二十九日上諭。成德於康熙十一年壬子科中式舉人。十二年癸丑科中式進士。年甫十六歲。然則其中舉人止十五歲。於書所述頗合。此書末卷自具作者姓名曰曹雪芹。袁子才隨園詩話云。曹楝亭康熙中爲江寧織造。其子雪芹撰紅樓夢一書。備極風月繁華之盛。則曹雪芹固有可考矣。又船山詩草有贈高蘭墅鶚同年一首云。豔情人自說紅樓。自注云。傳奇紅樓夢八十回以後。俱蘭墅所補。然則此書非出一手。按鄉會試增五言八韻詩。始於乾隆朝。使出曹手。必不備此體例。而是書敘科場事。已有詩。則其爲高君所補可證矣。俞說如是。又云。納蘭容若飲水詞集有滿江紅詞。爲曹子淸題其先人所構楝亭。子淸卽雪芹也。余觀錢唐袁蘭村先生選刊之飲水詞鈔。標爲長白納蘭性德容若著。下注原名成德。則容若有二名矣。

又鄞縣陳康祺先生郎潛二筆云。姜西溟太史與其同年李修撰蟠·同典康熙己卯順天鄉試。時因士論沸騰。有老姜全無辣氣。小李大有甜頭之謠。風聞於上。以致被逮。姜竟卒於請室。第前輩多紀述此事。而不能定其關節之有無。昔讀鮚埼亭集先生墓表。稱滿朝臣僚。皆知先生之無罪。而王新城亦有我爲刑官·令西溟以非罪死·無以謝天下之語。知同時公論。早以西溟之連染爲寃。嗣聞先師徐柳泉先生云。小說紅樓夢一書。即記故相明珠家事。金釵十二。皆納蘭侍御所奉為上客者也。寶釵影高澹人。妙玉即影西溟先生。妙為少女。姜亦婦人之美稱。如玉如英。義可通假。妙玉以看經入園。猶先生以借觀藏書就館相府。以妙玉之孤潔而橫羅盜窟。并被以喪身失節之名。猶先生之貞廉而瘐死圜扉。並加以嗜利受賕之謗。作者蓋深痛之也。徐先生言之甚詳。惜余不盡記憶。此編〔指郎潛〕網羅掌故。從不采傳奇稗史。自污其書。惟紅樓夢筆墨嫻雅。屢見稱於乾嘉後名人詩文筆札。偶一援引。以白鄉先生千載之誣。且先師遺訓也。由陳之說。是紅樓一書。寫美人實寫名士。特化雄爲雌而已。高澹人名士奇。浙人。前清康熙帝爲右文之主。一時渡江名士。輻湊輦下。或以經術著。或以文才顯。或以理學稱。其遺聞軼事。往往散見於各家記載。使按圖而索驥焉。雖金釵之列。上中下三冊。多至三十六人。亦不難一一得其形似。第恐失之附會。不若闕疑以存其眞之爲得也。惟飲水詞鈔一卷。爲納蘭侍御親筆所著。中有與諸名士酬唱之作。余嘗讀之。見爲南豐梁份而作者居多數。姜宸英次之。嚴繩孫陳維崧輩又次之。以交誼言之。彼質夫蓀友迦陵三先生。當亦在金釵之列。第不知爲之影者係何人耳。

是書力寫寶黛癡情。黛玉不知所指何人。寶玉固全書之主人翁。卽納蘭侍御容若也。使侍御而非深於情者。則焉得有此倩影。余讀飲水詩鈔。不獨於賓從間得訢合之懽。而尤於閨房內致纏綿之意。卽黛玉葬花一段。亦從其詞中脫卸而出。是黛玉雖影他人。亦實影侍御之德配也。爲錄三詞於左。以資印證。

金縷曲〔亡婦忌日有感〕

此恨何時已。灑空階寒更雨歇。葬花天氣。三載。悠。悠。

魂。夢。杳。是夢。久。應。醒。矣。料也覺人間無味。不及夜臺
塵土隔。冷清清一片埋愁地。釵鈿約。定拋棄。重泉
若有雙魚寄。好知他年來苦樂。與誰相倚。我自終宵
成轉側。忍聽湘絃重理。待結個他生知己。還怕。兩。人。
俱。薄。命。再緣。慳。剩。月。零。風。裏。清淚盡。紙灰起。

於中好〔十月初四夜風雨其明日是亡婦生辰〕

塵滿疎簾素帶飄。真成暗渡可憐宵。幾回偷拭青衫
淚。忽傍犀奩見翠翹。惟有恨。轉無聊。五更依舊落
花朝。衰楊葉盡絲難盡。冷雨淒風罩畫橋。

南鄉子〔爲亡婦題照〕

淚面更無聲。止向從前悔薄情。憑仗丹青重省識。盈盈。一片傷心畫不成。別語忒分明。午夜鶼鶼夢早醒。卿自早醒儂自夢。更更。泣盡風簷夜雨淋。

前清研究紅學者。不一其說。有謂紅樓一夢乃影淸初大事者。林薛二人爭寶玉。即指康熙末允禩諸人奪嫡事。寶玉非人。寓言玉璽耳。故著者明言頑石也。黛玉之名。取黛字下半黑字與玉字相合。去其四點。則代理二字。代理者。代理密親王也。和碩理密親王名允礽。爲康熙帝次子。故以雙木之林字影之。猶慮閱者不解。又於迎春名之曰二木頭。蓋迎春亦行二也。襲人爲寶釵之影。寫寶釵不便盡情極致。乃旁寫一襲人以足之。襲人者·龍衣人。指世宗憲皇帝允禎也。海外女子·指延平王鄭氏之據臺灣。焦大指洪承疇。觀其醉後自表戰功。與承疇之爲清效力者近似。妙玉乃指吳梅村。走魔遇刦。卽狀其家居被迫。不得已而出仕。梅村吳人。妙玉亦吳人。居大觀園·自稱檻外人。寓不臣之意。王熙鳳指宛平相國王熙。康熙一朝。漢大臣有權者。熙爲第一。書中明言熙鳳爲男子也。此說旁徵曲引。似亦可通。不可謂非讀書得間。所病者舉一漏百。寥寥釵黛數人外。若者爲某。若者爲某。無從確指。雖較明珠之說。似爲新穎。而欲求其顯豁呈露。則不及也。要之紅樓一書。空中樓閣。作者第由其興會所至。隨手拈來。初無成意。即或有心影射。亦不過若即若離。輕描淡寫。如畫師所繪之百像圖。類似者固多。苟細按之。終覺貌是而神非也。近人又謂紅樓一名情僧錄。情僧指清世祖。世祖納冒氏之妾董小宛爲妃。小宛早卒。世祖傷感不已。遂遁五臺爲僧。紅樓之作。刺世祖也。此說最爲謬妄。無論年歲懸殊。即事實亦多不類。近見某君著董小宛考以辨之矣。余何贅焉。

董小宛考

清世祖出家之說。世頗有傳者。其時董鄂貴妃之故後承恩。具在國史。時人因董鄂之譯音。定用此二字。遂頗用董氏故事影射之。陳迦陵之所謂董承嬌女也。吳梅村清涼山讚佛詩之所謂千里草也。雙成也。皆指董鄂事。何必另於疑似之間。強指他人而代之。又何必於凡姓董之人中。牽及冒氏侍姬之董小宛。事之可怪。無逾於此。

凡作小說。劈空結撰可也。倒亂史事。殊傷道德。即或比附史事。加以色澤。或并穿插其間。世間亦自有此一體。然不應將無作有。以流言掩實事。止可以其事本屬離奇。而用文筆加甚之。不得節外生枝。純用指鹿爲馬方法。對歷史上肆無忌憚。毁記載之信用。事關公德。不可不辨也。

董小宛之殁也。在順治八年辛卯之正月初二日。得年二十有八。蓋生於明天啟四年甲子。是爲清太祖天命十年。國號後金。未定名爲清也。越十四年。爲明崇禎十一年戊寅。清太宗於是年之前一年改元崇德。始建國號曰清。於此爲崇德二年。正月三十日戊時。世祖始生。而爲小宛之十五歲。

陳其年湖海樓詩。壽冒巢民先生七十云。先生庚子屆五袠。我適來捧金屈巵。婁東作序字椀大。研繚綾上蟠蛟螭。十年庚戌再祝嘏。合肥夫子爲之詞。花前禿筆掃屏嶂。酒痕墨瀋交淋漓。今春庚申又七十。佳郎賭著斑斕嬉。據此則巢民生於明萬歷三十九年辛亥。至順治十七年庚子爲五十。康熙九年庚戌爲六十。康熙十九年庚申爲七十也。庚申之前一年己未。爲清代第一次開鴻博科。其年以是年入翰林。巢民之五十壽言。出吳梅村手。六十壽言。出龔芝麓手。七十壽言乃出其年手。正其年入翰林之次年也。梅村壽文。今見集中。巢民至八十三而終。八十壽言。出韓元少手。亦見有懷堂集。

由庚子上推順治七年庚寅。爲巢民之四十歲。巢民憶小宛之情詞。具在影梅庵憶語。憶語云。客春三月。欲長去鹽官。訪患難相恤諸友。至邗上。爲同社所淹。時余正四十。諸名流咸爲賦詩。龔奉常獨譜姬始末。成數千言。帝京篇。連昌宮。不足比擬。奉常云。子不自註。則余苦心不見。如桃花瘦盡春醒面七字。縮合己卯醉晤壬午病晤兩番光景。誰則知者。余時應之。未即下筆。云云。又曰。詎謂我侑卮之辭。乃姬誓墓之狀耶。讀余此雜述。當知諸公之詩之妙。而去春不註奉常詩。蓋至遲之今日。常以血淚和險韻也。云云。據此則巢民之作憶語。在庚寅四十初度之明年。為順治八年辛卯。

憶語又曰。客歲新春二日。即為余抄選全唐五七言絕句上下二卷。是日。偶讀七歲女子所嗟人異雁不作一行歸之句。為之淒然下淚。至夜和成八絕。哀聲怨響。不堪卒讀。余挑燈一見。大為不懌。即奪之焚去。遂失其稿。傷哉異哉。今歲恰以是日長逝也。云云所云客歲。即是庚寅。所云今歲。即是辛卯。新正二日長逝。其確證如此。

憶語又云。姬在別室四月。荊人攜之歸。入門。吾母太恭人與荊人見而愛異之。加以殊眷。幼姑長姊。尤珍重相親。謂其德性舉止。均非常人。而姬之侍左右。服勞承旨。較婢婦有加無已。烹茗剝果。必手進。開眉解意。爬背喻癢。當大寒暑。折膠鑠金時。必拱立座隅。強之坐飲食。旋坐旋飲食旋起。執役拱立如初。余每課兩兒文。不稱意。加夏楚。姬必督之改削成章。莊書以進。至夜不懈。越九年。與荊人無一言枘鑿。至於視衆御下。慈讓不違。咸感其惠。余出入應酬之費。與荆人日用。金錯泉布。皆出姬手。姬不私銖兩。不愛積蓄。不製一寶粟釵鈿。死能彌留。元旦次日。必欲求見老母。始瞑目。而一身之外。金珠紅紫盡却之。不以殉。洵稱異人。云云。此處又可證小宛之死。爲元旦次日。巢民記其彌留之狀。幷記其殉物。此爲夭死於家。絕無影響異詞。可供攟摭也。巢民之婦蘇氏。與巢民同年。見梅村壽文」。小宛之年。各家言止二十七歲。既見於張明弼所作小宛傳。又余澹心板橋雜記云。小宛事辟疆九年○年二十七○以勞瘁死○辟疆作影梅庵憶語二千四百言哭之○張余皆紀小宛之年○澹心尤記其死因○爲由於勞瘁○蓋亦從影梅庵憶語中之詞旨也○然據憶語○則當得年二十有八○

明崇禎十二年己卯○爲清太宗崇德三年○南都鄉試○巢民來秦淮○吳次尾方密之侯朝宗咸盛稱小宛○巢民初未過訪也○至下第後送其尊人入粵○乃至吳門○時小宛已移居吳○巢民與之相見於半塘○是爲識面之始○是年小宛十六歲○清世祖則爲二歲○巢民則爲二十九歲○

己卯。應試南都。從吳方侯諸公聞小宛名。見張明弼所作傳。憶語則云。己卯初夏。應試白門。晤密之云。秦淮佳麗。近有雙成。年甚綺。才色爲一時之冠。余訪之。則以厭薄紛華。挈家去金閶矣。嗣下第浪遊吳門。屢訪之半塘。時逗遛洞庭不返。名與姬頡頏者。有沙九畹。楊漪炤。予日遊兩生間。獨咫尺不見姬。將歸棹。重往冀一見。姬母秀且賢。勞余曰君數來矣。予女幸在舍。薄醉未醒。然稍停復他出。從花徑扶姬於曲闌。與余晤。面暈淺春。纈眼流視。香姿玉色。神韻天然。嬾慢不交一語。余驚愛之。惜其倦。遂別歸。此良晤之始也。時姬年十六。云云。據此則小宛之年。當以巢民所自記者爲信。若如張傳余記之言。是年當止十五。否則當死於順治七年庚寅。總之與憶語不合。故斷爲小宛死於二十八歲時也。

巢民記與小宛相見情狀如此。則張傳所云。方侯吳諸公稱小宛。而巢民不信。因不訪小宛。小宛則時時從人問巢民。及半塘相見。連稱巢民爲異人異人。皆未免過爲妝點。

崇禎十五年壬午春。小宛病中再晤巢民。始有委身之意○暨從至南都鄉試○九月七日榜發○巢民中副車○十月至潤州○謁房師鄭某○某乃聞小宛歸冒念切○生死以之○某刺史任黃衫押衙○而負累轇轕○事已決裂○旋得虞山錢牧齋聞訊而來○以大力斡旋○三日爲之區畫立盡○以十二月望○送至如臯○巢民不敢白其尊人○居之別室○四閱月乃歸○蓋在十六年癸未之春矣○是爲小宛之以十九歲歸於冒○二十歲始與夫婦同居○時巢民爲三十二至三十三歲○清世祖爲五歲至六歲○清太宗以癸未歿○世祖六歲嗣位○明年改元順治矣○

憶語云。壬午仲春。都門政府言路諸公。恤勞人之勞。憐獨子之苦。馳量移之耗。先報余。時正在毘陵。聞言如石去心。因便過吳門慰陳姬。蓋殘冬屢趣余。未皆答。至則十日前復爲竇霍門下客以勢逼去。先吳門有嫟之者。集千人譁刦之。勢家復爲大言挾詐。又不惜數千金爲賄。地方恐貽伊戚。刦出復納入。余至。悵惘無極。然以急嚴親患難。負一女子無憾也。云云。巢民當辛巳壬午之間。嫟陳姬。訂嫁娶甚堅。自己卯晤小宛。彼此初無意也。此陳姬。在憶語中於辛巳早春相識。審其蹤跡。當卽陳圓圓。以無預小宛事。不贅。又云。是晚壹鬱。因與友覓舟去虎嘐夜遊。明日遣人之襄陽。便解維歸里。舟過一橋。見小樓立水邊。偶詢遊人。此何處。何人所居。友以雙成館對。余三年積念。不禁狂喜。卽停舟相訪。友阻云。彼亦爲勢家所驚。危病十有八日。母死。鐍戶不見客。余強之上。叩門至再三。始啓戶。燈火闃如。宛轉登樓。則藥餌滿几榻。姬沈吟詢何來。余告以昔年曲闌醉晤人。姬憶淚下曰。曩君屢過余。雖僅一見。余母恆背稱君奇秀。謂余惜不共君盤桓。今三年矣。余母新死。見君憶母。言猶在耳。今從何處來。便強起揭帷帳審視余。且移燈留坐榻上。譚有頃。云云。此時情景。決其於己卯初見時。非有深契。益證張傳之不免附會。所云勢家。當即后父周奎。時思間田貴妃之寵。選色於吳。冀蠱思宗。圓圓去而小宛獲免也。後吳三桂之得圓圓。即得之於周邸。至巢民之眷圓圓。更有紀載可憑。陳其年婦人集云。姑蘇女子圓圓。字畹芬。戾家女子也。色藝擅一時。如皋冒先生常言。婦人以姿致爲主。色次之。碌碌雙鬟。難其選也。蕙心紈質。澹秀天然。生平所覯。則獨有圓圓耳。據此則巢民之傾倒於圓圓。少日風流可想矣。又云。壬午清和晦日。姬送余至北固山下。堅欲從渡江歸里。余辭之力。益哀切不肯行。舟泊江邊云云。又云。偕登金山。時四五龍舟。衝波激盪而上云云。此爲壬午四五月間事。

又云。登金山誓江流曰。妾此身如江水東下。斷不復返吳門。余變色拒絕。告以期逼科試。年來以大人滯危疆。家事委棄。老母定省俱違。今始經理一切。且姬吳門責逋甚衆。金陵落籍。亦費商量。仍歸吳門。俟季夏應試。相約同赴金陵。秋試畢。第與否始暇及此。此時纏綿。兩妨無益。姬仍躊躇不肯行。時五木在几。一友戲云。卿果終如願。當一擲得巧。姬肅拜於船牕。祝畢。一擲得全六。時同舟稱異。余謂果屬天成。倉猝不臧。反僨乃事。不如暫去徐圖之。不得已。始掩面痛哭。失聲而別。余雖憐姬。然得輕身歸。如釋重負。纔抵海陵。旋就試。至六月抵家。荊人對余云。姬令其父先已過江來云。姬返吳門。茹素不出。惟翹首聽金陵偕行之約。聞言心異。以十金遣其父去曰。我已憐其意而許之。但令靜俟畢場事後。無不可耳。余感荊人相成相許之雅。遂不踐走使迎姬之約。竟赴金陵。俟場後報姬。云云。此爲壬午五六月間事。明南畿設提學道二。江北學道署在泰州。江南學道署在江陰。清初尚沿之。巢民就試海陵。應是年科試耳。

又云。金桂月三五之辰。余方出闈。姬猝到桃葉寓館。云云。又云。場事既竣。余妄意必第。自謂此後當料理姬事。以報其志。詎十七日。忽傳家君舟抵江干。蓋不赴寶慶之調。自楚休致矣。時已二載違養。冒兵火生還。喜出望外。遂不及爲姬商去留。竟從龍潭尾家君舟抵鑾江。家君閱余文。謂余必第。復留之鑾江候榜○姬從桃葉寓館○仍發舟追余○云云○又云○七日乃榜發○余中副車○窮日夜力歸里門○而姬痛哭相隨○不肯返○且細悉姬吳門諸事○非一手足力所能了○責逋者見其遠來○益多奢望○衆口狺狺○且嚴親甫歸○余復下第○意阻萬難○卽諧舟抵郭外樸巢○遂冷面鐵心○與姬決別○仍令姬歸吳門○以厭責逋之意○而後事可爲也○云云○此爲壬午八九兩月間事○

又云○陽月過潤州○謁房師鄭公○適奴子自姬處來○云姬歸不脫去時衣○此時尚方空在體○謂余不速

往圖之。彼甘凍死。劉大行指余曰。辟疆夙稱風義。固如是負一女子耶。余云。黃衫押衙。非君平所能自爲。刺史擧杯奮袂曰。若以千金恣我出入。即於今日往。陳大將軍立貸數百金。大行以葠數斤佐之。詎謂刺史至吳門。不善調停。衆譁。決裂。逸去吳江。余復還里不及訊。姬孤身維谷。難以收拾。虞山宗伯聞之。親至半塘。納姬舟中。上至縉紳。下及市井。纖悉大小。三日爲之區畫立盡。索券盈尺。樓船張宴。與姬餞於虎疁。旋買舟送至吾皋。至月之望。薄暮侍家君飮於拙存堂。忽傳姬抵河干。接宗伯書。娓娓灑灑。始悉其狀。且郎馳書貴門生張祠部。立爲落籍。吳門後有細瑣。則周儀部終之。而南中則李總憲舊爲禮垣者。與有力焉。越十月。願始畢。然往返葛藤。則萬斛心血所灌注而成也云云。是爲壬午十月至十二月間事。是年仲春因訪陳圓不遇而改覓小宛。遂堅訂歸冒。至是歷十月。故言越十月願始畢也。賴古堂尺牘。錢謙益與冒辟疆云。武林舟次。得接眉宇。乃知果爲天下士。不虛所聞。非獨淮海維揚一俊人也。救荒一事。推而行之。豈非今日之富鄭公乎。閫中雖能物色。不免五雲過眼。天將老其材而大用之。幸努力自愛。衰遲病發。田光先生所謂駑馬先之之日也。然每見騏驥。猶欲望影嘶風。知不滿高明一笑耳。雙成得脫塵網。仍是青鳥窗前物也。漁仲放手作古押衙。僕何敢貪天功。他時湯餅筵前。幸不以生客見拒。何如。嘉貺種種。敢不拜命。花露海錯。錯列優曇閣中。焚香酌酒。亦歲晚一段清福也。此札不入汪東山所刻牧齋尺牘之中。今刻補遺乃入之。詳其文義。尙是一面之後。初通書問。且於巢民誤中副車。方作慰藉之語。知必係周旋小宛事之後○所通第一書○卽憶語所謂接宗伯書娓娓灑灑者也○觀書末有花露海錯○致謝嘉貺○則虞山之好事○亦冒氏有以求之○又言歲晚淸福○則作書時必已在臘月○至書達時爲月之望日○可知其必爲十二月之望也○

小宛至冒氏○先居別室○四閱月乃歸與嫡同居○則在癸未之初夏矣○

崇禎十七年卽淸世祖順治元年○春○流賊入京師○莊烈帝以三月十九日縊死○四月望後○確信始達如皋○一時駭走○時南都方議擁立宏光○以五月朔卽位○而

冒氏亦以五月五日返其居。中秋日。巢民入南都。別小宛五閱月。歲杪回里。挈家之父嵩少公江南糧儲任所。旋即流寓鹽官。是年小宛爲二十一歲。巢民三十四歲。清世祖則七歲也。

憶語云。甲申三月十九之變。余邑清和望後始聞的耗。邑之司命者甚懦。豺虎猙獰踞城內。聲言焚刼。郡中又有興平兵四潰之警。同里紳衿大戶一時鳥獸駭散。咸去江南。余家集賢里。世恂讓。家君以不出門自固。閱數日。上下三十餘家。僅我竈有炊煙耳。老母荊人懼。暫避郭外。留姬侍余。姬扃內室。經紀衣物書畫文券。各分精粗。散付諸僕婢。皆手書封識。羣橫日刼。殺人如草。而鄰右人影落落如晨星。勢難獨立。只得覓小舟。奉兩親挈家累。欲衝險從南江渡澄江北。一黑夜六十里。抵泛湖洲朱宅。江上已盜賊蜂起。先從間道微服送家君從靖江行。夜半。家君向余曰。途行需碎金無從辦。余向姬索之。姬出一布囊。自分許至錢許。每十兩。可數百小塊。皆小書輕重於其上。以便倉卒隨手取用。家君見之訝且歎。謂姬何暇精細如此。又曰。午節返吾廬。袓金革與城內梟獍爲伍者十旬。至中秋始渡江入南都。別姬五閱月。殘臘乃回。挈家隨家君之督漕任。去江南。嗣寄居鹽官。云云。據此則甲申殘臘。巢民回里挈家。憶語即接寄居鹽官。似尚爲甲申年内之事。又按陳其年嵩少冒公墓誌銘。甲申復補漕儲。而南北之變起。公於是不復仕矣。夫南北變起。正謂和議決裂。偏安之局無成。蓋宏光時猶稱清爲北朝。而明以南朝自居也。嵩少之任糧儲。蓋已無意仕宦。以挈家赴任爲名。實則寄居鹽官。證之各家詩文。當在高傑亂時。說詳下。

宏光乙酉。清順治二年。五月破南都。巢民先奉父移家鹽官。依死友陳梁。與小宛頗事文藝。小宛著奩豔。不廢娛樂。至南都破後。清兵復下江浙。亂離奔走。閱百日。復返鹽官。九月而巢民病。自冬徂春乃已。冬至後渡江北歸。暫棲海陵。以養疾焉。是年小宛爲二十二歲。巢民三十五歲。

陳其年嵩少冒公墓誌。時江淮盜賊蠭起。臯邑城外則竈戶。而城內則中營。白晝殺人。縣門火日夜不絕。公度無可如何。則率家屬而依鹽官之陳梁以居。陳梁者。公子死友也。梁當未與公子交時。則已從公遊矣。據此則率家屬往鹽官。實爲嵩少之意。江淮盜賊。正指高傑輩。吳梅村題冒辟疆名姬董白小像八首。中有一首云。亂梳雲髻下高樓。盡室倉皇過渡頭。鈿合金釵渾拋却。高家兵馬在揚州。可以證之矣。又梅村詩題下小引。亦有高無賴爭地稱兵語。皆指此。

黃蘂洲弘光實錄鈔。高傑以乙酉正月十三日。爲許定國所殺。其逼揚州也。在甲申九月間。與黃得功相攻。嗣是督師史公。恆爲高傑所脅。江北騷然。冒氏挈家避之。正在甲申之冬。若至乙酉正月傑死以後。梅村不應言高家兵馬矣。或以梅村此詩。疑小宛先爲高傑所得。後乃由兵間流轉入燕。則又未知傑死在乙酉正月。而小宛之著書侍疾世所豔稱之蹟。皆在乙酉正月以後也。憶語云。乙酉客鹽官。嘗向諸友借書讀之。凡有奇癖。命姬手鈔。姬於事涉閨閣者。則另錄一帙。歸來與姬徧搜諸書。續成之。名曰奩豔。其書之瑰異精祕。凡古人女子自頂至踵。以及服食器具亭臺歌舞。針神才藻。下及蟲魚鳥獸。即草木之無情者。稍涉有情。皆歸香麗。今細字紅箋。類分條析。俱在奩中。客春顧夫人遠向姬借閱此書。與龔奉常極讚其妙。促繡梓之。余即當忍痛爲之校讎鳩工。以終姬志。云云。按乙酉五月以後爲喪亂。九月以後又爲疾厄。觀下文自明。此節雖興。必爲乙酉春夏間事。

又云。乙酉流寓鹽官。五月復值奔陷。余骨肉不過八口。去夏江上之累。緣僕婦雜沓奔赴。動至百口。又以笨重行李。四塞舟車。故不能輕身去。且來窺瞯。此番決計置生死於度外。扃戶不他之。乃鹽官城中。自相殘殺。甚鬨。兩親又不能安。復移郭外大白居。余獨令姬率婢婦守寓。不發一人一物出城。以貽身累。即侍兩親挈妻子流離。亦以子身往。乃事不如意。家人行李紛沓。違命而出。大兵迫檇李。薙髮之令初下。人心益惶惶。家君復先去惹山。內外莫知所措。余因與姬決。此番潰散。不似家園。尙有左右之者。而孤身累重。與其臨難捨子。不若先爲之地。我有年友。信義多才。以。子託之。此後如復相見。當結平生歡。否則聽子自裁。毋以我爲念。姬曰。君言善。舉室皆倚君爲命。復命不自君出。君堂上膝下。有百倍重於我者。乃以我牽君之臆。非徒無益而又害之。我隨君友去。苟可自全。誓當匍匐以待君回。脫有不測。與君縱觀大海。狂瀾萬頃。是吾葬身處也。方命之行。而兩親以余獨割姬爲憾。復攜之去。自此百日。皆展轉深林僻路。茅屋漁艇。或月一徙。或日一徙。或一日數徙。饑寒風雨。苦不具述。卒於馬鞍山遇大兵。殺掠奇慘。天幸得一小舟。八口飛渡。骨肉得全。而姬之驚悸瘁瘏至矣盡矣。

又云。秦溪蒙難之後。僅以俯仰八口免。維時僕婢殺掠者幾二十口。生平所蓄玩物及衣具。靡孑遺矣○亂稍定○匍匐入城○告急於諸友○郎襆被不辦○夜假蔭於方坦庵年伯○方亦竄跡初回○僅得一氈○與三兄共裹臥耳房○時當殘秋○窗風四射○翌日○各乞斗米束薪於諸家○始暫迎二親及家累返舊寓○余則感寒○痢瘧沓作矣○橫白板扉爲榻○去地尺許○積數破絮爲衞○爐煨霜節○藥缺攻補○且亂阻吳門○又傳聞家難劇起○自重九後潰亂沈迷○迄冬至前僵死○一夜復甦○始得間關破舟○從骨林肉莽中○冒險渡江○猶不敢竟歸家園○暫棲海陵○閱冬春百五十日○病方稍痊○此百五十日○姬僅捲一破席○橫陳榻

旁。寒則擁抱。熱則披拂。痛則撫摩。或枕其身。或衛其足。或欠伸起伏。爲之左右翼。凡痛骨之所適。皆以身就之。鹿鹿永夜。無形無聲。皆存視聽。湯藥手口交進。下至糞穢。皆接以目鼻。細察色味。以爲憂喜。日食粗糲一餐。與籲天稽首外。惟跪立我前。溫慰曲說。以求我之破顏。余病失常性。時發暴怒。詬誶之至。色不少忤。越五月如一日。每見姬星靨如蠟。弱骨如柴。吾母太恭人。及荊妻憐之感之。願代假一息。姬曰。竭我心力。以殉夫子。夫子生而余死猶生也。脫夫子不測。余留此身於兵燹間。將安寄

託。更憶病劇時。長夜不寐。莽風飄瓦。鹽官城中。日
殺數十百人。夜半鬼聲啾嘯。來我破窗前。如蛩如
箭。舉室飢寒之人。皆辛苦齁睡。余背貼姬心而坐。
姬以手固握余手。傾耳靜聽。淒激荒慘。欷歔流涕。
姬謂余曰。我入君門整四歲。蚤夜見君所爲。慷慨
多風義。豪髮幾微。不鄰薄惡。凡君受過之處。余敬
之亮之。敬君之心。實踰於愛君之身。鬼神讚歎畏
避之身也。冥漠有知。定加默祐。但人生身當此境。
奇慘異險。動靜備歷。苟非金石。鮮不銷亡。異日幸
生還。當與君敝屣萬有。逍遙物外。愼毋忘此際此

語。云云。按憶語僅言避兵。其實當時幷避仇。吳梅村題董白小像又有云。念家山破定風波。郎按新詞妾唱歌。恨殺南朝阮司馬。累儂夫壻病愁多。阮司馬指阮大鋮也。又其小引云。則有白下權家。蕪城亂帥。阮佃夫刊章置獄。高無賴爭地稱兵。奔迸流離。纏綿疾苦。支持藥裹。慰勞羈愁。據此則以權家與亂帥並稱。阮佃夫與高無賴駢舉。同指爲奔迸流離之原因。此可知甲申冬間之情事矣。

又梅村冒辟疆壽序。甲申之亂。彼以攀附驟枋用。

興大獄。修舊郄。定生為所得。幾塡牢戶。朝宗遁之故鄣山中。南中人多為辟疆耳目者。跳而免。又侯朝宗年譜。甲申。阮大鋮復逮捕公。公渡江依史可法於揚州。乙酉。省司徒公於徽州。假道宜興。訪陳定生。阮大鋮廉得之。就定生舍逮公。大兵下江南。弘光出奔。明亡。公獄得解。云云。以其時考之。乙酉之春。阮禍方急。鹽官所投者為死友陳梁。當南都未破以前。巢民蹤跡。不敢自暴。非尋常避難之比。以故深居簡出。與小宛怡情翰墨。迨五月以後。則仇解而兵迫。乃眞避亂時矣。

梅村小引又云。苟君家免乎。勿復相顧。寧吾身死耳。追恤其勞。此即撮叙憶語中詞意。張明弼董小宛傳。申酉崩坼。辟疆避難渡江。與舉家遁浙之鹽官。屢危九死。姬不以身先。則願以身後。寧使兵得我則釋君。君其問我於泉府耳。中間智計百出。保全實多。云云。此亦敷衍憶語而爲之。世乃以其中寧吾身死耳句。寧使兵得我句。遂生無數疑團。豈知小宛之侍疾等事。皆在此後。張傳明言後辟疆雖不死於兵。而瀕死於病。姬凡侍藥不間寢食者必百晝夜。事平始得同歸故里。云云。則文章本甚明白。甚矣好事者之故生支節也。

是年巢民由鹽官歸。渡江暫住海陵。以如皋方亂之故。東華錄順治二年乙酉十二月癸巳以後。書漕運總督王文奎奏如皋賊首於錫凡劉一雄等。久聚江海。爲總兵官孔希貴蘇見樂所擒。如皋一帶悉平。癸巳爲十二月十五。東華錄所謂賊首。卽明之所謂遺民。如皋兵事。至歲杪乃有平靖之奏報。則可知冒氏於是冬逗遛海陵之故矣。

順治三年丙戌春。巢民病未愈。至春暮乃起。是年小宛二十三歲。巢民三十六歲。

憶語無涉及是年事。惟巢民以乙酉深秋病。自冬涉春歷百五十日乃愈。則知以是年春暮病起耳。世傳小宛爲淸豫王多鐸兵間攜之入宮。多鐸下江南。乙酉五月破南都。六月即入浙。十月班師還京。小宛之事巢民。事蹟固多在是年之後。即世言孀婦劉三秀事。傳者明謂其入宮。亦絕非豫王所掠致。豫王以二年十月還京。即不再南下。六年遽卒。三秀事據過墟志亦至李成棟叛後。隨李家屬送南京。鄉曲流言。固多不足信也。

順治四年丁亥。巢民遭蜚語。幾殆。夏復病。歷兩月而解。於是江南多事。故明遺老。多有起兵受禍者。是年小宛年二十四歲。巢民年三十七歲。

憶語云。丁亥讒口鑠金。太行千盤。橫起人面。余胸墳五嶽。長夏鬱蟠。惟蚤夜焚二紙告關帝君。久抱奇疾。血下數斗。腸胃中積如石之塊以千計。驟寒驟熱。片時數千語。皆首尾無端。或數晝夜不知醒。醫者妄投以補。病益篤。勺水不入口者二十餘日。此番莫不謂其必死。余心則烱烱然。蓋余之病不從境入也。姬當大火鑠金時。不揮汗。不驅蚊。晝夜坐藥爐傍。密伺余於枕邊足畔。六十晝夜。凡我意之所及。與意之所未及。咸先後之。按東華錄。丁亥四月辛卯。江寧巡撫土國寶奏。蘇松提督吳勝兆謀叛。五月己酉。初故明廢紳侯峒曾等。遣奸細潛通僞魯王。爲柘林遊擊陳可所獲。中有僞敕一道。反間招撫大學士洪承疇。及巡撫土國寶等。事聞覺其詐。於是諭江寧等處昂邦章京巴山張大猷曰。爾等鎭守地方。遇有亂萌及奸細往來。嚴察獲解。具見爾等公忠盡職。大學士洪承疇。巡撫土國寶。皆因致力我朝。故賊用間諜誣陷。總兵吳勝兆監收奸細謝堯文供稱嘉定縣廢紳侯峒曾子侯懸瀞等。具逆疏付堯文。潛通魯王。爾等即將奸細謝堯文。竊逆之孫梢。及有名各犯。拘提到官。公同大學士洪承疇。操江巡撫陳錦。嚴行審究具奏。己未。招撫大學士洪承疇奏故明推官陳子龍。陰受僞魯王部院職銜。結連太湖巨寇。潛通舟山餘孽。

以上皆丁亥四五月間事。其侯懸瀞之疏。被獲於四月初四日。亦見東華錄中。懸瀞後亡命投揚州天寧寺爲僧以死。法名圓鑑。梅村詩話載圓鑑詩。不敢舉其故名。但稱爲練川大家子者也。又按有學集。牧齋亦於丁亥三月晦日被急徵。至江寧下獄。旋釋之。巢民與遺老多通聲氣。此鑠金之口所由來歟。

順治五年戊子。患難初定。小宛有製金條脫。以摹天上流霞事。蓋稍自寬矣。是年小宛爲二十五歲。巢民爲三十八歲。

憶語云。姬之衣飾。盡失於患難。歸來澹足。不置一物。戊子七夕。看天上流霞。忽欲以黃條脫摹之。命余書乞巧二字。無以屬對。姬曰。曩於黃山巨室。見覆祥雲眞宣爐。款式佳絕。請以覆祥對乞巧。鐫摹頗妙。越一歲釧忽中斷。復爲之。恰七月也。余易書比翼連理。姬臨終時。自頂至踵。不用一金珠紈綺。獨留條脫不去手。以余勒書故。長生私語。乃太眞死後。憑洪都客述寄明皇者。當日何以率書。竟令長恨再譜也。

順治六年己丑秋。巢民復病瘧。閱百日乃瘳。小宛以三侍危疾。爲諸家傳狀詩文所豔稱。蓋至是爲畢乃事矣。是年小宛年二十六歲。巢民年三十九歲。憶語云。己丑秋。疽發於背。復如是百日。余五年危疾者三。而所逢者皆死疾。惟余以不死待之。微姬力。恐未必能堅以不死也。今姬先我死。而永訣時惟慮以伊死增余病。又慮余病無伊以相待也。姬之生死。爲余纏綿如此。痛哉痛哉。

按小宛侍巢民裒集四唐詩。當創始於是年以前。至遲亦必在是年。憶語云。余數年來。欲裒集四唐詩。云數年來。則小宛以辛卯正月二日死。憶語即成於辛卯。知裒集之事。必不始於庚寅。又云。編年論人。準之唐書。姬終日佐余稽查抄寫。細心商訂。永日終夜。相對忘言。閱詩無所不解。而又出慧解以解之。尤好熟讀楚辭。少陵義山王建花蕊夫人王珪三家宮詞。等身之書。周迴座右。午夜衾枕間。猶擁數十家唐詩而臥。今祕閣塵封。余不忍啓。將來此志。誰克與終。付之一歎而已。

巢民以是年秋病瘧。而重書比翼連理之條脫。據上述。在今年七月。則病在七月以後。

順治七年庚寅。正月二日。卽有詩讖。爲明年是日之咎徵。先是冒氏雖已歸里。而尙往來於鹽官。至是年三月。乃長去鹽官。龔芝麓在南中。與諸名士爲巢民稱壽。篇什甚富。無不兼美小宛。三月杪。巢民又得凶夢。亦兆小宛之死。小宛與巢民論學。有論後漢陳仲

舉范郭諸傳事○並爲買侍兒吳扣扣○是年小宛爲二十七歲○巢民爲四十歲○

憶語云○姬書法秀媚○學鍾太傅稍瘦○後又學曹娥○余每有丹黃○必對泓潁○或靜夜焚香○細細手錄閨中詩史成帙○皆遺跡也○小有吟哢○多不自存○客歲新春二日○郎爲余抄選全唐五七言絕句○上下二卷○云云○和七歲女子詩○事已具前○

又云○客春三月○欲長去鹽官○訪患難相恤諸友○至邗上○爲同社所淹○時余正四十○諸名流咸爲賦詩○龔奉常云云○事亦具前○他如薗次之自昔文人稱

孝子。果然名士悅傾城。于皇之大婦同行小婦尾。孝威之人在樹間殊有意。婦來花下卻能文。心甫之珊瑚筆架香印屧。著富名山金屋尊。仙期之錦瑟蛾眉隨分老。芙蓉園上萬花紅。仲謀之君今四十能高舉。羨爾鴻妻佐春杵。吾邑徂徠先生。韜藏經濟一巢樸。游戲鶯花西閣和。元旦之蛾眉問字佐書幃。皆爲余慶得姬。詎謂我侑巵之詞。乃姬誓墓之狀耶。讀余此雜述。當知諸公之詩之妙。而去春不注奉常詩。蓋至遲之今日。當以血淚和隃麋也。按小宛於乙酉撰奩豔。至是爲顧夫人借閱。與龔奉常極贊其妙。憶語所謂客春。卽此時事也。已見前引。

又云。三月之杪。余復移寓友沂友雲軒。久客臥雨。懷家正劇。晚霽。龔奉常偕于皇薗次。過慰留飲。聽小奚管絃度曲時。余歸思更切。因限韻各作詩四首。不知何故。詩中咸有商音。三鼓別去。余甫著枕。便夢還家。舉室皆見。獨不見姬。急詢荆人。不答。復徧覓之。但見荆人背余下淚。余夢中大呼曰。豈死耶。一慟而醒。姬每春必抱病。余深疑慮。旋歸。則姬固無恙。因間述此相告。姬曰甚異。前亦於是夜夢數人強余去。匿之幸脫。其人狺狺不休也。詎知夢眞而詩讖咸來先告哉。又云。猶憶前歲。余讀東漢。至陳仲舉范郭諸傳。爲之撫几。姬一一求解其始末。發不平之色。而妙出持平之議。堪作一則史論。」陳其年吳姬扣扣小傳。今年中秋後二日。綺歲正十九。先生將爲飾孔翠。傅阿錫。備小星嘉禮焉。而先期一月。姬遂病。病一月遂死。先生哭之慟。據此則扣扣殁時年止十九。又曰。先生曰。姬八歲從父受書。習戈法。英慧異常兒。舉止娟好。肌理如朝霞。眉嫵間作淺黛色。宛君見而憐之。私謂余曰。是兒可念○君他日香奩中物也○然姬性頗厭鉛華○十歲即守木乂戒○茹素○隨余母太恭人誦佛及金剛經○晨夕不輟○已知其再來人矣○而余自宛君新歿○香爐茗椀○拂拭無人○殘月曉風○徬徨四顧○暇時偶憶宛君前言○內人復慫恿不置○十三四即留姬隨余讀書○據此則扣扣八歲以前從父受書○未入冒氏○八歲始歸冒○而小宛猶在○且不云病時語○小宛死於辛卯正月初二○扣扣之來侍小宛○必在辛卯以前明矣○又吳詩集覽引辟疆蘭言云○辛丑夏○余滯邗上○時閨中有小姬扣扣○寄小箋云○見蘭之受露○

感人之離思。余歸戲詢曰。那得此好句。答云。選賦見紅蘭之受露。我僅翦却一紅字耳。去今十六年。扣扣化影梅庵畔黃土矣。據此則辛丑年扣扣猶在。扣扣年止十九。則辛丑必卽扣扣之歿年。上溯庚寅。正爲八歲。故知納扣扣爲是年事也。影梅庵爲小宛葬處。故憶語以此命名。詳下。

順治八年辛卯。正月二日。小宛死。是年小宛爲二十八歲。巢民爲四十一歲。而清太祖則猶十四歲之童年。蓋小宛之年長以倍。謂有入宮邀寵之理乎。當是時江南軍事久平。亦無由再有亂離掠奪之事。小宛死葬影梅庵。墳墓具在。越數年。陳其年偕巢民往弔有詩。迄今讀清初諸家詩文集。於小宛之死。見而輓之者有吳薗次。聞而唁之者有龔芝麓。爲耳目所及焉。

陳其年詩集有題云。春日巢民先生挐舟約同務旃諸子過樸巢。幷問影梅庵。自注題下云。庵爲董姬葬處。按其年以順治十五年戊戌始至如皐。載務旃則以十六年己亥至。然則此詩必己亥以後之作。蓋據其年集別有將發如皋留別冒巢民先生詩。首云。憶我過如皋。太母正懸帨。是爲戊戌冬。

層冰養寒厲。中云。湯餅宴未終。椒盤倏踰歲。新年戴生至。高齋日聯袂。自注戴生務旃也。又云。荏苒六七年。華軒命予憩。吁嗟數年中。舊事不堪計。然則陳戴同客冒氏。始於己亥之春。其後六七年。其年常在如臯。或亦與戴相偕。要必在己亥以往矣。小宛之死爲正月二日。憶語共兩見。皆已見前。林蕙堂集有輓董少君四律。幷序。序言少君名白。字小宛。桃葉名媛也。中敍始末。與諸家所述略同。末云。某偶遊射雉。恰值騎鸞。見奉倩之神傷。爲安仁而氣盡。此可知薗次乃親見而輓之者。其詩第二首云。麻姑去後小姑閒。獨剩雙成又早還。似巢民尙有他姬先逝者。

結鄰集。龔芝麓與冒辟疆書。洞老至都。出示手翰。一時風雨颯然。玉碎珠銷。斷魂千古。弟於宛君如嫂。雖缺鬱金堂下一拜之緣。而玉蘭花底。醉瀋淋漓。猶髣髴歡場。宣揚幽蒨。至今美人雲氣。繚繞玳瑁之牀。香魂有知。姍姍紫幄中。尙謂金蘭譜中人。有爲助哭申吁。泣名花而悲曉露者。不可云非弟管幅之遭也。阮公鄰女之慼。情至不堪。况於我輩。骨肉關情。尤宜分痛。鍾退谷云。好友在四方。而造物或收之。矧其在閨閣之中。天不憐才。遂令犀鈿蟬鬟。與文士平分鸚鵡之恨。道翁其姑念琉璃易碎。能少解黃塵碧海之鬱陶乎。憶語大刻。鍾情特至。展之不禁雪涕。沈香親刻管夫人。不是過也。誄詞二十餘言。宛轉淒迷。玉笛九迴。霜猿三下矣。欲附數言於芳華之末。爲沅澧招魂。劈箋探韻。絮語神傷。而蟋蟀哀音。轉多幽咽。屬思未竟。惆悵無端。徐之必有以祝桂旗而酹翠羽。未敢忘也。此知芝麓乃聞而啗之者。函中涉及憶語大刻。則已在憶語刻成之後矣。

以上紀小宛事。按年分列。曲折具備。可以掃近日枇說。又有妄引清初人詩。為不根之談者。附誌以見其謬。

王漁洋有題冒辟疆姬人圓玉女羅畫三首。第二首云。記取凌波微步來。明珠翠羽共徘徊。洛川淼淼神人隔。空費陳王八斗才。說者以是指圓玉女羅為小宛之廋詞。謂漁洋至不敢明言小宛。而謬為圓玉女羅之名。一若冒氏姬人。僅一小宛也者。不考孰甚。至此詩自註水仙二字。蓋二姬雜畫。漁洋偶題其三。首題疎篁寒雀。次水仙。次則蘋花戲魚也。

陳其年壽冒巢民先生七十詩。末云。插花獻畢者誰子。此是紅閨雙畫師。自註。先生有兩姬人。善丹青。則當巢民七十時尚有此善畫之兩姬。若小宛之畫。既見憶語。又見梅村詩。當時固亦擅此。然漁洋之之識巢民。已在作揚州推官時。題此畫之年。集又明載爲丙辰。則爲康熙十五年。與巢民七十之年近矣。

阮文達廣陵詩事。辟疆姬人繼小宛後者。有蔡女羅含。嘗學繪事。工蒼松疊鳳。山水禽魚花草。與金姬曉珠。稱兩畫史。吳薗次謝女羅畫鳳啟云。借丹穴之靈毛。圖成比翼。用紅窗之偶影。繪作雙棲。錢武子德震。張孺子圯授。皆有墨鳳歌。戴洵有得全堂觀畫松歌。句云。憑君卷藏畫笥裏。晴空恐有蛟龍起。舒張鱗爪挾以飛。吸盡蓬萊清淺水。李書雲亦有詩云。詠絮才高兄子句。簪花格擅美人工。小窗閒作丹青譜。身在花香百和中。曉珠名珊。崑山人。與女羅繼小宛侍辟疆。蔡早逝。爐香茗椀。辟疆賴之。嘗刲股進藥。使七十八老人再生。汪舟次楫跋巢民楷書洛神賦曉珠手臨洛神圖卷後云。玉峰仙子。畫嗣虎頭。金粟後身。書工薑尾。置兩君於異地。並可空羣。聚二美於一堂。斯稱合璧。園名水繪。宜來河洛之神。翁是巢民。應集鸞皇之侶。呼宓妃而欲出。誰誇北殿維摩。驚褚令之猶存。不數南宮博士。吳薗次乞曉珠畫洛神。啓云。金縷遺魂。夢感陳王之枕。采旄含態。香生王令之書。人但賞其清詞。世罕傳於妙蹟。何期藻管近出蘭閨。花欲言情。波如動影。依稀蓮襪。凌千頃而姍姍。彷彿桂旗。望三秋而渺渺。想見臨池染翰。原寫照於當身。定知拂鏡穿衫。必含情於微步。又題曉珠畫盌圖。

臨江仙云。雪夜燒燈浮綠酒。西園賓客重來。掃眉人有不凡才。筆牀翡翠。妝罷寫幽懷。 兒女英雄誰復問。人間多少塵埃。解圍忙煞小金釵。神仙來去。一葉墜庭階。王阮亭尙書亦有題曉珠雜畫三絕句。又汪蛟門有題巢民玉山夫人臨薛少保稷十一鶴圖詩云。少保青田姿。能爲鶴寫眞。意思本冰雪。自然無纖塵。豈知千載後。乃有如花人。重貌十一鶴。磊落意態新。高步肆飮啄。一一傳其神。我聞水繪翁。近與猿鶴鄰。閨中兩小妻。莊如舉案賓。持此前上壽。勸酒寧辭頻。飢茹黃公芝。渴飮長沮津。低頭看雁鶩。紛紛焉能馴。玉山疑卽金姬。蓋金名珊。玉山或其別號耳。據此則女羅爲蔡氏。而圓玉當卽金姬。文達疑汪蛟門所云玉山夫人爲卽金。余又疑玉山卽圓玉也。吳薗次林蕙堂集。兩啟本稱金少君。蔡少君。巢民兩姬人同時以畫名者。必爲金蔡無疑。蔡父名孟昭。陳其年贈序。稱之以遊俠。末言生老而無子。一女名含。甚明慧。知書。以三世交。歸冒巢民先生。今且依先生以居云。則女羅之家世爲尤可詳矣。特巢民側室。尚不止前所舉諸女。韓元少有懷堂集。潛孝先生冒徵君墓誌銘。稱先生有女一。適諸生洪必貞。側室張出。其二子嘉穗丹書。則皆元配蘇夫人出。蓋姬妾雖多。皆無所出。且皆前死。故元少輓詩。有白楊未種俱消歇。何處春風燕子樓之句。議者又以韓此詩爲疑竇。爲卽小宛入宮之證。殊不可解。

右駁正各條。皆以編年可證時事者舉之。其餘各家及憶語中。詳述小宛之文藝婦工。足資談助者。皆未暇及。惟舉一二有關係之事附於後。

小宛有妹曰董年。板橋雜記曰。董年秦淮絕色。與小宛姊妹行。豔治之名。亦相頡頏。鍾山張紫淀作悼小宛詩。中一首曰。美人在南國。余見兩雙成。春與年同豔。花推月主盟。蛾眉無後輩。蝶夢是三生。寂寂皆黃土。香風付管城。

貳臣傳。龔鼎孶入淸。以順治二年補太常寺少卿。三年即丁父憂出京。以請封典事爲言官所糾。降二級。遂徜徉在外。九年始補原官。當庚寅辛卯之間。正龔與其妾顧橫波浪跡南中時也。庚寅春。顧向小宛借奩豔。而龔繩小宛以壽巢民。板橋雜記云。顧眉生既屬龔芝麓。百計求嗣。而卒無子。甚至

雕異香木爲男。四肢俱動。錦綳繡褓。顧乳母開懷
哺之。保母褰襟作便溺狀。內外通稱小相公。龔亦
不之禁也。時龔以奉常寓湖上。杭人目爲人妖。正
當時事。後龔於丁酉重游金陵。偕顧寓市隱園。爲
顧祝生辰。遍召舊時狎客及南曲姊妹行與燕。門
人嚴某赴浙監司任。爲眉生褰簾長跪。捧卮稱賤
子上壽。事亦見板橋雜記。時已稱尚書。非復奉常
故官矣。唁小宛之書。發自京邸。正其赴闕補原官
時事。

憶語云。姬初入吾家。見董文敏爲余書月賦。仿鍾

繇筆意者。酷愛臨摹。嗣遍覓鍾太傅諸帖學之。閱戎輅表。稱關帝君爲賊將。遂廢鍾學曹娥碑。戎輅帖爲世所寶。亦爲尊關帝者所詬病。小宛乃以廢棄示趨向。關壯繆之得崇信於後世者深矣。巢民六十歲時。其婦蘇氏尚存。見梅村序文。是爲康熙九年。庚戌。蘇與巢民同歲。梅村序中言之。據韓慕廬潛孝先生墓誌。則巢民以六十二歲喪其元配蘇。是蘇亡亦爲六十二歲。巢民卒於康熙癸酉十二月。壽八十三歲。克享大年。一生不廢聲色之好。水繪羣芳。宜其先謝。蓋如彭祖之閱世。其妻妾皆無有儷之者矣。慕廬輓如皋冒徵君巢民詩六章。其第四云。載得佳人字莫愁。染香亭子木蘭舟。繭絲待久方成匹。紈扇無緣得聚頭。花鳥湘中餘粉墨。(自注染香湘中皆姬所居)。人琴座上亦山邱。白楊未種俱銷歇。何處春風燕子樓。情事可想。前述各條。小宛死於順治辛卯。扣扣死於康熙辛丑。女羅與曉珠。據迦陵詩。巢民七十之年。尙有紅閨兩畫師在。漁洋康熙丙辰題畫。正在其前四年。廣陵詩事則謂巢民七十八歲病劇。女羅已前歿。獨曉珠刲股療之。是年爲康熙戊辰。再閱五年而巢民卒。其間或曉珠又先驅地下乎。慕盧輓詩第一章云。春光雜樹亂飛鶯。風月揚州舊主盟。人到老成常易盡。命應多難輒更生。(自注先生屢絕復甦)暮年枯柳悲開府。天上芙蓉失曼卿。最是夜闌燈炧後。白頭往往說西京。第二章云。南朝瓊樹久埃塵。桃葉當年燕賞頻。青眼詞人高入座。紅綃狎客避逢嗔。(自注先生曾於高會唾罵阮司馬)。風流咳唾眞名士。離亂滄桑一黨人。壘妙筆精餘遺興。玉山鐵笛是前身。第五章云。秣陵一曲郎霓裳。詞客衰遲合斷腸。最恨飛箋傳燕子。更憐摻鼓入漁陽。（自注燕子箋劇。爲司馬筆。先生晚年喜令大菊摻漁陽鼓。）善才不死輕投跡。（自注謂大菊。）賀老猶存久擅場。（自注謂朱老音仙。）浮世傀師從變幻。梨園散盡月如霜。讀此諸什。覺巢民身係世變。以處士而通兩代名流聲氣之郵。高節盛名。修齡豪氣。眞足令千秋傾想矣。

憶語中巢民所先眷之陳姬。既證其爲卽陳圓。則陳圓之於戚畹。於吳藩。世無不知之。其於巢民一段香火情。世不復憶及。順康間。吳藩方熾。詞人不敢道其舊歡。後則陳亦已成大名。少年事不足談矣。今據憶語補列之。附於末尾。亦一談助。憶語云。辛巳早春。余省覲去衡嶽。繇浙路往。過半塘訊姬。則仍滯黃山。許忠節公赴粵任。與余聯舟行。偶一日赴飲歸。謂余曰。此中有陳姬某。擅梨園之勝。不可不見。余佐忠節治舟。數往返。始得之。云云。據此則巢民識小宛在先。而無深契。訪之數不相值。乃聞陳姬之名。曰陳姬某而不直書其名。當時卽爲吳藩諱也。不然。何所吝而不紀其實耶。又云。其人淡而韻。盈盈冉冉。衣椒繭時。背顧湘裙。眞如孤鸞之在煙霧。是日演弋腔紅梅。以燕俗之劇。呼呀啁哳之調。乃出之陳姬身口。如雲出岫。如珠在盤。令人欲仙欲死。漏下四鼓。風雨忽作。必欲駕小舟去。余牽衣訂再晤。答云。光福梅花如冷雲萬頃。子能越旦偕我游。否則有半月淹也。余迫省覲。告以不敢遲留。故復云。南嶽歸棹。當遲子於虎疁叢桂間。蓋計其期八月返也。余別去。恰以觀濤日奉母回至西湖。因家君調已破之襄陽。心緒如焚。便訊陳姬。則已爲竇霍豪家掠去。聞之慘然。及抵閶門。水澀舟膠。去滸關十五里。皆充斥不可行。偶晤一友。語次有佳人難再得之歎。友云。子誤矣。

前以勢刼去者○贗鼎也○某之匿處○去此甚邇○與子偕往○至果得見○又如芳蘭之在幽谷也○相視而笑曰○子至矣○子非雨夜舟中訂芳約者耶○曩感子殷勤○以淩遽不獲訂再晤○今幾入虎口得脫○重晤子○眞天幸也○我居甚僻○復長齋○茗椀罏香○留子傾倒於明月桂影之下○且有所商○余以老母在舟○緣江楚多梗○率健兒百餘護行○皆住河干○矍矍欲返○甫黃昏而礮械震耳○擊礮聲如在余舟旁○亟星馳回○則中貴爭持河道○與我兵鬥○解之始去○自此余不復登岸○越旦○則姬淡妝至○求謁吾母太恭人○見後

仍堅訂過其家。乃是晚。舟仍中梗。乘月一往相見。卒然曰。余此身脫樊籠。欲擇人事之。終身可託者無出君右。適見太恭人。如覆春雲。如飲甘露。眞得所矣。子毋辭。余笑曰。天下無此易易事。且嚴親在兵火。我歸。當棄妻子以殉。兩過子。皆路梗中無聊閒步耳。子言突至。余甚訝。即果爾。亦塞耳堅謝。無徒誤子。復宛轉云。君倘不終棄。誓待君堂上晝錦旋。余答云。若爾。當與子約。驚喜申囑。語絮絮不悉記。即席作八絕句付之。歸歷秋冬。奔馳萬狀。至壬午春云云。此下接巢民尊人得量移事。已見前。

紐玉樵觚賸圓圓傳。崇禎末。流氛日熾。秦豫之間。關城失守。燕都震動。而大江以南。阻於天塹。民物晏如。方極聲色之娛。吳門尤盛。有名妓陳圓圓者。花明雪豔。獨出冠時。維時田妃擅寵。兩宮不協。烽火羽書。相望於道。宸居爲之憔悴。外戚周嘉定伯以營葬歸蘇。將求色藝兼絕之女。由母后進之。以紓宵旰憂。且分西宮之寵。因出重貲購圓圓。載之以北。納於椒庭。一日侍后側。上見之。問所從來。后對左右供御。鮮同里順意者。茲女吳人。且嫻崑伎。令侍櫛盥耳。上念國事不甚顧。遂命遣還。故圓圓仍歸周邸。
按巢民所記陳姬之被刼而未去。在十四年辛巳之秋。刼而卒去。在十五年壬午之春。考明史田貴妃傳。以十五年七月卒。則周邸思分其寵。必在妃未死以前。故圓圓入宮。至遲不過壬午之春夏。又圓圓傳稱崇禎末。稱又秦豫之間。關城失守。則周奎之蓄意選色。必在崇禎十三四年之間。再檢明史莊烈帝紀。崇禎十三年十二月。李自成自湖廣走河南。饑民附之。連陷宜陽永寧。殺萬安王采𨩫。陷偃師。勢大熾。又十四年春正月己丑。總兵官猛如虎追張獻忠。及於開縣之黃陵城。敗績。參將劉士傑等戰死。賊遂東下。丙申。李自成陷河南。福王常洵遇害。前兵部尚書呂維騏等死之。二月庚戌。張獻忠陷襄陽。襄王翊銘。貴陽王常法。並遇害。副使張克儉等死之。戊午。李自成攻開封。周王恭枵。巡按御史高名衡。拒却之。乙丑。張獻忠陷光州。凡此所云。皆秦豫之間闖城不守之事實也。則周奎之歸葬購陳。自必在辛巳夏秋以後。按其時序與巢民憶語吻合。故知陳姬之必爲陳圓。陳工演劇。憶語極稱之。周后亦以此繩於思宗。皆可證也。

醉红生《红楼梦谈屑》

《红楼梦谈屑》一册，版权页署醉红生编辑，涵青山房发行，印刷所为民友社，发行所为中华图书馆，中华民国六年九月初版。

本书编者醉红生，生平不详，书的内容是有关《红楼梦》早期题咏、评论著作的汇编，共收录话石主人《红楼梦新语》（即《红楼梦精义》）、莲海居士《红楼梦觥史》、蒋如洵《红楼梦杂咏》、卢先骆《红楼梦竹枝词》、黄金台《红楼梦小阳秋》五种，对红学研究具有一定参考价值。

紅樓夢談屑

中華民國六年九月初版

紅樓夢談屑
定價大洋四角

不許複製

編輯者　醉紅生
發行者　涵青山房
印刷所　民友社
發行所　中華圖書館
分售處　各省大書莊

紅樓夢新語

話石主人著

開口便說渺茫。見作者曾經夢幻。入手先辨眞假。怕後人不解荒唐。誰謂石頭記。非醒世書。

以賈開場。以甄結局。中間甄賈互見。脈絡靈通。

緣起語長心重。詞質而文。演說縷晰條文。言多不費。不得目爲小說家

鑑名風月。照澈古今。廟號葫蘆。別有天地。非過來人想不出此等名目。

化灰不是癡語。是道家元機。還淚不是奇文。是佛門因果。深得六朝文字之髓。

犯淫與情。都無結果。士隱實是名言。識義與利。便可成仙。士隱卽是明證。

因空見色。自色悟空。舍此無微妙法。若了便好。要好須了。解此是最上乘。癡和尙看內典。何異窮措大抱高頭講章。那得出頭日子

慢慢過來。悄悄躺下。是五兒承愛罪案。時時在意。步步留心。是黛玉致病根由。

叙三春如見如聞。出鳳姐有聲有色。太史長康。一齊下拜。

出寶玉。先子興一引。雨村一證。王夫人一提。然後從黛玉口中輕輕道出。何等自然。何等矜貴。

寶有名。惟黛名之。黛無字。惟寶字之。正是我不卿卿。誰復卿卿之意。

魔王加之以混。賈不應有此禍根。霸王益之以獃。薛胡爲有此毒種。王家宅相使然耶。

叙黛玉先世。何等清貴。叙寶釵起家。只是富商。筆若出伯州犂之手。

鳳姐殺張華。苦心。尙非得已。雨村充門子。毒手未免不情。殘忍中尙有分別。

寫黛玉處處可憐。何忍厭其小性。寫寶釵處處可愛。何必怪其藏奸。讀書不容着己見也。

雲天極寫衣服。映對岫烟。臥房極寫鋪陳。襯託秦氏。

從今要領略風情月債。是當前欣幸語。於今纔曉得聚散浮生。是過後解悟語。

起結遙遙一氣。

境雖曰幻。入幻便卽是眞。津既曰迷。迷如何能悟。仙姑大是鶻突。

以風月傳世。空師眞是情師。以雲雨授人。警幻可稱引幻。在仙人出死入生。在凡人則出生入死矣。

悼紅軒。于黛多貶詞。却以一癡字原之。于釵多褒詞。却以一冷字結之。一字之間。優劣互見。

寶玉衆愛。故叙釵黛性情言貌。皆從寶玉目中寫來。釵黛同情。故叙寶玉服色儀容。必從釵黛目中看出。

富貴易於成名。讀書只要做個樣子。貧賤易於失業。吃飯都要守着碗兒。可嘆。

三

拔一根寒毛。比腰還壯。劉老豈是俗言。蹺一隻大腿。比頭還高。焦大不是醉話。富貴貧賤相形可畏也。

焦大一駡。是東府投詞。湘蓮一疑。是東府定案。宜祠內歎聲不息也。

寶配黛。四角俱全。良緣竟成靈語。金與玉八字相對。吉讖已兆。先機天作之合。不可强也。

玉有失亡。故曰勿失勿忘。金終離棄。故曰不離不棄。吉祥語中有大不吉祥在。

劉老老勸女壻。眞是久經世故之言。金寡婦勸兒子。眞是沒有力量之語。千古窮寒同聲一哭。

賈璉去。鳳姐無趣。到晚就胡亂睡了。顰卿去。寶玉落單。到晚便索然睡了。境同睡情不同。

趙姨欠約。是五十一張。要換兩條人命。賈瑞文契。是一百二十紙。只算半夜嫖錢。如此癡愚。可恨可笑。

秦氏人材。眞是萬分不及。秦氏病症。只有三分可醫。淵材五恨。憎此爲六。

金釧明言死法。必要念經超度。秦氏不言死法。却要拜懺解寃。筆有陽秋。

聽秦氏情話。眼中流淚。心上如攢萬箭。聞秦氏喪音。口中哇血。心上如戳一刀。

玉郎癡情。情不至此。董狐古之良史也。

鴛鴦之殉賈母。非死不能潔己。瑞珠之殉可卿。非死不能成名。人誰不死。二人得死所矣。

協理東府。賈珍只慮及兩層。鳳姐却想出五件。有定見。則要言不煩。自然威重令行。有定規。則臨事不亂。衆見臉酸心硬。鳳姐眞能任事。寶玉不愧知人。

鳳之在東府也。指揮具全副精神。一絲不走。舉動是大家體段。百個不如。至今猶想見五七供茶時。

五十兩壓魔道婆。已是禍首。三千金發難。老尼更是罪魁。三姑六婆。可畏可畏。

好茶要等襲人。紫鵑尖甚。喚茶須待秦鍾。寶玉趣甚。是皆善於調情者。

寶玉是色鬼。足以動人。寶玉非惡人。不能嚇鬼。人愛之。鬼不必畏之也。

以旺兒爲濟惡臣。何事不可造作。有平兒之如意婢。何闕不可彌縫。此鳳之所以無所不至也。

賙大娘方便劉老老。只常會二字。鳳姑娘疼顧趙嬤嬤。只行好一言。出好與戎。一矢口間耳。可弗愼與。

惟寶玉是佳公子。蘅芬香所以鄭重相遺。除寶玉皆臭男兒。蘅芬香何必殷勤轉贈。小玉忒煞多情。寶哥未免無狀。

汗巾則棄之如遺。細人原不足重。荷包則藏之于密。知己實不敢忘。卽此見重黛玉。不同于襲人也。

衆美不可無地以容。大觀園不可無因而建。託之歸省。則名正言順。其實只是閒文。

小學生語到多情。宜香玉之無以自解。修行人說到模樣。宜妙玉之不能自全。葬送人只一二字。所謂文士筆端。

寫幻境。溫柔靡麗。寫大觀。富貴繁華。敘喪儀。壯闊精宏。敘歸省。端嚴肅穆。斷非憑空結想。作者自云歷過。洵不誣也。

泥美人亦要根尋。方寸何多縈擾。畫美人亦須慰望。一刻不得安閑。所謂無事忙也。

因包子啓楓露之釁。晴雯則累及無辜。以栗子解酥酪之圍。襲人却善於省事。二婢子心性。於此立見。

卿未抱衾。儘容握手。人須合巹。方許上頭。晴雯眞是磨牙。麝月有以藉口。

黛玉以母蝗取譬。新事新文。寶玉以小耗解嘲。妙人妙想。

製燈謎。於黛則曰不肯多言。於釵則曰本不妄言。勸李嬷。黛則必曰可見背晦。釵則必曰要讓糊塗。不經意處。已見左袒。

炸鵪鶉。是出脫自己。何等精詳。燒野雞。是出脫旁人。何等爽快。鳳姐妙人。又不知是那個丫頭遭瘟。見寶玉餘痛未忘。又不知是那個姑娘得罪。見寶玉偏心特甚。

肌膚得近。香雖俗而必聞。膏澤難沾。水雖殘而不潑。寶玉何只意淫。

賈母自見寶釵。喜其穩重和平。寶釵套問襲人。愛其言語志量。黛玉安得不死。

寶玉設誓。只用一言。襲人進諫。却有三件。爾時何等纏綿。到頭恝然斷絕。

環視玉高下相懸。燈謎故有兩樣。玉視環憂喜與共。燈謎已見一班。

巧姐母舅忘仁。芸兒母舅不是人。絕好一對渭陽。

俗人纔得善緣。却不是老兒潑皮方有義俠。實無多倪二。

叫芳官怕人盤詰。喚小紅怕人多心。可想見怡紅一班人難乎其爲寶玉矣。

潑藥無心。竟以有意而仇潑燭有意。轉以無心而恕。此環之所以與鳳結冤也。

送藥亦是常事說來太覺多情。吃茶不過趣談。笑得眞是耐想。

小蟲聞香就撲。玉之淫也可知。宿鳥聞哭亦飛黛之痛也可想。皆是加倍寫法。

寶玉開口說心。聽慣故不動情。黛玉無事垂淚。看慣故不在意。非紫鵑是石人也。

耳鬢廝磨。心情相對。非黛玉早已做成。嘲笑不忌。喜怒無常。非寶釵不能看破。可見黛只情深。釵實心細。

因寶玉瘋顚求去。玉釧只是失望。因鳳姐抬舉。便去小紅眞是見機。

說到欺負二字便傷心。見黛玉之苦。說到短命二字便住口。見黛玉之癡。

比芳官不如下三等奴才。大言覺得太過。怪黛玉反親外四路姐妹。歪話說得可憐。

舅則母疏。故稱黛必曰大姑娘。姨則母近。故喚釵直曰好孩子。寶雖後不占先。玉豈薄其所厚。

鴛鴦脖項。不下於襲人。已是非想。寶釵臂膊。欲移之黛玉。是何居心。雖左袒者。不能曲爲之解。

王道不但傳方。而且賣藥。張道不來抄化。卻會做媒。老道眞是無良。

一日重似一日。這病因不能放心。一天大似一天。論理原不該涎臉。寶眞有味之言。黛實違心之論。

雁不送。燕黛雖有隱而難發。靚不問扇。釵終含怒而難伸。事在對景。不是口尖。

黛玉恐寶玉不便。因而閃過。寶釵見寶玉情形。不好再脫。同是惜玉之心。何分

一〇

輕重。

寶玉言動。一一在黛玉目中。是未忘金玉之說。故黛玉使小性。常施之於寶玉。黛玉言動。一一在寶釵目中。見深忌寶黛之親。故釵具深心。專用之於黛玉。惜哉妃子。既爲寶累。又爲釵愚。

常聚不散。天性既難強同。求近反疏。和氣那能到底。此寶黛所以中分。

寶黛同具此心。寶黛各私其心。黛不肯以寶之心爲心。故不死。此心不放。寶不敢以黛之心爲心。故不去。此心不明。此所以一心反成兩心。兩心生出十百千萬心也。

襲人待寶玉動手。以自己上前。原做來有意。襲人勸晴雯開口。說我們不是。卻出自無心。

釵之花兩個錢。學些乖也值。寶之聽那聲響。就砸了也可。眞是富貴兒女口吻。

二

藏麒麟。衆人皆不留神。獨有黛玉點頭。戴麒麟。諸人皆不聽見。獨有寶釵抿嘴。　一二

黛兒多心。寶兒何嘗無心。

見酴醾簽則縐眉。是恨其開了。見麒麟佩則出神。是訝其成雙。偸盜不失爲正經。人經濟却視爲混賬話。眞是別有肺腸。

恐借此做出佳事。顰卿必定悄來。怕將來難免不才。襲人至于下淚。皆切己故耳。

寶之會雨村也。湘所言是期望之深。釵所言是愛惜之摯。一樣用心。却有分別。

司棋以烈死。不掩生前醜行。金釧以愧死。轉獲身後美名。眞有幸有不幸。

撲蝴蝶。使黛玉結怨於下。贈新衣。使黛玉失愛於上。我不知寶兒是何居心。

釧非逼死。惡有攸歸。環敢進讒。罪何可逭。此燈謎所以比之以象也。

寶云不過那些事。問做什麼。釵云早聽一句話。不至今日針鋒相對。

鳳姐畏禍。露相在呆了一呆。襲人定案。進讒在想了一想。

劉老逞老風流。笑倒合座。襲人弄小見識。殺盡同人。趣者趣甚。惡者惡甚。

寶釵不爲薛蟠飾非。襲人竟與賈環掩惡。皆是能見其大。

襲人識見雖小。道理極大。惟其蓄之也久。故其發之也暢。惟其慮之也周。故其言之也詳。設非下塲一節。不居然是第一完人。

黛以留心相識。釵則粧沒聽見。黛以保重相誚。釵則並不回頭。其實種怨已深。尙口者不覺耳。

寶玉中魔。關心無過黛玉。寶玉受杖。關心無過寶釵。于何見之。蓋於失聲失口見之。

換帕是賈芸。雖非必謝。贈帕是寶玉。惟舊乃珍。彼墜兒晴雯。都如夢裏。

紫鵑雖痛其主。聞玉言不免一夜傷心。玉釧雖痛其妹。聞玉言亦轉三分喜色。

可見情之感人。

見燕和燕說話。見魚和魚說話。是情之無可奈何處。非癡公子做不到。非癡婆子亦道不出。

玉有總而黛斷。之則難續。玉無絡而釵結。之則相連。釵黛無心。而離合之機。已兆於此。

如來更比人忙。得閒處亦復輕嘴薄舌。雙去不妨獨坐。無人處並不着意留心。特無深細人覺察耳。

心多如黛玉。不以藏奸為奸。口快如湘雲。不見可笑而笑。寶見何術感人。

玉覩環清而兒俗。不能結彩雲之歡。玉比薔美而多文。不能得齡官之淚人各有心。無相強也。

綺大姐花樣。尚倩人描。花大姐衣裳。却要自洗。豈以釵來而故避耶。抑做名耶。

棠詩。釵以韻勝。菊詩。黛以意勝。亦見薛林不相下處。

少年意氣逼人。故見鳳必拜幾拜。老人慈祥接物。故見母只福幾福。老老眞有經歷。

大觀卽是幻境。寶哥小住半生。大觀實是名園。老劉只到一次。故游幻不算奇緣。游園却是盛事。

茶葉雖淡。好則相遺。荷葉雖殘。喜則不拔。處處用情。却是處處種毒。

寶釵精通戲文。無慚閨秀。黛玉偶道曲語。深愧邦媛。可見人貴擇言。

黛本忘嫌。不妨以自己之杌讓客。妙原愛潔。胡可以常用之斗飲人。妙師父假惺惺。老尼言然。

焙茗田埂一尋。敍次眞是非想。焙茗井臺一祭。吐屬尤可破顏。何物雛奴。靈敏乃爾。

一五

愛黛玉之心。移之賈釵。只是薄情。想金釧之心。慰之平兒。未免非禮。

香菱鬥草。卻得一枝并蒂菱。平兒簪花。恰開一枝並蒂蕙。花亦多情。肯爲人用。

怕心多。使眼色。湘並不感其情。因鬢亂。使眼色。黛竟能會其意。宜親黛之密于湘也。

平兒充外圍護防。鳳姐做監社御史。妙對。

劉老老未做大姐兒乾娘。先做老夫人清客。王熙鳳不是大觀園反叛。卽是榮國府罪人。

焦大因繼起不才。太息祖宗家業。賴姆怕奴才倚勢。連累主子聲名。可見古道猶存。老成不沒。

不識唐寅。並非眼花錯認。小柳。眞是眼瞎。寫文起癡蠢如畫。

薛蟠有可打之道。非湘蓮不能。薛蟠非省事之人。故湘蓮必去。

黛玉悔悟之後。宜以骨肉相看。寶釵親切之中。却有婚姻在意。言爲心聲。何能矯飾。

那討鴛鴦。鳳所言理正而詞不當。母所言詞淡而意甚嚴。此鳳之所以不能追蹤賈母也。

成窰可棄。羞蒙不潔之名。故紙深藏。實獲焚身之禍。古扇何如舊杯。呆石不如妙玉。

鳳姐雖不飲酒。亦是燃酸。香菱便不能詩。自然脫俗。正不必更進一解。

寶云不大說話。就不疼了。意中先有一黛玉。襲云還從那裏。再尋好的。意中只有一寶釵。

惟寶玉能諒黛玉。却說不能體貼。惟黛玉能知寶玉。却說不能明白。忽即忽離。雌雄莫辨。

比雙文深寄人之感。見四美增吊影之悲。不必憐才已難却病

釵黛不合全露在湘雲口中。釵黛相合單見在寶玉目中。湘眞口直。寶亦心細。

凹晶明月。攏翠梅花。皆脫盡富貴氣象。若能修到。定消萬斛俗塵。

上學一段。寫襲人恩情。問病一段。寫襲人身分。不知委屈上籌時可曾憶及。

富室之兒。不知典票。大家之婢。不辦戲星。皆不恆經見故耳。

寶與黛兩好多嫌。故有話不能出口。寶與黛一味做假。故欲說又恐多心。千手觀音亦不能解。

薛蝌家書。是簡淨得好。庄頭年帖。是累贅得好。可謂無細不搜。

榮府規模在黛玉目中敘出。宗祠體制。在寶琴目中寫出。絕不犯手。

王夫人無故取罪。探春竟能解圍。趙國基遵例加恩。探春偏要留賬。精細可愛。

一般兄弟。無偏庶之分。一樣奴才。何拉扯之有。寶玉李紈。皆未見到。眞是糊塗。

一八

岫煙家計雖貧。命却不苦。探春出身雖微。命何嘗薄。鳳姐俗人。何能知命。

賈與甄合。是夢非夢。甄與賈遇。有形無形。眞假合成一片。融洽分明。

聞可卿死。急火攻心。聞黛玉死。急痛迷心。心病能醫。那得許多心藥。

寶玉病好。黛玉念佛。黛玉病好。寶玉念佛。豈如來眞個保佑病痛耶。

送綿衣。鳳姐不是賠贓。遺玉佩。探春不是市惠。見得岫煙可人。芙蓉神招魂致祭。尙是感念之常。杳花神託夢要錢。實出意想之外。此種癡情。耐人咀嚼。

迎春是千金小姐。拌嘴自是不能。襲人僅二等丫頭。拌嘴未必不會。是做身分處。

賈珍哭成淚人。醜態可哂。芳官哭成淚人。媚態可憐。美惡不同。哭亦自別。

小婢僅可爬高。尙且不容。遞水老媽。何不知醜。居然要去吹湯。世間眞有此懞懂人。

一九

是小婢買的糕才要嚐。芳官有意拌嘴。便柳氏下的蛋也要吃。司棋那管澆頭。三般兩樣。趙姨罵得有因。兩面三刀。賈環疑得亦是。特不善立言耳。

寶玉瞞贓。五兒尚不免軟禁。平兒息事。鳳姐竟不動嚴刑。玉雖多情。不若平能造福。權在則然。

興家者不肯揚鈴打鼓。折騰起來。代庖者早已掩旗息鼓。捲包而去。平兒眞是秦顯家對頭。

平兒心上亂猜。意在不言。香菱臉又一紅。話原難說。除是解人不知個裏。

釵曰寶玉雅謔。未必有因。玉曰斷釵戲言。竟爾成讖。

蘆亭寫小薛。是景中情。讀之神往。藥圃寫湘雲。是情中景。讀之魂消。

翠縷問陰陽。眞是觸類旁通。豆官鬬夫妻。可謂强詞奪理。

擲骰射覆。是釵寶對點。行令分酒。是寶黛兩家。着意應照。以寶玉生日故。

三〇

游太虛只是夢幻情緣。覺路尙容再造。壽怡紅方是眞實樂境。畢生只此一遭。故曰游幻所同也。慶壽其獨也。

問疾佛心也。不妨特來一行。祝壽俗事也。實多遙叩一紙。妙公何曾甘居檻外。

元妃晉封。闔若罔聞。妹妹來方有喜色。祖父捐館。毫不在意。姨娘來却有笑容。眞是一對佳子弟。

湘黛交譏。看寶玉分上丟手。芳晴相打。看寶玉分上饒他。是何情事。

怡紅院夜宴。極寫芳官。花枝巷聚飲。特寫三姐。

寶玉云不丟死的。便是有情。賈璉云只等死了。便接進去。玉雖薄倖。遜璉一籌。

賈赦討鴛鴦。邢氏以爲必妥。不勸而行。賈璉娶二姐。尤氏明知不妥。不聽即罷。眞是庸人。

珍璉皆是蕩子。何可倚爲腹心。珍璉皆是庸才。大可玩之股掌。三姐狂縱自如。

正三姐貞潔自守。

二姐是癡心倚靠賈璉。那知不可長恃。三姐亦冷眼看中寶玉。明知不可高扳。姊妹天淵。

鴛鴦回賈母語。句句眞。三姐對賈璉語。字字響。一部紅樓。止此兩個快人。

二姐死於賈蓉。不死於熙鳳。三姐死於寶玉。不死於湘璉。所謂維口起戎

作速回頭。不曾喚轉寶玉。暫來歇足。竟能點醒湘蓮。豈寶玉夙根。不及小柳耶。

賺二姐說得入情。旁觀亦動。鬧尤氏做得眞潑。老奸不如。鳳兮鳳兮。吾當瓣香事之。

二姐淫蕩不才。死無足惜。鳳姐奸謀迭出。罪豈勝誅。同是一般遺臭。

節度使求情。不過壞榮府之名。其罪輕。都察院買告。直欲置賈璉於死。其罪大。

未曾偷娶之前。二十兩原可退婚。業已經官之後。一百兩豈肯息訟。張華眞扶

三三

不上牆。

寶云白認得你。句下不可推敲。鳳云錯看了你。言外頗耐咀嚼。

秦氏喪儀。極寫奢華靡費。是盛極將衰之漸。賈比生辰。極寫富貴榮華。是樂極生悲之漸。陰長陽消。惜辨之不早耳。

寶玉不告訴人。是多情見慣。鴛鴦不告訴人。是羞口難開。非有厚於焙茗司棋也。

探春有侍書。眞是有其主必有其僕。迎春有繡橘。可謂有是主幸有是僕。

晴雯惟恐難保。故素日不敢出頭。晴雯過於要强故外人亦來犯舌。

何三乾娘。雖喜事尚是愛好。司棋老娘。既多事而又無知。若論邢王優劣。此亦一證。

秦氏孽鬼。能計久長。而生人無此遠謀。探春婦人。尚憂殺滅。而男子無此先見。

安得不敗。

黛玉把盞湘雲執壺。癡人應有此豔福。佩鳳吹簫。文花唱曲。俗物亦解此清游。不愧膏粱。

園中本無怪事。却顧而相驚。祠內實有歎聲。却聞而不警。人家將落。往往如是。

家勢已成騎虎。絕少持盈保泰之人。子孫又復聚麀。都非經武紹文之器。二公有靈。便當痛哭。何只聞歌而歎。

賞寶玉不過細物。政老只是承歡。誇賈環說到前程。赦老竟是鬥氣。

海棠秋菊。不如晶館吟懷。柳絮梅花。不及翠菴清興。是着意寫三個離魂倩女。

晴雯出口傷人。終久自己遭殃。晴雯開口擰人。反令大家稱願。天道夢夢。獨于斯人不爽。

晴雯去。更無第一等人。正是眼中去疔。襲人何必落淚。晴雯去原是第一件事。

何異心頭剜肉。寶玉能不斷腸。皆令人不忍卒讀。

轄制寶玉。襲人只是去疑。顧恤晴雯。襲人並非買好。其實蛇蠍之行。何能解飾。

閉言必說別人。是欲蓋彌彰。奪地祇曰衆人。已不言而喻。

襲人以賢得名。不妨頑笑。晴雯被好帶累。難解輕狂。千古沈寃。一時恨事。

寶玉花家喫茶。事事令人肉痲。寶玉吳家問病。語語令人心痛。

玉之望晴雯也。設使襲人心犅。竟成了門外漢。不是五兒眼快。險做了屋裏人。可笑。

小沙彌雖不還俗。亦有內人。老尼姑因爲出家。纔做拐子。今天下正復不少。

寶玉得上考。眞是意想不到。襲人得上考。未免名實不符。

姽嫿詞是吊古傷今。芙蓉誄是傷生吊死。祝文固是寓言。輓詩亦非賦體。

合歡酒專爲黛玉分惠者。却有寶釵。芙蓉誄名指晴雯。生受者却是黛玉。不可

二五

思議。

婦人之姓最驕。一縱則不可復制。丈夫之氣易餒。一屈則不能復伸。吾于薛蟠

金桂見之。

金桂是毀室之鴞。文起如喪家之狗。天道好還。宜有此報。

香菱真是花片。竟墜藩籬。迎春雖是木頭。何堪戕斧。令人深中谷仳離之感。

放晦氣則鳶飛不及屋。占旺相則魚躍不吞鉤。爲之奈何

黛玉我不能送汝。可謂一往多情。寶云我依舊回來。真是大喜過望。那知送者

真不能送。回者竟不曾回。

如遠別重逢一樣。見契合有神。如死而復生一般。見相思綦切。

一去大觀風景都異。再來家塾人物全非。大有丁令威化鶴歸來光景。

晴雯說你的身子要緊。有無限癡心。黛玉想自己身子不牢。真是不堪回首。讀

二六

至此不放聲痛哭者非人情也。

抱屈夭風流。尙有滿紙淚痕一字合償一絹。凝魂驚惡夢。直是滿紙血點一字當償一珠。

誰是知冷知熱的人。空勞睡下。尋思。你是無情無義的人。只在夢中覺悟。鵑眞過慮。黛亦太癡。

吟箋因未見其詞。不敢便與寶釵。大有斟酌。淚帖因深惡其說。直欲明告黛玉。未免荒唐。

馮淵重案。本府亦欲窮追。薛蝌訴詞。知縣亦曾批駁。初心非不嚴明。轉念未免鶻突。故云官貴有守。

學賛不能答。見寶玉不是解人。芍范不能知。見寶玉不是同調。

兩個怪不得。一個少不得。說岬壞烟。兩個微微的。一個癡癡的。斷送美玉。筆端可畏。

晶館笛聲。是一片淒情。聞之萬緣俱寂。湘館琴聲。是一段幽怨。聞之百感橫生。

聲音動人。原不必盡是識者。

水仙菴一奠。了却金釧。江南好一詞。了却晴雯。鍾情者不過如此。

聞官事唬一跳。見人不可有虧心事。聞親事唬一跳。見人不可有關心事。

寶蟾業已借風。何須分惠。薛蝌不肯下水。何用盡心。

驚夢是實事。翻空參禪是虛處。徵實大開大合。妙想奇文。

政雖治家不嚴。尚有遠慮。赦雖居心不刻。却無後圖。乾以惕無咎。此政之所以獲福也。

海棠死。何與晴雯。海棠開。何關柳五。寶玉癡心。黛玉更是非想。

寶玉和尚洗靈。自己視爲濁物。寶玉在家是寶出外不過廢物。寶哥並非謙詞。

探姐眞是達見。

玉與命連。衆人豈洑上水。環非賊比。君子惡居下流。

失單不敢多開。賞格豈容輕貼。見政老競業小心。

婚嫁兩難。雖越理期於必濟。意見一定。欲違命有所不能。業已溺愛不明。只得從親爲孝。

聞情詞如焦雷。寶玉眞是心實。聞傻言如疾雷。黛玉業已心灰。宜乎迷而不悟。

警夢寫得可憐。純是縱筆。迷性寫得可怕。妙無閒言。可謂字斟句酌。

敘湘雲太略。貶黛玉過情。固知八十回後多悞。

紫鵑怕越鬧越眞。是不欲白圭有玷。襲人怕不說不明。是惟恐白璧無瑕。此芙蓉誄所以毀詖奴之口也。

寶釵出閣。嫁得糊塗。黛玉焚稿。燒得乾淨。

冲喜尙云從俗。姨媽未便重違。掉包大是不經。姨媽竟無異說。匪但慕勢。直是賣兒。

紫鵑第一癡人。寶之情亦不能動。紫鵑第一義僕。鳳之勢亦不能要。不獨大觀罕有。天下罕有。

寶釵甘心替嫁。以新人二字解之。寶玉負心合婚。以傻氣二字解之。出死入生。文筆何所不可。

晴雯生負虛名。死沾寶惠。黛玉生無知己。死乏親人。長恨綿綿。何止天傾難補。

愛既可移。何必以病爲解。憂已能釋。何必以病爲辭。鵑云男子之心如冰寒雪冷。信然。

不容死。既感閨箴。不敢死。又奪冥戒。所以弄成負心李十。當年特少此一番解脫耳。

痛晴雯不肯深疑。是怕襲人着惱。哭黛玉只是飲泣。是恐寶釵多心。妄謂鍾情。何常死生不變。

賈政樂於讀書。故衡文有聲。賈政拙於治劇。故從政必敗。庸人誤國。拘儒尤甚。

水落歸漕。花大姐用心可想。葉落歸根。王夫人所見甚長。

越給錢越鬧得兒。寶釵明見不爽。有東西有人償。侖寶琴要言不煩。可稱難姊難妹。

姨媽富而不刻。故敗子尚可回頭。文起淫而不奸。故蕩婦不憂附骨。可爲殘忍陰險者勸。

化由小尹而至大部。似宜知機。化以窮儒而任美官。那能知足。孤負甄仙。始終成就。

不得彩頭。便暴鳳姐之短。豈難假手。不救倪二之危。芸兒眞難養小人。

元妃薨而封事始聞。敢言亦只是如此。北王來而借票已出。不忍亦無可如何。

不痛元妃逝早。却恨北王到遲。

接風竟有幾席。見親友趨勢者多。赴火並無二人。見親友急難者少。翟門張羅。

千古同慨。

晉封之後。都無思危之心。查抄之後。皆有悔悟之念。此所以否極必泰也。

揭帖事已過去。何必窮追。借票迹已彰明。何必深究。皆政長厚處。

黛玉求速死。是自恨憐才計左。鳳姐求速死。是自悔虧心事多。雖有九還丹。不

可醫也。

黛玉病。睜眼只一紫鵑。鳳姐病。傷心只一平兒。冷暖人情。不堪追想。

賞中秋。不過一片冷景。尙少歡情。慶生辰。却是滿座愁人。有何樂趣。能不怨毋

心偏。

定有私自情理。必非父母之事。見寶玉設想不同。不似從前風致。毫無兒女之私。見五兒初心不善。

寶玉是實心人。故湘以實心詒之。寶玉是癡心人。故釵以癡情治之。

秦氏之喪。是寫東府之盛。非寫鳳姐逞才。買母之喪。非寫西府之衰。正寫鳳姐失勢。

用人貴結之以恩。鳳不以恩而以勢。勢去故人皆離心。用人貴動之以利。鳳不以利而以權。權去故人不盡力。鳳雖多能。那得不絀。

鳳姐治喪不整。寶玉居喪不哀。皆可爲溺愛者勸。

我們有我們的禪機。旁人原參不透。各人哭各人的心事。衆人更勸不來。所謂甘苦自知。

鵑以不死成名。鴛以能死成名。生死雖殊。盡節一也。

多情到底無情。寶玉之謂也。無情乃見至情。鴛鴦之謂也。

入朝隨祭。看家尙請姨媽。何其嚴緊。送殯守靈。看家只留弱女。何其脫略。竟是開門揖盜。

鳳姐直是奸人。行兇竟無顯罰。趙姨不過小人。行險却受冥誅。似乎天道之爽。意者焦尾之報更烈耶。

鳳姐愛好恃强。到死方知後悔。鳳姐貪得無二。臨了只好空抓。直似淸夜霜鐘。聞聲寒噤。

聞喪必至。老老受恩不忙。許愿無私。老老臨財不苟。此世罕有此人。

鴛鴦以側室爲火坑。尙有擇可之意。惜春以世界爲火坑。竟是無可之心。

襲人失身。尙且不忍同死。麝月失口。何必不可獨生。其相去奚止樓上樓下。

寶黛初會。一見便去。寶黛神交。一見卽去。天嬌迷離之極。

恨玉而復護玉。紫鵑業已囘心護玉而終負玉。襲人不堪回首。

賈芸不勾引寶玉。非不欲借光賈薔不談論鳳姐。豈眞是存厚蓋有所不敢有所不忍耳。

東府賭酒。東聚者只大獃大儍一類。西府噢車會。來者是老大老三一流。所謂愈趨愈下。

退婚紙如不可據。賈璉那得脫身。護官符如果可憑。賈化不應削籍。罔之生也幸免。信然。

好色從天分中帶來。却是寶玉獨見。赤子從不忍上體認。不是寶釵私言。可補大全之缺。

紫鵑既作去人。可與小紅並置。麝月雖是舊好。亦與五兒並防。眞是臥榻之前。不容他人鼾睡。

罔極恩深。非一中所能了。薄倖孽重。非一中所能遮。亦聊以塞責可耳。

紫鵑之心。可動而不可移。襲人之心。能痛而不能死。可見人心不同。

入世洵是富貴閑人。出世又作文妙眞人。較之腰纏十萬騎鶴揚州更上一層。

輕薄不肯太露。見襲人非不輕薄。端莊不走一點。見寶釵本自端莊。

邢夫人討鴛鴦說擱得住他愿意。王夫人嫁襲人是恐怕他不愿意。兩夫人何相信之過。

俯就不畏人譏。死守却怕人笑。眞寶玉所云薄情無義。視己平常也。

寶玉薄倖。越哭越難自明。襲人辜恩。越想越覺可醜。

守節却要冷人。可以爲寶釵信死節不必潑人實難爲襲人解。

癡情人不可有成見。寶玉所以無塵福。老實人不可多轉念。襲人所以無死所。

其實天下只一二寶玉。何止千百襲人。

襲云比這更奇怪的笑話。是冒起寶黛全局。鴛云是那有造化的人家。是通結

釵寶一生筆力。絕大都在有意無意之間。

邪魔招入膏肓。最初處難得識力堅定。情緣都是魔障。遍歷後自然心性空明。

所謂幻境。卽眞如也。

三七

通靈寶石
絳珠仙草

紅樓夢正譌

話石主人著

年誤

青埂峰別來十三載。非是。按是年入園前一年遊幻。此十三遊幻僅十一。似未妥。此當作十五載。則遊幻時十三。推之演說。當云十來歲。百九十回當云哄了老太太二十年。

黛玉長了十五歲。非是。按黛玉小寶玉一歲。當作十四。推之第二回。當作年方七歲。

演說次年生一公子。非是。按元妃長寶玉十一歲。當云次後次胎。

元妃薨四十三歲。非是。按元妃生於甲申。卒於甲寅。當是三十一歲。是年寶玉二十歲。

探春結褵三載。非是。按賈政粮道。本年囘京。當云兩年。

寶釵比寶玉大。非是。按入園之年。釵十五。寶玉亦十五。若以寶玉十三而論。釵又不能大寶兩歲。當作同年長月。

巧姐騙嫁。非是按鳳姐卒年二十六。是時巧姐尚幼。

襲人與寶釵同庚。非是。按襲人大寶玉兩歲。若與釵同庚。則偷試。時只十三。似不得便稱大了頭。即此可見寶玉遊幻。當是十三。襲人偷試。當是十五。釵寶同庚。釵襲不必同庚也。

月誤

十月頭一場雪。不對。按是時黛玉已穿白狐。湘雲亦穿裏外燒。當是十一月。

日誤

十五省親。失檢。按寶釵生日。是正月二十一日。生日在大姐兒喜事還願後。喜

二

事在省親後。似宜改作元旦。時日方寬。且與元妃送燈謎合。

時誤

寶玉出幻。可卿正在囑咐了頭。不妥。謂黃粱警世。原可一息百年。此却非警世。且有雲雨之迹。宜略作輾轉。

地誤

水月菴、誤。按水月菴。卽饅頭菴。又名水月寺。是一處。女尼所在。又是一處。不得亦名水月。

物誤

鶴在松下剔翎、誤。按怡紅院無松。

語誤

第二回。赦公一子、誤。此時已有賈琮。

第四回。薛蟠送妹待選。誤後無照應。

二十回。看病換衣。可删。

二十五回。在王夫人身後倒下。與下文彩霞說笑不合。

二十五回。支開小丫頭當在問暗算法之前。

二十八回。姑表兄弟。當作姨表。

三十二回。寶玉見寶釵來。得便走了。與下卷王夫人問寶釵語。不對。

五十四回。寶玉漱口。可删。

七十一回。開卷說寶玉、誤。不似接見過語氣。

八十五回。寶釵明知是賈府人。不妥。此時並未說親。

九十回。岫烟住蓤洲。此時迎春已嫁。且與九十九回不對。

百五回。錦衣查抄。賈珍在西府看守、誤。當回東府。

脫略

第四回。妙玉入園、略。

六回。鳳姐叫蓉兒晚來說話、略。

二十回。湘雲回去、略。

二十回。邢夫人云一個好東西、略。

二十八回。鳳姐叫寶玉還有一句話、略。

三十二回。襲云大喜不傳放定、略。

三十五回。黛玉院中說話。與下卷不接。

四十七回。上秦鍾故不言幾時相識湘蓮、略。

戲文照應

東府東道還魂彈詞。應可卿入夢。

歸省四曲。應元妃。
東府年戲照全局。
寶釵壽戲西遊。應易嫁山門。應寶玉當衣。應鳳姐。
清虛觀三本。應西府全局。
鳳姐生日。應寶玉私祭金釧。
元旦戲。應巧姐。
黛壽冥昇。應黛渡江。應寶吃糠。應抄沒。
伯府戲花魁。應襲人。
無考
五十四回。髴月云。那兩個不知理。失考。

序一

紅樓夢一書。雖奇瑰譎總爲寶玉一人渲染。故首之以花主。爲羣芳領袖也。寶玉不入籤。得寶玉者不掣籤。旨有專歸也。其他都爲十一部。合花主爲十二重之得百有二十。則宗十二釵之意也。先宮妃統於尊也。次誥命尚爵也。閨閣則一篇之綱領也。故次之姬妾。所以佐閨閣也。又次之侍史。之中可採多矣。而賤不先貴。故冠以宮人。旣窮侈麗。必壯宴遊。而女樂歌伎尚焉。家美旣備。富以其鄰。而雜親繼焉。倘徒工雅艷。事鮮可風。毋乃爲羣芳減色乎。要之以節義而後知大觀園中。衆豔爭奇。非第誇多鬥靡爲也。至於方外之寥寂。仙釋之荒唐。語雖不經。總之不離太虛幻境之宗旨云爾。是集也。凡以佐觴政也。故爲之序次若此。而幷列凡例於左。東湖酒徒識。

一

序二

紅樓觥史既成。或進而難之。則以麟經既作。體例最嚴。龍門以來。文章莫大。才必兼乎學識。義必關乎勸懲。未聞簪筆而書。僅供席地幕天之用。巵言日出。可附南狐東馬之林。觥史之名。近於褻矣。不知衛侯抑戒。早設佐而立監。齊國代興。亦投壺而命中。是以都知錄事。每作酒糾。大人先生。亦工酒頌。用茲觴政。附彼稗官。與類稱名。義無不允。或又以金張許史。貴列簪纓。魏丙蕭曹。道殊巾幗。豈有儒林文苑。獨許閨賢。斷無戚畹椒親。盡登房老。而乃子京燒燭。惟書韓偓香奩。丙夜然脂。祇飾徐陵筆架。擬瑟琴之專一。類肢體之偏枯。不知女行克端。劉中壘始爲列傳。史才難得。曹大家亦自操觚。名既刻以芬華。徽必揚於彤管。是用搜奇樂府。訂中山孺子之篇。抽秘瑯環。續侍兒小名之錄。事雖獨創。美實兼收。或又以蠻腰素口。既立主名。濟略支繁。盡從芟削。則是姮娥身畔。可知惟有寒簧。趙后宮中。安得復來赤鳳。而乃首標花主。仍列神瑛。得毋人詫爲奇。未免自乖其例。不知紅樓之有寶玉也。始則名擅家駒。繼乃珍同禁臠。安仁一出。擲果盈車。韓壽歸來。竊香滿握。則有三年臣里。爭欲窺牆。二女漢皋。咸思解佩。以致吳宮紫玉。空埋恨以成煙。謝氏芳姿。但含羞而却扇。洵羣芳所託命。豈弁冕而可遺。或又以是書之作。其旨數千。大意所歸。寓言十九。今則棄捐奧蘊類買櫝而遺珠。傅會支詞。等刻舟而求劍。文人慧業。達士微言。不已傎乎。疑相悖矣。不知語鑿空而多奇。意司契而爲匠。故開夏王於石紐。不盡荒唐。認羊氏之金環。非皆誕妄。與有假道中之元牝。遁入虛無。不若就卷內之雌黃。演爲典故。況夫陶歡令月。散直嘉辰。客解絕纓。主能投轄。麴車載到。折花可以當籌。酒陣喧時。登壇可以肅令。雖藏鈎射覆。自知游戲神通。即弄粉調脂。或免風流罪過也。或無以難。遂書爲序。蓮海居士書。

三

紅樓夢觥史

凡例

一是令未擲色時。先定杯分。凡有敬酒飛觴。及代飲者。仍照本人門面。不得用飛敬者杯分。其用大杯者。亦照本人分數。

一凡通關拳妖等令。不得留過三杯。當關者折半。倘出拳人情愿大杯。亦不禁。

一凡儀注酒。不准用大杯。以三小杯爲止。

一凡敬酒不准代飲。

一令中如黛玉有酒。寶玉代飲。其注明黛玉者。無論倘掣得黛玉者。尚未掣第二籤。其間或有他令掄着之酒。亦算在黛玉名下。宜代飲。鴛鴦紫鵑同。

一行夫婦禮。須嬪相樂人等色目。花燭合巹。均照時式。安席亦須樂人照婦

一

人安席式。

大杯悉無限制。或强以難能。今定以三小杯爲率。瓶以五小杯爲率。

是令除唱曲固多未能者。掄着之人。准以一大杯買人代唱。(杯分照本人門面)其餘注出式樣之令。若再推諉。是故意作身分也。罰無算爵。

一

紅樓夢觥史目錄

紅樓夢觥史

花主

賈寶玉。政次子。詩社稱怡紅公子。羣花所仰。故爲花主。

贊曰、大荒之精。蔚爲神瑛。鼂采既發。器用弗成。

先用六骰。擲紅參者爲準。倘有同色。即就同色者。再擲爲定。

宮妃一

賈元春。政長女。名在正冊。以才選鳳藻宮尚書。加封賢德妃。卒年四十三。贈貴死。諡賢淑。

贊曰、奉帚趨宸。掄狄歸省。春燈既闌。哀册彌軫。

出燈謎一。猜不着者一杯。猜着免酒。寶玉、李紈、迎春、探春、惜春、寶釵、黛玉、俱跪飲一杯。誦詩一首。倘幾人未經掣出者。免掣出後無用補行。

宮妃二

周貴妃。吳貴妃。不詳所出。俱位貴妃。

贊曰、周實姬宗。吳非孟子。升之掖庭。彰厥淑美。

合席行戴裝翅令。爵尊者一杯。

戴裝翅令式。

令家作手勢將帽送與別人。其人即作手勢接戴。左右兩[illegible]裝翅。左座伸左手。右座伸右手。悞者罰。　凡令中有差處三次爲畢。

宮妃三

南安王太妃。北靜王太妃。西寧郡王妃。東平郡王妃。不詳所出。並藩王妃。嘗至榮府與禮燕焉。

贊曰、四妃位鈞。作嬪藩室。與慶首行。恩澤世及。

二

史太君安席。邢王二夫人斟酒。倘邢王二夫人未見。寶玉代之。 作樂滴天。

均照時式。

誥命一

史太君金陵史侯女。賈代善妻安重能容。榮府之盛衰因之。

贊曰槃槃太君。年籠萬有。諸福之歸。衆珠之母。

寶玉跪敬一杯。合席行富貴神仙令。

富貴神仙令式。

用六骰擲六爲富。連擲得十隻六爲百萬。四爲貴。一紅當一級。自從九起到正一品。幺爲丹。連擲得九隻。幺爲九轉丹成。中間斷者重新再擲。凡六與幺逢三六九紅逢正品。准飲一杯。買住以下斷者從買住起。

誥命二

邢夫人。王夫人。赦政妻。並以夫職受封。

贊曰、肅奉母儀。明章婦順。邢賓優柔。王獨周慎。

立請太君儀注飲一杯。然後寶玉跪敬一杯。如不欲飲。或令寶玉自飲。或令

鳳姐代飲。

誥命三

尤氏。珍妻。以夫襲職封。寧府中饋之主。

贊曰、猥以麤才。而持門戶。持而不閑。於家奚補。

合席行支更令。除尤氏。誤者尤氏檢舉。失檢罰一盃。猜下亥菜。猜着免飲。不

着飲一盃。再猜。三猜爲止。猜着主人飲。

支更令式

一更一點起。五更三點止。起更轉更俱要擂鼓。逢更一盃。五更三點一大盃。

四

重二不重三。誤者罰重起。或從更上起亦可。

誥命四

王熙鳳。璉妻。王夫人姪也。名在正册。以夫捐職封。有肆應才。而非婦道之正。

贊曰、知珠在胸。炙輠在口。佞鮀美朝。不有而有。

名號中有瑞天祥字。或對家鳳姐叫聲叔叔。斟酒送去。接着鏡塑。　合席再行奪錦標令。

奪錦標令式

數划龍船。或三十。或五十隻。逢暗七亮七打招。不准說數目。倘起先左旋。打招卽右旋。悞者罰重起。

誥命五

秦氏幼名可卿。蓉妻。名在正册。早卒。以夫授龍禁尉封。

五

六

贊曰、短夢易破。輕魂欲消。漚珠槿豔。曾不崇朝。

寶玉作小兒狀。秦氏以手拍着口做行行行調。襲人斟酒一杯。送秦寶二人合飲。

合席行射鵰覆令。室內生春。

誥命六

胡氏。蓉繼妻。胡道長女。

贊曰、胡然而天。胡然而帝。極盛之下。難乎爲繼。

行績蔴令

績蔴令式

各人說一句。不拘雅俗。首尾相接。遲者罰

誥命七

賈敏。代善女。適巡鹽林如海。生黛玉。中歲卒。

贊曰、斥鹵之中。迺生金碧。雛鳳失母。養不成翮。

密字流觴。同音。亦可合席行之。自用敏字流觴。

閨閣一

林黛玉。如海女。賈之所自出也。名在正册。詩社稱瀟湘妃子。善哭。以情死。

贊曰、春蠶絲盡。紅冰淚枯。絳珠絳珠。噫嘻烏乎。

藏花一巡。用杯以四爲率。寶玉得花。合席賀一杯。餘人得花。寶玉代飲。凡黛玉有酒。皆寶玉代。唯敬酒不代。　寶玉代飲時。黛寶須要說莫喝冷酒。不說則罰令自飲。獨不許寶玉檢舉。

閨閣二

薛寶釵。寶玉妻。名在正册。詩社稱蘅蕪君。有才而貌爲重厚。若欲矯瀟湘之失者。

贊曰、深心密意。善藏其鋒。竟得佳耦。福於容容。

與寶玉行夫婦禮。飲合巹雙杯。儀注悉依時式

合席再行快樂飲酒令。除黛玉不與。

快樂飲酒令式。

各伸指記明總數。以次將箸擱起。擱遍復落。數完後。凡箸落下者。俱飲一杯。

或用六骰擲點數亦可。

閨閣三

史湘雲。史侯家女。名在正冊。詩社稱枕霞舊友。爽於瀟湘。眞于蘅蕪。羣芳之軼羣者也。早寡。

贊曰、絳雲在霄。明珠無翳。花放水流。活潑潑地。

打通關一巡。 合席再行飛花令。

飛花令式。

用六骰擲一擲爲定。除幺二六不算外。三爲柳。以柳字飛觴。四爲紅。順下家飲。五爲梅。自飲。杯數以骰數爲準。

閨閣四

賈探春。政次女。名在正册。詩社稱蕉下客。適周氏。其所出者微也。而沉毅有識。卓爾不羣。

贊曰。醴泉無源。芝草無根。桃花駿馬。我思其人。

行色色如意令一巡。

色色如意令式

一擲要一輪明月在九霄雲外。這麼圓。二擲要兩道蛾眉在玉鏡臺前。這麼描描。三擲要三行鴻雁在紅蓼灘頭。這麼飛飛飛。四擲要四方金印在王公

九

堂上。這麽打打打打。五擲要五瓣梅花在大庾嶺上。這麽開開開開。六擲要六幅蒲帆在揚子江中。這麽扯扯扯扯。凡圓描等字。俱要做手勢。倘要么反得二便說不是一輪明月。却是兩道蛾眉云云。餘倣此。悞說者罰一杯重擲。

一〇

閨閣五

賈迎春。赦女。名在正册。詩社號菱洲。適武夫孫紹祖。以仳離終。

贊曰。柔而寡斷。命實不猶。蘭摧玉折。怨耦曰仇。

座中姓名號中有帶孫紹祖字樣者。三小杯。自飲一杯。下家跪上家泥塑。飲畢乃止。

閨閣六

賈惜春。寧府敬女。名在正册。詩社號藕榭。善碁及畫。終身不字。

贊曰小姑無郎。姮娥無匹。奕理畫禪。寫其孤潔。

合席行不施脂粉令。　善碁及丹青者一杯。

不施脂粉令式

用六骰擲幺爲脂。紅爲粉。以不見幺紅爲合。見一隻者一杯。

閨閣七

賈巧姐。璉女。以七夕生。名在正冊。家難後。幾爲凶舅王仁所賣。後適周氏爲田家婦。

贊曰。荏苒弱息。艱屯是嬰。儷彼牽牛。稱其令名。

座有甥舅者。敬舅一大杯。凡姓名中帶有王仁字樣者。三小杯。　合席行拍大學令。

拍大學令式

不稱能。不道有。之於其在不開口。寶蓋啓冠而爬手。逢心指心。逢口指口。逐句點。逐句勾。天下平時一大斗。凡字劃在上者從上拍。劃在下者從下拍。遇勾點准秉做重二不重三。誤者罰一杯。重起或從節上起亦可。

三

閨閣八

薛寶琴。寶釵從妹。適梅氏。韶秀能詩。

贊曰、小妹翩翩。蕙心蘭質。嬪於高門。宜爾家室。

行數梅花令一巡。

數梅花令式

五瓣爲朶。五朶爲枝。五枝爲樹。從一瓣數至五瓣。便說一朶。不准說五瓣。成枝成樹皆然。說瓣數重二不重三。誤者罰。重起。或從枝上起亦可。遇成枝一小杯。成樹一大杯。

閨閣九

邢岫烟。李紋。李綺。岫烟赦内姪。性淡泊。亦能詩。適薛蝌。紋綺皆宮裁從妹。俱端重能詩。綺許字甄氏。

贊曰、邢欒綦縞。歸於儒生。二李競爽。型于女兒。

行釣魚令一巡。

釣魚令式

青黃赤白黑五色魚名。挨次派定。各人先藏手中。如一個子爲青魚。則兩子爲黃魚。釣者先撒網。說我要網何色魚。各人中有着者。先取出。各飲一杯。未着者則向各人手中去釣。釣不着飲。釣着他飲。釣完而止。

閨閣十

四姐兒。賈氏族女。璜大奶奶周氏廊上五嫂子。並賈族婦。仰給於二府者。

一三

贊曰菀枯攸分。貧富相耀。或附於羶。或媚於竈。

行齋路頭令一巡。

齋路頭令式

初一十五高拱手。初二十六齋路頭。三六九換左手。逢月忌不開口。七拍八笑九搖頭。以籌遞下。滿一月爲止。誤者罰重起。

閨閣十一

傳秋芳。傳試妹有才名。年二十三而未字。

贊曰標梅過期。冰泮無日。老女不嫁。娉婷自惜。

行藏花令。如座客在十人以外。分作兩次。藏花挨次舉杯。不得花者免飲。得藏者各飲一杯。

閨閣十二

二丫頭。農家女也。寶玉見而悅之。
贊曰、婉兮清揚遇之邂逅。野花自芳。不匿其秀。
行絕技一。不能者以三。小杯買人代做。如合席無能者。自飲一杯。

閨閣十三

青兒。王狗兒女。劉老老外孫也。嘗至榮府。與巧姐暱。
贊曰、東方者靑物生。必稚。初七下九。不忌嬉戲。
與巧姐行迷藏令。如巧籤未見。掣出後補行。

迷藏令式

以帕蒙眼。暗中摸索。誤者罰一杯。令待摸之人做一來一往。爲定。藏者只許在一室之內。

閨閣十四

一五

銀姐。卜世仁女。芸中表妹。

贊曰、世仁不仁。有女曰銀。乞鄰而與。諱富爲貧。

合席行數元寶令。

數元寶令式

或五十兩。或一百兩。三爲小錠。五爲中錠。十兩爲大錠。逢大錠買住。五十兩及一百兩。俱一大杯。

閨閣十五

賈喜鸞。寶珠。喜鸞賈族中女。育於榮府。寶珠秦氏婢。以義女執喪。

贊曰、嬴負螟蛉。蟹腹瑣珺。鸞曳羅紈。珠服縗經

合席行節節高令。 曾作螟蛉過繼者一杯。

節節高令式

一九

以雲淡風輕近午天四句。先各輪念一字。輪遍各念二字。以次加至七字爲止。遲誤者罰。

姬妾一

周姨娘。趙姨娘。並政小妻。周無出。趙生環。探多行不義。遇祟死。

贊曰、周靜而貞。趙愚而毒。靜者常壽。愚者多辱。

側坐或橫坐者一杯。姓周趙者一杯。納寵者一杯。再納再飲。

姬妾二

香菱。甄士隱女。名在副冊。幼爲匪人掠賣於馮姓。薛蟠奪之爲妾。憨女子也。亦喜爲詩。以產卒。

贊曰、柔而無骨。清而不慧。卒以流離。失身駔儈。

跪敬黛玉一杯。再斟一杯。同襲人換杯。合席行改詩令。

一七

改詩令式

念詩一句。故意念錯一字。再念一句解之。如云勸君更盡一杯茶。分明是酒如何茶。只因寒夜客來茶當酒。

姬妾三

平兒。璉小妻。善處危疑。德慧術知。蓋兼有之。

贊曰。良人如鼠。大婦如虎。我服其才。調停心苦。

傳花擊鼓。

姬妾四

尤二姐。尤老娘女。尤氏外妹。賈璉謀爲妾。爲鳳姐所困。吞金死。

贊曰。楊花無力。逐水浮沉。不入虎口。焉得吞金。

敬對家檳榔一口。如無檳榔。以席上果品代之。賈母賞酒一杯。叫聲好孩子

一八

跪飲。

姬妾五

嫣紅。赦小妻。求鴛鴦不可乃納之。

贊曰不得絲蘿。乃收管蒯。君子有酒。莫不代匱。

向鴛鴦鏡塑席上鴛鴦有酒俱代飲。

姬妾六

秋桐。璉小妻。尤二姐之死。與有力焉。

贊曰遊牝於牧。輒咬其羣。始則償轅。終乃曳輪。

斟酒一杯。跪敬尤二姐。

姬妾七

翠雲。赦小妻。納在嫣紅之先。

一九

贊曰、偎紅斯足。倚翠則那。其新孔嘉。其舊如何。

同嫣紅賭面笑。笑者罰一杯。以酸物下酒。

姬妾八

佩鳳。偕鸞。文花。並珍小妻。

贊曰、鳳鸞文花。女三成粲。和以歌喉。纍如珠貫。

唱曲一套。不拘多少。不能者以三小杯。買唱本人之上下家各一杯。

姬妾九

嬌杏。封氏婢也。賈化屢遇之。後求爲妾。

贊曰、出牆紅杏。一枝繽紛。遙室琴堂。居然倚雲。

對面搳喜相逢拳。

喜相逢拳式

手口俱同者分飲。

姬妾十

寶蟾。金桂婢。薛蟠私之。備小星焉。金桂誤中毒死。賴之以白香菱之寃。

贊曰。若作和羮。濟之以鹽。天奪其魄。口不能緘。

跪敬金桂湯一匙。敬香菱酒一杯。

宮人一

抱琴。元春婢。從之入宮。

贊曰。貫魚以寵。之子媵焉。劉安雞犬。一朝升天。

行三十六宮都是春令。

三十六宮都是春令式

用六骰擲。以三四五爲春。挨次擲滿三十六隻春色爲令。畢斷者罰酒。重起。

二一

逢暗六亮六。卽以春字飛觴。悞者罰酒不重起。

侍史一

琥珀。賈母婢。

贊曰、松柏之精。依于喬柯。誰其施之。笑彼女蘿。

行雷拳令。拳則三肩。酒則三杯爲。牽雷電霹靂。皆罰一大杯。遇飲酒者。俱請

太君儀注。　量大者一杯。

侍史二

鸚鵡。賈母婢。

贊曰、鸚鵡能言。天生慧業。出納母命。母之喉舌。

自以六骰擲。不得紅綠罰二杯。紅綠缺一罰一杯。再擲見紅綠後。以骰數定

杯數。以紅綠兩字飛觴。　善談者一杯。

侍史三

珍珠。賈母婢。襲人本名也。既與寶玉。復以他婢補之。

贊曰、前珠前珠。鑿空補空。牟尼百八。母所玩弄。

合席行走盤珠令。帶朝珠及掛手珠者一杯。

走盤珠令式

上家右手捪拳。向下家。下家卽將左手向上家捪。一响之後。以右手向下家捪。以速爲貴。遲悞者罰。倘有輸酒捪過後飲。

侍史四

翡翠。賈母婢。

贊曰、王母書下。靑鳥使偕。棄彼蘭茝。鸞梟是儕。

坐在太君下家者。一杯立飲。帶花鈿及翡翠器者一杯。

三三

侍史五

玻璃。賈母婢。

贊曰、梨花雪消。松葉碧凍。爲酒介壽。倩彼手奉。

帶眼鏡者一杯。

侍史六

傻大姐。賈母婢。珍珠之妹。諸婢以才智相角。彼獨渾然噩然。故得傻名。

贊曰、大姐眞人。混沌未鑿。得素女圖。且喜且愕。

司棋藏花。傻大姐尋花得花。司棋跪飲。不得花。傻大姐亦不飲。如司棋籤未見。掣出後補　帶香袋者一杯。

侍史七

金釧。王夫人婢。與寶玉戲謔。被逐。忿而入井。

贊曰、無易由言。譴責斯及。井有人焉•爲我心惻。

與王夫人趙背寶玉斟酒一杯。送金釧飲。如不飲。寶玉自飲。　背人私語者一杯。

侍史八

玉釧。王夫人婢。金釧妹也。

贊曰、覆轍相尋。則有二釧。嘗羹之役。亦幸而免。

羹一匙。先嘗後敬寶玉•

侍史九

彩雲。王夫人婢。與賈環私。

贊曰、人棄我取。賈人之智。雲也用之。擇環而事。

席有行三者。敬一杯。

二五

侍史十

彩霞。小霞。彩鸞。彩鳳。繡鳳。繡鸞。並王夫人婢。

贊曰、二釧之亞。粥粥羣雌。旅進旅退。無非無儀。

請王夫人儀注。

侍史十一

晴雯。怡紅侍史。名在又副冊中。蜚語被逐。抑鬱而死。相傳爲芙蓉神云

贊曰、蛾眉衆嫉。詈予申申。魂歸來些。芙蓉之神。

脫衣及咬指甲者。一杯不飲。以芙蓉二字飛觴。輪着者各半杯。

侍史十二

襲人。花自芳妹。本賈母婢。名在又副冊。入怡紅院。寶玉最先昵之。寶玉棄家出爲優人蔣玉函妻。

贊曰、下手爭先。謂得勝算。一局不終。滿盤都亂。寶玉與對家捋拳。不論輸贏。對家唱小曲一支。其餘在席之人。或姓蔣者。或姓帶草頭者與襲人換杯飲酒　繫汗巾者一杯。

侍史十三

麝月。怡紅侍史。晴襲之亞。

贊曰、或先或後。爭妍取憐。附於晴襲。若鼎足然。

鬆美及新打辮者一杯。

侍史十四

秋紋。碧痕。怡紅侍史。又亞於麝。

贊曰、晴襲及麝。若公侯伯。位此二人。縠璧蒲璧。

與左右捋扛仙人拳。席面前有水漿沾汚者一杯。

二七

扛仙人拳式

三人各伸指不開口遇兩家一樣者各飲。

侍史十五

春燕。怡紅侍史亞於秋碧。

贊曰、有燕善睇。亦承春風。夜讌召客。日時乃功。

斟酒三杯。邀釵黛雲飲。未見者自飲。

侍史十六

四兒。怡紅侍史本名芸香。又名蕙香。以與寶玉同日生。無故被逐。

贊曰、名以命之。屢易何命。今之文人。亦職斯病。

與寶玉搶三十。改號者一杯。疊改者二杯。

侍史十七

二八

茜雪。怡紅侍史。職茶。事忤寶玉。被逐。

贊曰、掃雪烹茶。陶家風味。何物老嫗。有洸有潰。

李姓者一杯。　茶字飛觴。

侍史十八

佳蕙。怡紅侍史。唯任奔走。

贊曰、以大易小。如臂使指。不祿言祿。遜介推矣。

請晴雯儀。注如晴雯籤。未見扇字飛觴。

侍史十九

可人。怡紅侍史。早卒。

贊曰、其人已往。其名存耳。如花在鏡。如月在水。

自泥塑對面隨意說笑話。說畢爲止。

侍史二十

墮兒怡紅侍史。竊鐲事露。平兒覆之。卒爲晴雯所逐。

贊曰、容於主家。逐於同輩。川澤納汙。其事則倍。

跪敬平兒一杯。與晴雯搳清拳。鐵臂側覆仰响骨蛙蛙骨响拳三肩。 帶

金鐲者一杯跪飲。

侍史二十一

良兒怡紅侍史。竊玉被逐。

贊曰、不貪爲寶。懷璧其罪。良兒無良。其後無悔。

凡隨身物件中有玉者。跪飲一杯。

侍史二十二

檀雲。怡紅侍史、

贊曰、白檀興雲。勝於都梁。顧名思義。職宜司香。

在席吃烟者一杯。薰衣者一杯。

侍史二十三

綺霞。怡紅侍史。

贊曰、齊廷竽濫。猥居衆前。有同竊吹。詎免人言。

擲骰一盆色樣成者免飲。不成罰一杯。倩小紅代擲。如亦不成色樣。罰一杯。

寶玉代擲。成色樣而後止。一擲罰一杯。

侍史二十四

五兒。柳氏女怡紅侍史。貌似晴雯。

贊曰、五兒之來。以燕爲媒。尹邢貌似。見者疑猜。

與晴雯活塑。與寶玉揩响啞拳三肩。

三一

侍史二十五

靚兒。不詳所屬。亦小鬟也。

贊曰、從者之廋。因疑成愱。一扇甚微。而逢彼怒。

以扇一柄。（無扇以筋代之）席上藏過。待其自覓。覓得免飲。愱覓罰三小杯。

侍史二十六

雪雁。黛玉婢。爲寶釵相禮。以矇寶玉。雖有命之者。何其忍也。

贊曰、佳藕既合。以雁代鶯。忍而爲此。人孰無情。

在黛玉前跪飲一杯。候釵玉拜堂時。攙新人。

侍史二十七

鸚哥。黛玉婢。榮府二等丫鬟也。黛玉初來。以佐雪雁。

贊曰、雁後鵑先。適承其乏。架上雪衣。現身說法。

三二

立請黛玉儀注。　自飲一杯。能誦葬花詩者免。

侍史二十八

春纖。黛玉婢。

贊曰、以侍巾櫛。厥司盥沐。春筍初萌。柔荑一握。

與晴雯搳鋸子拳一肩。　長指甲者一杯。

鋸子拳式

一立椅上。一蹺一足。一响不着。上下更換。見勝負乃止。

侍史二十九

侍書。探春婢。有口辯。能禦侮。

贊曰、强將麾下。斷無弱兵。搜檢之役。電掣雷轟。

姓王者一大杯。不能請平兒勸免。　合席各與對家搳拳一肩。帶行放砲仗

三十四

令。

放砲仗令式

令家以火隨意指着。被指者。立即作爆竹聲。右隣掩右耳。左隣掩左耳。遲誤俱罰。

侍史三十

翠墨。小婢。並探春婢。

贊曰、墨不受磨，婢亦善噪。俾無弗馭。馭之有道。

請探春儀注。

侍史三十一

司棋。迎春婢。與中表潘又安有白頭之約。母不能從。觸牆而死。又安亦自刎。

贊曰、一着之錯。悔亦難追。了此殘局。視死如歸。

姓有水傍者一杯。姓名中有潘又安字樣者。與司棋換杯飲酒。俱請鴛鴦儀注。

侍史三十二

繡橘。迎春婢。

贊曰、菱洲苶然。失物不問。賴有此人。其軍稍振。

請迎春儀注。

侍史三十三

蓮花兒。迎春婢。

贊曰、誰實司庖。乾沒苟且。能發其奸。亦一健者。

雛子二字流觴。

侍史三十四

入畫。彩屛。彩兒。並惜春婢。

贊曰、藕榭孤冷。脂粉不施。棋枰畫槁。三人是司。

詣惜春儀注。

侍史三十五

素雲。宮裁婢。

贊曰、賸粉殘脂。波及晉國。不有閨賢。誰懲其失。

跪請宮裁儀注。

侍史三十六

碧月。宮裁婢。

贊曰、淩退之居。竹籬茆屋。采采黃花。人淡如菊。

合席行戒本色令。令畢弗禁。

戒本色令式。

梅靠東牆月照西。兎兒北走雁南飛。綠敬主人紅敬客。從今三酉不須題。用一骰擲幺爲月。二爲兎。三爲雁。四爲紅。五爲梅。六爲綠。

侍史三十七

小紅。林之孝女。怡紅侍史。後事熙鳳。

贊曰、如鶯之口。娓娓可聽。蜂腰橋畔。未了癡情。

說急口令免飮。再與對家搭橋。

搭橋式

橋面用大杯兩塊。以次遞減。一響過一層。如在橋面。一響輸者吃大杯。再搭。至橋完止。

侍史三十八

三七

彩明。熙鳳婢。掌書算。
贊曰彩能作字。鳳不識丁。如瞽有相。如跛斯行。
善書者一杯。 合席行寫字令。
寫字令式
以上大人。孔乙己。化三千。七十士。爾小生。八九子。佳作仁可知禮也等字。每家挨寫筆畫。重二不重三。有筆畫向左左家接。向右右家接。
侍史三十九
豐兒。熙鳳婢。
贊曰、閨房之私。乃以白日。謝客當關。不堪者一。
請鳳姐儀注。
侍史四十

三八

善姐。熙鳳婢。監尤二姐者。

贊曰、晉公之獒。用之則嗾。鳳兮鳳兮。殺人假手。

做狗叫三聲。跪敬尤二姐一杯。

侍史四十一

萬兒。寗府婢。焙茗私之。

贊曰、卍字之交。感夢而孕。惜哉落花。乃入手溷。

與寶玉下家。搳拳一肩。輸家請寶玉儀注。

侍史四十二

銀蝶兒。寧府尤氏婢。

贊曰、銀蝶翩翩。前身莊叟。凭之以行。穿花度柳。

合席行春城無處不飛花令。　凭肩者一杯。

春城無處不飛花令式。

本人念詩句飛花飛着之人。亦念詩句飛出。卽將酒敬與別人。別人亦復如是。飛遍爲止。着末飛到者。不准再飛自飲。

侍史四十三

鶯兒。寶釵婢。姓黃氏。本名金鶯。有巧思。

贊曰、有鶯遷喬。有鵑啼血。天與之巧。乃不如拙。

揢編籬笆拳一巡。

編籬笆拳式

對家起輸。下家出拳。揢遍止。

侍史四十四

文杏。寶釵婢。

贊曰、文杏小小道。三不兩。有鶯其領。事則從長。

同鶯兒揸三兩一拳。

三兩一拳式

一响勝三杯。兩响勝兩杯。三响勝一杯。至四响。仍自三杯起。

侍史四十五

翠縷。湘雲婢。

贊曰、立天之道曰陰與陽。太極圖說。衍之蓋詳。

同湘雲講陰陽。湘雲不笑。翠縷自飲一杯。

能星卜堪輿者一杯。

侍史四十六

小螺。寶琴婢。

四一

贊曰、旃螺之蚊。我佛之髻。蓮座捧瓶。龍女則侍。

立捧酒壼。請寶琴儀注。

侍史四十七

篆兒岫烟婢。

贊曰、邢於書法。長非所擅。其夫則蚪。其婢則篆。

善篆書及篆刻者一杯。 自請岫烟儀注。

侍史四十八

笑兒岫烟婢。

贊曰、愁不工顰。樂然後笑。主既安貧。婢亦能效。

說笑話一。免飲。如無笑者。自飲一杯。

侍史四十九

四二

璘兒。香菱婢。

贊曰、菱娘工詩。苦心結構。璘侍其旁。錦囊是貯。

合席行倒捲珠簾令。

倒捲珠簾令式

念七言詩一句。逐句減一字。念完。復逐句增一字。如一團茅艸亂蓬蓬。團茅艸亂蓬蓬。茅艸亂蓬蓬。艸亂蓬蓬。亂蓬蓬。蓬。蓬蓬。亂蓬蓬。草亂蓬蓬。茅草亂蓬蓬。團茅草亂蓬蓬。一團茅草亂蓬蓬之類。各就所能。不必限定詩句。

遲悞者罰一杯。

侍史五十

小吉祥兒。趙姨娘婢。

贊曰、惠迪則吉。作善斯祥。彼役于趙。毋乃反常。

飛福字一杯。敬元春。祿字一杯。敬史侯夫人。壽字一杯。敬太君。誤飛者罰自飲。籤未見者免。

侍史五十一

小鵲。趙姨娘婢。

贊曰、蜮慣含沙。鵲能傳語。昨夜依稀。有人譖汝。

面南坐者一杯。

侍史五十二

同喜。同貴。薛姨媽婢。

贊曰、皆大歡喜。莫大富貴。多福多男。以此爲例。

同年同庚同居同寅同硯搢二拳。

侍史五十三

四四

小捨兒金桂婢。
贊曰隘巷誕寘空桑寄生。小捨小捨。我悲其名。
唱蓮花落上下二家和調。
女樂一
文官。末脚。後侍賈母。
贊曰其文蔚也。蔚爲班首。終依太君。如星拱斗。
說末脚開場白一套。免飲。
女樂二
寶官。玉官。生旦脚。
贊曰以一寶玉。拆而名之。迷離撲朔。孰辨雄雌。
合唱折柳一曲。免飲。

四五

女樂三

齡官。本名椿齡。旦脚。心許賈薔。
贊曰、渡海應眞。登瀛學士。以意度之。我識此字。
合席行胡笳十八拍令。
胡笳十八拍令式。、
從本人說起。某一拍。某一拍。某一不拍。某二拍。隨意說人。其人便接。至第十八說某十八。不拍大家拍。凡說時須拍桌。遲悞俱罰。

女樂四

芳官。旦脚。入怡紅院。出爲水月菴尼。獨守戒行。
贊曰、始事花主。終歸空王。豔如桃李。凜若冰霜。
與晴雯隔肢怯癢者一大杯。不能倩寶玉分飲。

四六

女樂五

藕官。蕊官。藥官。並生脚旦。藕蕊分給釵黛。後出爲地藏菴尼。藥早死。

贊曰、藥蕊與藕。失偶得偶。其名則是。其實則否。

合席行點戲令一巡。

點戲令式

各佔脚色。以手中有子者爲到。倘所點戲中。應到不到。不應到而到。俱罰席上。每人各點一齣。點畢爲徧。

女樂六

葵官。淨脚。分給湘雲。

贊曰、不釵而搢。不粉而墨。喑啞叱咤。千人辟易。

對家搳霸王拳。

霸王拳式

對坐第一輸立。第二揖。第三屈一足跪。第四雙足俱跪。第五叩頭。輸贏間者。各依次行。不准抵銷。每輸飲一杯。有叩頭者。卽止。

女樂七

荳官。丑脚。分給寶琴。

贊曰。朱儒厖雜。滑稽之流。亦尙口給。惟其面柔。說小丑科諢一段。免飲。

女樂八

艾官。茄官。老外老旦脚。艾分給探春。茄給尤氏。

贊曰。美能破老。藥可還童。公然一婆。皤然一翁。有鬚者一杯。

女樂九

雲兒。歌妓也。

贊曰、有觥錄事。以雲爲名。娘皆夜度。兒則朝行。

行手把銀壺令。本人起至第五人止

手把銀壺令式。

手把銀壺酒自也麼斟。停壺放盞且消停。我是行令人。燈花彈落亮晶晶。鏜鑼精鋪盔。雲鑼錚鏘錚。胡琴弦子笙簫磬。忽聽譙樓鼓打一更。再斟也麼斟。遞銀壺替我行子個个令。下重一句令家用大杯斟起挨至五更者末可改一口乾。其實難從命。也重一句中間各色要做手勢如悞者飲乾重斟一更起。

雜親一

薛姨媽。王氏。寶釵之母。

四九

贊曰、豐年大雪賈王齊名。絲蘿雖固。冰山易傾。

黛玉敬酒一杯。叫乾娘一聲。餵黛玉物一箸。離席者一杯。

雜親二

劉老老王狗兒妻母。三至榮府。

贊曰、有媼善啖。是曰母蝗。黑甜一夢。怡紅之牀。

合席餵菜一筯。每吃合掌念佛一聲。行所對非所問令。

所對非所問令式。

令家隨意對人說一句。答者須與問意絕不相關。對畢者立即問人。若遲悞者罰。

雜親三

李嬸娘。宮裁從母。紋綺之母也。

贊曰、庶人之命、其風則雌、維二女。果若固有之。

女字飛觴兩杯。

維親四

尤老娘。尤氏後母。初嫁生二姐三姐。從母改醮。

贊曰、挈瓶之智。二女偕來。瓶之罄矣。悔不可追。

合席行拖油瓶令。

拖油瓶令式

斟酒一杯。從本人起。不拘雅俗。飛油字。得油者飛瓶字。合席飛徧爲止。最末飛着者飲。

維親五

史侯夫人。王子騰夫人。甄夫人。並榮府貴戚。

贊曰、蔦羅親附。葭莩誼聯。朱門大宅。香車駢闐。

王夫人安席敬一杯。

雜親六

夏金桂。薛蟠妻。淫妒欲酖夫妾。誤服自斃。

贊曰、叔不曾痴。婦也可醜。天網恢恢。自罹其咎。

斟酒一杯。先嘗過。同果品送行令者飲。叫叔叔一聲。行令者不肯吃。即自吃。

節義一

姽嫿將軍林氏。行四。恆王侍姬。有勇力。命掌女軍。王爲賊所害。姬率衆姬陷陣。殺賊而死。

贊曰、紅粉拔戟。自成一隊。落日大旗。英風如在。

行紅旗報捷令。得酒者主將臺打將拳一巡。

紅旗報捷令式

以一紙捲燃火。挨次遞下。至火熄之家飲。

節義二

李紈字宮裁。珠妻。早寡。守節。名在正册。詩社稱稻香老農。子蘭成進士。

贊曰、一珠先亡。魯於是壑。閔茲荼苦。報以蘭芽。

行金門射策令。

金門射策令式

得令者爲考官。用六骰覆于盆中。擺成色樣。念詩或成語一句。要與色子意合。令人猜。猜着免飲。不着飲一杯。請考官儀注。如考官出題不通。罰一大杯。

成色不成色。全色不全色。先報明各人輪到爲止。

節義三

五四

張金哥。長安富家女。幼許字守備子。父母欲令改適。介老尼淨虛賂熙鳳。以書屬上官。離守備子婚。金哥聞之。自經死。守備子亦沈於河。

贊曰。南山有鳥。北山張羅。雖强委禽。之死靡他。

淨虛跪捧色盆。候金哥搶紅。斷者鳳姐一杯。搶全乃止。

搶紅式

用六子擲得紅。提起。俟六子俱成紅。乃止。每擲無紅。罰一杯。

節義四

鴛鴦。賈母婢。姓金氏。賈母卒。自經以殉。

贊曰、毋死亦死。就義從容。赦也不良。乃欲爲雄。

搳骨牌拳。與太君姨媽釵黛湘芸劉老老各三拳。迎春一拳。有未見者免。如全未見者。存籤。俟全見後搳。 凡鴛鴦有酒。俱嫣紅代飲。

骨牌拳式

文武各佔一樣、隨意出拳。得文則武飲。得武則文飲。

節義五

尤三姐。二姐之妹。欲適柳湘蓮。不果。自刎死。

贊曰、乍合乍離。若遠若邇。一劍瞥然。美人死矣。

自行美女尋夫令。名號中有湘蓮字者一杯。

美女尋夫令式

如座客有該雙數。除寶玉用骨牌對子合轉各取一張。令家尋取配對之牌。

尋着者飲。令止。不着飲一杯。被尋之。家照式尋取。

節義六

瑞珠。秦氏婢。秦氏死。觸柱以殉。

贊曰、觸柱以死。其死亦創。方彼鴛鴦。一時瑜亮。

免冠向可卿磕頭三。請儀注飲一杯。

節義七

紫鵑。黛玉婢。黛玉死。依惜春以終。誓死不嫁。

贊曰、絳珠既枯。鵑不能殉。一心皈依。六根清淨。

用四骰與寶玉擲事事如意取十六令。紫鵑有酒。俱雪雁代飲。

事事如意取十六令式。

用四骰擲得十六點。俱免飲。點少自飲。點多對家飲。杯數照點數。

方外一

妙玉。蘇州良家女。出家爲女道士。名在正册。元妃省親。榮府以禮聘主攏翠菴。

白號檻外人。爲盜所刼。不知所終。

五六

贊曰、一出禪關。魔從此起。我爲阿難。惜此戒體。

合席行闌干令。　妙玉吃茶。寶玉以酒陪飲。

闌干令式

闌干令梅柳韻差一字。從頭飲用一骰擲。擲至十二點爲止。三爲柳。五爲梅。

如第一擲見幺。則云一擲幺。欠十一。闌干未當飲酒。第二擲見二則云一擲

幺二擲二。共成柳。下欠九。闌干未當飲酒。第三擲見六則云一擲幺。二擲二。

柳擲六共成九。下欠柳。闌干未當飲酒。倘再擲過闌干。免飲酒。每句須三字

報清。

方外二

智能。水月菴尼。私於秦鐘。

贊曰、青豆房深。白檀香裊。好事多磨。幽歡未了。

茶一杯自飲。一口敬寶玉。合席行指搖攤令。

指搖攤令式

合席不開口。令家用手指去。被指之家。搖手。令家攤。手被指之家。另行指出。

合席行到爲罷。若遲悞。俱罰。

方外三

智通。智善。圓信。水月菴地藏菴尼也。芳藕從之出家。

贊曰、度牒非虛。衣鉢斯傳。好爲人師。人之大患。

席有師生。各飲一杯。芳藕各斟一杯。敬智通。智通自斟二杯。出儀注命芳

藕飲。

方外四

沁香。鶴仙。水月菴女攛女冠也。私於賈芹。

贊曰、樓沙雜亂。五欲相濟。法喜捨身。烯光奪壻。
名號中有草頭者斟酒一杯同飲。
合席行水中撈月令。本人當樁。

水中撈月令式

盆中設小杯。以酒斟滿。樁下家搳起。挨次打樁一响。如樁勝。打樁者飲杯中酒。樁輸爲止。

方外五

色空。鐵檻寺住持。
贊曰、色卽是空。空卽是色。卽色卽空。是波羅密。
合席行六根清淨令。

六根清淨令式

五九

五官四體各認一樣。如問者認口。而問認耳者曰。耳在何處。認耳者即指口曰這個不是耳。鳴。認耳者再指別人問。問到令畢。

方外六

淨虛。水月菴老尼。熙鳳爲金哥離婚。尼代關說。贊曰淨實不淨。虛亦不虛。怨毒甚矣。神矙其居。自斟一杯。請金哥儀注。飲畢然後跪捧色盆。俟金哥搶紅畢方起。

方外七

大了。散花菴尼。贊曰好相具足。功德完備。各散天花。而作佛事。

[一]合席散花。寶玉尋花。

散花令式

六〇

以十二枝籌書四季花名。各拈一花。令寶玉猜。如要猜春花。拈春花者三家。俟他猜。猜着拈花者飲。如不着。寶玉飲。再猜如仍不着與拈花者擕一肩再猜別季。猜着乃止。

方外八

馬道婆。妖人也。能符咒魔鎭術敗伏法。

贊曰。巫蠱之興。邪不勝正。殛彼妖魔。有如律令。

合席行拏妖令。除馬道婆。凡妖有酒一杯。馬道婆陪一杯。

拏妖令式

用籌書唐三藏及孫行者豬八戒沙和尙。餘看人數書妖怪名目。須要除出馬道婆。各人掣。如拈着行者。須尋師。尋着敬師一杯。遇妖。擕拳收伏。再尋倘八戒沙僧。亦先擕拳。以勝卽止。協同尋師。他妖止留三次。惟紅孩兒留無算。

六一

仙釋一

警幻仙子。癡夢仙姑。鍾情大士。引愁金女。度恨菩提。並太虛幻境諸仙。

贊曰、指彼迷津。登于彼岸。幻耶眞耶。一重公案。

合席行問花答仙令。

問花答仙令式

各人認一花名。一仙名。如問某花當飲。卽答某仙不當飲。便問誰飲答者

再指別家。不得問仙答仙。問花答花。悞者罰。

紅樓夢雜咏

吳縣蔣如洵眉生

●大荒山下石千年。字蹟斑斕四面鐫。相伴瑤臺諸女謫。媧皇待補奈何天。

●一登名路一離塵。種種機關說賈甄。始信文章通造花。至今閨閣有傳人。

●少小多因失恃傷。無依弱女惜中郎。風塵骯髒三千里。泣別單親赴渭陽。

●灌透情波活草根。蕙心蘭質想溫存。相逢却似曾相識。喚起靈河岸上魂。

●悟徹三生遇貌姑。鶯花如海醉瓊壺。丹青册子含眞宰。現出全家眷屬無。

●細傾仙茗與仙醽。仙樂鐺鐺入座聽。萬豔同杯紅一窟。只求長夢不求醒。

●香洞雲霞隔放春。吹簫弄玉是前身。三星今夕鴛前粲。夢裏親聞小字眞。

●縹緲身離警幻宮。芳心引逗臥游中。背人偸試陽台樂。憑仗花旛爲護風。

●垂老煢煢只一身。壻鄉耕種亦艱辛。貧家炊爨偏相待。不枉絲蘿念舊姻。

◉療病人傳海上方。研花調水幾年忙。溫柔香自耶歡愛。不信丸名是冷香。

◉豈是隋家剪綵花。穠纖宮製做堆紗。烟鬟新帶朝雲色。睡起惺忪掠鬢鴉。

◉競爽何殊二惠名。雲泥曲略但言情。追隨硯席同書塾。兩姓機雲作弟兄。

◉入世通靈幻相傳。就中作合自天然。不輸留贈雙條脫。萼綠華成隔世緣。

◉料峭春寒鎖夢遲。病中瘦損舊腰支。奇花欲發含苞待。縱有神醫那得知。

◉養靜元眞屏俗紛。稱觴子弟集如雲。大家禮數無拘責。只要虔刊陰騭文。

◉會芳園裏記相逢。迷路尋花隔幾重。對影可憐風月鑑。拚將一死爲情鍾。

◉驚聞雲板叩聲聲。燕去梁空月自明。五品頭銜龍禁尉。大書金字耀銘旌。

◉經壇幢蓋數行排。支項紛紜領對牌。高搭彩棚迎路祭。旌旗鹵簿塞通街。

◉堂堂儀表逈超塵。感激賢王刮目親。手贈鶺鴒珠一串。龍孫脫穎已嶙峋。

◉秦家小子亦英英。叔寶風神玉樣清。解識相偎相抱意。同車何不共鯨卿。

●絲鞭搖颺出城南。茅舍疏籬景略諳。纔了送靈鐵檻寺。又來移寓饅頭菴。

●拜捧恩綸下九霄。尙書鳳藻又新邀。叢門連報東宮喜。魚貫聯翩盡入朝。

●名園締造一番新。池館樓臺萬象春。雕玉爲聯珠作榜。仙家原不隔紅塵。

●星橋火樹豔成堆。銀鑰琅璫徹夜開。鼓吹忽驚紅袖亂。傳呼鳳輦入園來。

●連錢金埒偶遊春。遙指花家門巷新。打點年茶且小坐。春纖一束剝松仁。

●筠牀並坐怯嬌羞。不斷生香袖底留。安得身遊林子洞。與君瑣瑣說揚州。

●晚粧纔卸髻雲頹。鬢髮梳篦傍鏡臺。權作上頭去嘗看。只嫌未飲合歡杯。

●靈心慧舌讓人多。哎哎何妨字外訛。不是情深挑唆慣。有誰呼喚愛哥哥。

●杏綾紅被裹重重。一握春雲枕畔鬆。閒看梳頭牕下坐。餘香猶帶口脂濃。

●檢書燒燭醒春眠。讀到南華第幾篇。弄筆續莊成底事。妄將俚俗叩眞詮。

●幾日恩情尙戀無。枕函藏髮爲多姑。賺他多少閒蜂蝶。不念羅敷自有夫。

三

●稽首蓮臺自在行。心空來去不關情。阿儂會得塡詞意。小草明明是寄生。

●參禪已落鈍根荄。引證紛紛語錄來。若向此中求了澈。菩提非樹鏡非臺。

●連朝已過試燈風。彖曲闈屛門謎工。傳到後宮頒賀彩。文房淸秘玩詩筒。

●別墅留題豔省親。編排佳什壽貞珉。葛覃付與宮闈誦。抵得周南傳裏人。

●無賴東風徹曉狂。葬花儂只爲花忙。却憐儂命同花命。忍使飄零在異鄉。

●會眞小記任冥搜。竟日餘芬齒頰留。一語動人禁不得。笑他銀樣蠟槍頭。

●濃歌艷曲度芳鄰。八字淸新聽得眞。萬種閑愁拋不去。水流花落總傷春。

●誰分冷熱與炎涼。白眼看人不自量。有意種花翻插柳。輕財幾見醉金剛。

●拾來羅帕暗藏春。牕下喁喁辨未眞。俏倚畫欄情脈脈。相思怎奈不相親。

●止棘靑蠅萋斐多。雉媒設計暗張羅。黑風吹撼空中樹。伏聽龍鍾馬道婆。

●六扇文紗似縠明。幽香一縷靜中生。昏昏似睡仍非睡。惱煞枝頭百囀鶯。

●錦旆紗旛供節物。柳車草馬門兒嬉。明朝傳說交芒種。祭餞花神酒一巵。

●絮語疏疏入耳聽。許多情緒太零星。一雙玉色大蝴蝶。飛上池邊滴翠亭。

●春盡花飛悵別離。惜花心事訴花知。花殘尚有重開日。人老難逢再少时。

●小坐清歌酒數巡。餘音未散繞梁塵。便無扇墜親持贈。也解香羅一幅巾。

●香串宮紈什襲佳。端陽風物豫安排。內官擎出中宮賜。偏有恩私待寶釵。

●稱玉稱金莫算真。未知若個是良姻。為郎伴說看獃雁。休怪人前醋醋嗔。

●清虛道院醮壇開。艾綠榴紅景色催。翠蓋珠纓人不見。油車一路碾如雷。

●綠陰庭院過殘春。十丈紅霞四面勻。暗拔金釵畫薔字。有人局外看逾真。

●小簟桃笙暑氣微。晚涼閒坐雨依依。千金難買佳人笑。莫學秋風扇子飛。

●漫把陰陽澈底評。嬌癡小婢太憨生。花前拾得麒麟種。莫是奇緣撮合成。

●憤激含羞泣別衷。伯勞飛燕各西東。心期一段難明處。痛絕金簪落井中。

五

●舊帕題詩淚灑珠。解人難索思踟躕。斑斑竹上香痕漬。比得湘江一半無。

●鏤銀模子式玲瓏。蓮葉羹湯碧盞融。悄語勸儂嘗一點。唇邊香氣帶殘絨。

●梅花絡子打縱橫。金線絲絲配得成。翻出鮮明花樣巧。芳名眞不愧鶯鶯。

●姊妹行中此最先。花家娘子態娟娟。月錢似較旁人長。新得夫人十倍憐。

●午倦停針繡線拋。紅蓮鴛戲似投膠。郎情並宿雙飛慣。妾意重花密葉交。

●花箋小啓手親裁。商略詩壇選日開。招集紅閨諸社友。翩翩詞彩薛林才。

●稻香社長品詩公。規倣詩家別號工。新試夢甜香一炷。濡毫火速快生風。

●雞頭出水滑瓊漿。栗粉糖糕桂屑香。收拾園中新果品。捏絲小盒送雲娘。

●重簾燈火夜淒迷。詠菊新拈十二題。忙煞東籬高會客。壺觴絡繹任分攜。

●參差菱藕帶香飄。迤邐行來渡竹橋。掃葉煎茶兼暖酒。相邀賞桂樂今朝。

●盈筐紫蟹玉含膏。頓頓盤餐快嚼豪。妾意亦如卓家女。爲郎不敢斫霜螯。

六

◉不用推敲苦搆思。興酣下筆雨風馳。奪標手段先傾倒。纔起陶家采菊詩。

◉纔撤杯盤復整戈。滑稽詼笑妙吟哦。小中見大饒深意。舌劍脣槍諷刺多。

◉郵語鄉談亦雅馴。瓜壺果蓏趣天眞。田家風味差堪領。恰厭熊蹯雞跖珍。

◉信口瀾翻助興長。香山灶嫗或相方。痴兒偏要尋根柢。怪底人稱沒事忙。

◉羊腸犖确似坡陀。夾路修篁積翠多。新換窗紗霞影薄。問名恰稱軟烟羅。

◉高齋秋爽植蕉桐。十錦攢心食盒豐。忙喚侍兒揮麈尾。淸談饒有晉人風。

◉花囊洋菊簇罽毬。佛手黃柑顆顆稠。筆硯精良窗几淨。顏書米畫劇淸幽。

◉蓼汀蘋淑黯斜陽。裊柳殘荷水氣涼。七尺蘭橈花裏過。無人知是駕船娘。

◉深院蘅蕪曲折通。石梯苔滑色葱蘢。仙籐奇草紛蒼翠。彷彿珊瑚豆子紅。

◉綴錦樓前酒半醺。冰梅小几鏤花紋。牙牌湊合新奇令。怎及西廂絕艷文。

◉筠菴花木亞叢叢。檢點珍藏飲器工。品到梅花香雪水。瓠瓟款式宋元豐。

七

醉中眼纈眩生花。只覺來時路徑差。曾見穿衣三尺鏡。滿頭插戴認親家。

詞曲原來壞性情。多君解釋最心傾。儂家自有閨房課。憂患多緣識字生。

史筆春秋果不同。稱名笑倒毋蝗蟲。憑他鳳子詼諧堪。不脫方言俗語中。

鵝溪絹寫大觀圖。底用名箋雪浪鋪。拋卻半年詩興好。調脂滴翠費功夫。

滿園秋色近重陽。相斂金錢辦壽觴。頹倒玉山拚痛飲。傳杯四座興顛狂。

不信微波有洛神。天然巧合借緣因。焚香好代慇懃祝。戲得青奴解事人。

多謝檀郎體貼工。殘粧重整鬢雲鬆。新調花露胭脂汁。却似玫瑰滬醬紅。

四壁虫聲夜漸長。小詩排悶意徬徨。生憎風雨穿簾隙。添得秋宵一味涼。

沙棠屐子響登登。蓑笠漁翁扮亦能。乞取一枝紅蠟燭。回房穩罩繡毬燈。

風情垂老戀溫柔。半縷香雲袖裏收。妾似南山石不轉。非關無福抱衾裯。

風笛山陽感舊眞。樽前難禁話酸辛。西州門外如天遠。蓮子青青偶薦新。

八

◉演戲閒來風月塡。柳兒伉爽性逾常。都因誤下風流棒。鞭扑難饒獃霸王。

◉歡塲蹤跡散如烟。一別臨歧倍黯然。珍重延津雙劍聚。合幷未識閱多年。

◉因情悔誤竟忘情。負販生涯趁此行。且習陶朱猗頓術。兒郎亦自會經營。

◉湘君霞客盡名師。琢腎雕肝苦學詩。却笑崔郎楓落句。祇留五字誦當時。

◉雙雙艷李占芳春。更有嬋娟薛與邢。聰是雲龍女韓孟。休將無著笑天親。

◉一朶梅花雪裏幽。薛家小妹麗難儔。渾身金翠輝煌色。原是蒙茸凫靨裘。

◉鶴氅猩毡暖禦風。羊皮靴子挖雲紅。雌雄撲朔渾難辨。穿上豐貂分外工。

◉獸炭圍爐笑語譁。割羶豪宴味無加。居然美酒羊羔會。風味終教勝黨家。

◉蘆雪亭邊賞雪宜。北風一夜玉龍垂。天然起句多眞趣。不是兒家不善詩。

◉拔戟騷壇孰占先。爭鋒鬬捷聳香肩。詠梅詩謎消寒句。又看三珠後乘連。

◉冒雪尋春蠟屐回。膽瓶注水插紅梅。筵前雨點聽撾鼓。催得江花腕底開。

九

一〇

●艷雪圖添水墨皴。容顏壓倒畫中人。獨憐縞袂綦巾客。世外風鬟更覺真。

●度月穿雲取徑疎。回廊幾折轉紆徐。辟寒別築生春室。小立花間接筍輿。

●春燈謎語門謎藏。小令新詞各擅場。懷古十章偏獨別。應將此事讓琴娘。

●白楊宮樹最蕭森。外盛中空易受侵。到底輸他松柏操。冰霜不改歲寒心。

●曲體郎情爲障羞。無心失落有心偸。勞卿遮掩蝦鬚鐲。終見明珠合浦留。

●窗紙新裁越繭糊。水仙盆供極清娛。熏籠圍坐舒情話。一幅冬閨集艷圖。

●經緯條條界畫精。雀裘補綴坐殘更。裁縫鍼線痕都滅。算得天衣熨貼平。

●春祭恩沾寺庫銀。錁金押歲助盤辛。庄戶趕送年頭例。水陸豐鮮百味珍。

●百寶華燈五色鮮。千門爆竹震連天。金牌彩仗階墀擁。齊會宗祠祭祖先。

●排日招邀獻歲筵。太平絲管樂新年。來朝又是元宵節。預辦青銅賞戲錢。

●雜說圖書略助歡。新聲妄說鳳求鸞。虛花簸弄成何事。陳腐荒唐一例刊。

●出口聰明讓鳳哥。斑衣學舞戲紅羅。果然拍案驚奇絕。舌上蓮花吐慧多。

●暖閣囘燈設宴重。丁丁漏盡轉銅龍。祇將簫管揚淸韵。又看巫山十二峯。

●按鼓傳梅續豔歌。眉梢春色喜如何。金戈鐵馬紛騰響。引助當場趣語多。

●烟火中庭百戲陳。銀花寶樹耀長春。原非小膽空房怯。何事輕狂慣騙人。

●支持出入力能兼。詎有鞭長莫及嫌。縱使婆心存庇護。鎭山太歲又新添。

●花香花色最相交。觸手須防棘刺淆。不是長才資摒檔。鳳凰誰信出鴟巢。

●錯將假語當眞情。絕妙情辭信口生。莫把自行船送去。隨風順水不留行。

●頻番愛語感心慈。始信姻緣月老持。生小看郎騎竹馬。只憐絆不住紅絲。

●寒食東風又禁烟。梨香院宇草芊芊。花光一樹開如雪。寂寞牆陰化紙錢。

●小桃舒蕚柳垂絲。病負鶯花又幾時。葉已成陰枝已滿。紅顏縞首不勝思。

●滿庭香霧正春酣。綠潤苔階宿雨含。踠地長條禁折得。誰編新樣柳條籃。

二

●予求予取諒無厭。替代私心却汝嫌。肯爲薔薇硝割。愛只消茉莉粉纖纖。

●投桃報李亦常情。波未平時浪又生。深悔茯苓霜答贈。教儂偸竊受虛名。

●油瓶滴水認難眞。用吳諺語意 寃枉何人爲汝伸。黠鼠未投防忌器。略存偏袒到佳人。

●閨中判斷亦良才。冰解須臾莫亂猜。不是漢廷老吏手。那能昏黑見雲開。

●意氣雲兒直上雲。酒兵隊裏女將軍。藏鬮射覆如山令。合坐喧譁總讓君。

●芍藥陰中日正遲。避人扶醉忒嬌癡。落紅滿地蜂圍陣。可是華清睡足時。

●芳草坡前日欲斜。相邀鬥草莫還家。並頭先占夫妻蕙。連理難忘姊妹花。

●六幅湘裙細意裁。新紅姤煞石榴開。只嫌汚透嬌顏色。背臉佯羞換下來。

●几上紅箋墨瀋新。署名遙與叩芳辰。誰知錦地花天窟。別有孤高檻外人。

●新綠葱蘢榆蔭堂。傳花擊鼓更飛觴。多情雙蝶隨風至。輕送鞦韆影過牆。

二三

◉爲想延年反損年。豈眞方外有神仙。金丹不換凡人骨。望斷金童海上船。

◉雪椀冰盤薦藕瓜。龍文寶鼎篆烟斜。有人私祭低垂淚。香霧淸輝獨憶家。

◉偶陪茶坐話家常。暗裏鍾情便不忘。欲結同心投玉佩。向儂假意索檳榔。

◉二姨丰度自翩翩。不信桃源隔一天。偸度寶鷄通棧道。出來秦蜀路鈎連。

◉白頭吟罷苦低徊。客子關山尙未回。五載空閨勞望眼。休嫌女子獨無媒。

◉君是無情妾有情。藍田索聘悔初盟。牀頭三尺鴛鴦劍。斷送香魂返碧城。

◉一入空門只自傷。疑團打破去茫茫。萬根煩惱絲齊斷。從此難尋冷二郎。

◉士宜餽送謝殷勤。觸撥鄉心動望雲。同作寓公偏我苦。依兄奉母却輸君。

◉風聲鶴唳費疑猜。漏洩春光到柳梅。都道新人偏勝故。無端驀地忽驚雷。

◉李代桃僵說短長。鵲巢鳩占費商量。個中妙設連環計。毒手誰防暗箭傷。

◉懨懨一病屬經旬。憔悴花枝鏡裏親。消受前生寃孽債。卯年冲剋又何人。

一三

●巢傾卵覆劇堪憐。五夜吞金淚暗濺。難得傾城佳姊妹。雙雙攜手到情天。

●風光明媚豔陽辰。曾賦名葩爛漫新。續得海棠詩社好。桃花仍發去年春。

●法帖臨摹運腕輕。何曾荆棘手中生。捶油紙上蠅頭揩。酷肖鍾王點畫精。

●繡簾烟濕罥晴絲。綵筆分塡柳絮詞。休笑生來心性薄。但隨風去莫相離。

●暖香塢畔雨初收。三月春光似水流。忽聽一聲臆竹響。風箏吹落樹梢頭。

●珍品駢蕃降日邊。八旬矍鑠地行仙。壽山福海歡無量。榮慶堂中擺慶筵。

●睡餘午後倍無聊。中酒情懷越樣嬌。姿病正如江水漲。不關子午亦通潮。

●兩家和合議婚姻。何物狂奴霸占親。一樣嫁爲厮養卒。邯鄲未必遇才人。

●十錦春甕玉不如。花間夙約幾躊躇。侯門眞個深如海。腸斷潘郎一紙書。

●一片閒愁積似煙。縈金小鳳失翩躚。眼前狼虎屯階陛。何事猶談感應篇。

●鹿逐蠅營事未休。傾囊倒篋恣尋搜。明知一着眞成錯。鑄鐵何曾誤六州。

一四

●暗裏機鋒話有因。偶然嫌隙輒生嗔。蛾眉謠諑知多少。休累儂家清白人。

●天香樓外射場開。證綠堂中夜舉盃。月色漸低星漸沒。風聲一陣過牆來。

●堂前拜月夜無聲。銀燭羊燈四角明。贏得新詞作佳讖。可知唾手即功名。

●金粟濃添萬斛香。笛聲穿過水邊長。銅壺已報三更轉。風露清寒凸碧堂。

●斗轉參橫夜景空。凹晶館月淡濛濛。聯吟數徧回欄竹。接續清詩仗妙公。

●入骨沈痾弱不支。紅綾襖上淚如絲。海棠半萎蘭芽瘁。難忘匆匆訣別時。

●情斷猶餘不了情。善緣且自結來生。拋將舞扇歌衫隊。換得泠泠梵唄聲。

●姽嫿將軍姽嫿姿。酬忠死後亟徵詩。近來學得香山體。便是人間絕妙詞。

●管領蓉城作散仙。香花影裏薦清泉。冰鮫縠上芙蓉誄。可許曹娥碑並傳。

●鼇頓香車百兩迎。河東獅吼漸揚聲。阿儂新稱嫦娥號。敢向人前犯小名。

●兩世通家誼本親。中山狼種性難馴。鳳凰悔入烏鴉隊。枉說門楣匹晉秦。

一五

◉個中黑白未分明。涇渭難區濁與清。一棒當頭眞屈死。從來浪子最無情。

◉天齊廟裏去燒香。謔浪偏醒午睡長。堪笑江湖王道士。倉鶊療妬竟無方。

◉花港蘿灘一帶疏。閒來遣悶暫拋書。要將旺相今年卜。故倚闌干學釣魚。

◉阿翁偏不作癡聾。只願詩書努力攻。一語病根能道破。恍如芒刺在心中。

◉萬千愁緒鬱難開。一縷驚魂宛轉猜。最是惱人眠不穩。攪林風雨打牕來。

◉寂寂宮闈抱采薪。空思樂事敘天倫。較量不及貧家女。常得承歡膝下親。

◉狺語猇聲日暮驚。流言閨閫暗吞聲。金蟾偸蝕瑤臺月。一色模糊混太清。

◉誰人促狹不提防。量水稱湯料理忙。海樣寃讐深若許。怨聲豈必爲牛黃。

◉盈門賀客太喧闐。八部笙歌雅奏宣。演出蕊珠新樂府。廣寒月府集羣仙。

◉無端眉睫召災殃。平地風波頃刻揚。千古禍端惟在酒。獃郎不改性豺狼。

◉明鏡秦台本至公。雲遮霧蔽太朦朧。黃金能致回春術。翻覆人情一笑中。

●小小盆蘭透箭香。閒翻琴譜解評量。祇今絕少鍾期遇。便有知音也斷腸。

●沈吟往事水東流。苦憶持螯結社遊。且把衷情託琴操。商聲併作一般秋。

●蒲團打坐學跏趺。欲止禪心氣尚粗。畢竟六根參不透。邪魔招引病工夫。

●惜少丁娘十索詩。可人風調是紅兒。舊情款款終難捨。記否當年換帕時。

●洞房斜貼小楹聯。鎮日爐香細裊烟。新挂門寒圖一幀。白描高手傲龍眠。

●屛却鉛華愛淡妝。寄身籬下亦堪傷。黃姑尙待牽牛聚。只隔銀河一水望。

●失水枯魚不自由。小鬟傳語太綢繆。濁流攙入清波去。香餌潛來設釣鉤。

●三更虬箭聽遲遲。漸見花枝月影移。滿院蒼苔人不見。爲誰風露立多時。

●層層疑陣布難眞。說道無因却有因。要識人天眞性果。一莖仗爾化金身。

●學語雛鶯弄舌清。生來七夕本聰明。孝經背誦如流水。第一先將女傳評。

●暖酒消寒賈玉壺。朋儔剪燭助歡娛。誰人布弄西洋技。贏得堂前看母珠。

●爲遣長鬟寄尺書。飄零門祚歎欷歔。故人情誼如山重。推愛何期到屋烏。

●一齣花魁獨擅名。衆中未敢語分明。賞音不是情公子。誰聽何戡唱渭城。

●青埂峯頭別數年。欲尋來去竟茫然。入門一笑如相識。只合元機問拐仙。

●仙軿一夕返雲中。愁對鸞飛鏡影空。惆悵漢宮花落盡。淒涼池館泣秋風。

●是眞是假尙狐疑。貌出葫蘆樣可嗤。轉恐周人懷鼠誤。混淆贋鼎敢相欺。

●美滿君恩秩屢遷。黃麻佇望內臣宣。雁行中斷悲分手。痛絕騎箕會衆仙。

●接果移花計亦工。催花偏起打頭風。縱敎滴盡相思淚。十丈情關路不通。

●愁斷春閨十六年。開奩料檢舊吟箋。妾身安得如精衞。都把茫茫恨海塡。

●縛繭春蠶未脫絲。情深恩重怎分離。誰知匣內釵飛日。正是林中玉碎時。

●瑤臺重望返雲車。撒手仙山路不差。過我太虛淸淨境。絳珠宮殿是兒家。

●重來已絕短琴聲。慚愧鸚哥記姓名。一片月華涼浸水。年年愁煞病神瑛。

●黽勉官箴守未忘。十年粉署滯馮唐。繡衣銜命洪州去。勉副君恩祖德長。

●白水平生矢素衷。何期宵小肆詆攻。塞翁得失尋常事。一任明珠謗論工。

●門戶蕭條獨自歎。魚鹽生計亦艱難。萬金破產偏多故。目斷孤兒淚不乾。

●一別鄉關路幾千。家山回首夕陽邊。香車陌上歸何日。夢繞笙歌大海烟。

●初寒天氣正黃昏。小隊紅燈出院門。落葉滿林風刮地。更無人處暗驚魂。

●散花菩薩愛談禪。古寺猶留香火緣。可笑世人工傅會。還鄉當作好音傳。

●罡曜當頭白虎臨。荒園狐鬼更陰森。無端草木皆兵氣。占卦還須問六壬。

●建醮壇場整肅開。滿堂鐃鼓勢轟雷。不知何術驅妖魅。淨水書符鬧一回。

●心存嫉妬弄風波。鴆鳥爲媒下網羅。設阱陷人翻自陷。豁開雲霧見明河。

●葫蘆猶記舊容身。斷碣苔斑字半湮。底用名山深結舍。回頭形影只相親。

●無論去路與來程。宦海驚波恐易生。珍重急流津口待。此身誰道不分明。

一九

●情輕情重孰區分。握管難成悼玉文。兩字負心眞莫贖。但知作誄哭晴雯。

●驚風密雨任摧殘。豈料芭蕉被竹彈。銷盡銅山金穴窟。阿誰不恨趙堂官。

●高堂拜別淚潸潸。萬里程途出玉關。此後天涯拋骨肉。歸期何日唱刀環。

●枝葉雖榮本早傾。辛勤家計賴支撑。田廬漸減門庭冷。空負寧榮兩府名。

●食稅衣租年復年。桑榆垂暮景堪憐。佛前懺悔平生罪。一點丹誠籲禱虔。

●奕世功勳奕世基。眼前慷慨散餘貲。早將大義明兒輩。此意先人地下知。

●犬馬餘生獨見憐。勉圖報稱贖前愆。荷戈萬里人纔去。又捧新綸下九天。

●偶作生朝小宴排。强尋歡笑强舒懷。骰盆一擲雙紅綠。難忘金陵十二釵。

●湘館淒淸月正孤。數竿修竹翠模糊。銅鐶門掩房櫳悄。聽得纏綿鬼哭無。

●最惹人憐是五兒。郎心錯愛妾心知。彩雲散盡仙姝去。剩有章臺柳一枝。

●蓼漵菱洲路再經。空教夢裏說歸寧。拼將無限傷心話。訴與重闈細細聽。

◉布施金經種壽因。蓮凋華井已生塵。非常富貴非常福。內府新頒賞祭銀。

◉一木難將大厦支。何期喪禮失操持。婦雖稱巧難爲爨。不顧旁人起怨咨。

◉情海超情自不羣。花城此去作氤氳。羅巾三尺捐軀賤。獨伴千年老太君。

◉罪大欺天等寇讐。釀成黨禍暗通謀。如何粱肉朱門飽。不及甄家黑炭頭。

◉休說閒雲野鶴心。殘棋一局淚沾襟。慈悲却笑西來佛。不救塵寰劫火侵。

◉孽重安能弭患災。邨屯老嫗妄相紿。緣何白日青天裏。無數號咷寃鬼來。

◉百夢眞如一面緣。悠悠生死別經年。綠窗私語低相訴。尙有心情問紫鵑。

◉家園重返廿年春。駭絕神籤應驗眞。蜂子采花蟲集蓼。一般甜熟一般辛。

◉還朝復召主恩優。剿寇奇功賴展籌。握手不禁悲喜集。梓鄉情話恐難周。

◉古佛青燈片偈持。脫身火窟永相離。春花秋月千卿甚。洞客黃絁學道時。

◉相慕終輸相見眞。同名同貌更堪親。豈知冰炭原殊性。只算名蟲祿蠹人。

二

●世界華鬘畫裏來。洞天別有一蓬萊。眼前歷歷都陳迹。此是遊仙第二回。

●冀妥先靈日夜煎。經營窀穸卜牛眠。白衣千里江南去。風雨松楸落照邊。

●幺鳳低飛鎩羽翎。十三學織便零丁。玉臺未下温家聘。銀漢光中露小星。

●席上花枝露氣含。掌花人去境難堪。十年相伴鶼鶼翼。只恨便宜蔣玉函。

●十九年中教養艱。親恩未報淚潸潸。且來名利無雙地。跳出樊籠第一關。

二句用本文

●蟾窟香分桂一枝。竹林佳話豔當時。新頒文妙眞人號。兩字淸奇結主知。

●漫天風雪拜孤舟。何處山居何處遊。一劫紅羊剛又歷。高歌長笑不回頭。

●金鷄有詔荷生還。繼起規模指顧間。月又重圓花又放。本來天道是循環。

●離合悲歡一霎空。繁華自古說怡紅。也知世事都如夢。不獨情天孽海中。

●草本知情石點頭。重重公案結紅樓。新詩譜入山鄉曲。消盡人間萬古愁。

紅樓夢竹枝詞

合肥廬先駱半溪著

●媧皇不補奈何天。放下瑤臺女謫仙。不合大荒山下過。好姻緣是惡姻緣。

●朱門富貴好繁華。處處樓臺面面花。底把灌愁河畔水。一齊都付與兒家。

●湘舘淒涼夜正孤。茜紗窗下月糢糊。拚將兩眼相思淚。酬得郎恩一半無。

●風調何人似可卿。前身疑是許飛瓊。無端偸試陽臺夢。唐突人前喚小名。

●底事蛾眉不解顰。情天孽海渺無垠。黃金不打藏嬌鎖。妬煞蘅蕪院裏人。

●敎郎莫灌漏壺水。敎郎莫看自行船。水自東流船自去。相親相近總無緣。

●撥斷冰絃淚欲傾。無人得見此時情。生憎窗外千竿竹。不是風聲即雨聲。

●姊妹何人數獨先。花家娘子自神僊。近來新得夫人寵。不共傍人領月錢。

●瓊瑤池館玉樓臺。月殿雲宮四面開。鼓樂忽驚紅袖亂。門前齊擁鳳輿來。

一

◉新詩儘許獻風流。紅葉何時出御溝。怕說辟香珠一串。承恩偏是寶丫頭。

◉人日纔過日幾天。明宵又是月團圓。上房傳說花燈節。預備青銅賞戲錢。

◉滿堂簫鼓月當頭。一齣新聲演醉樓。漏盡銅壺歸不得。太君眞個解風流。

◉斑衣學舞戲紅羅。謔浪無心惹趣多。一笑喧闐齊拍手。可人終讓鳳哥哥。

◉慵整花鈿對鏡臺。宮花一朶鬢邊開。煙鬟齊帶朝雲色。知是高唐夢裏來。

◉郤下重帷會所私。炕屛那惜借玻璃。癡兒若解儂情意。便是低頭一笑時。

◉無多恩愛便情深。宮粉新分白玉簪。妾自有夫郎有婦。與郎暗裏結同心。

◉薰籠倦倚兩情依。金玉良緣是也非。一語醋人禁不得。看他獃雁一雙飛。

◉香肩並倚坐筠牀。軟語嬌羞啐玉郎。任是辟蘭薰透骨。怎如林子洞中香。

◉笑斂檀郎沒事忙。朝朝尋豔復尋香。叮嚀莫似顚狂蝶。又逐東風過別牆。

◉三尺紅綃寄恨書。小詩讀罷淚如珠。可憐秋水蒲桃眼。多恐鮫人泣不如。

二

●小楷臨摹點畫工。綠窗費盡許多功。行間眞假知誰是。畢竟心同手亦同。

●毒手誰防暗箭多。無端簧舌起風波。祇因孽海情魔重。休怪龍鍾馬道婆。

●嬌喘如絲强自持。郎心祇許妾心知。神仙那有相思藥。枉煞行時王太醫。

●小箱寵愛日無多。三寸桐棺掩面過。不獨傷心尤二姐。本來娘子是閻羅。

●銀壺濁酒夜三更。爲訪襄王犯露行。立盡蒼苔冰透骨。蝌郎底事太無情。

●連天爆竹響迷離。金字牌銜列繡旗。一路珮環聲不了。香車齊會祭宗祠。

●美景良辰二月天。相邀姊妹斂金錢。明朝正是花朝節。傳說堂前擺壽筵。

●芳草青青水蔚藍。一鞭游騎出城南。問郎繫馬誰家好。莫是燒香水月庵。

●鎮日蟾宮鎖不開。紫雲何自降瑤臺。金釵斜拔書薔字。惹得巫山暮雨來。

●阿姨丰度自翩翩。不在梅邊在柳邊。值得堂前身一死。風流幾個似湘蓮。

●蓼汀一帶碧波流。燈影衣香水面浮。簫鼓聲聲人不見。龍船划過紫菱州。

三

●花家門巷夜尋歡。綿繡成圍玉作團。一騎連錢驄馬去。許多紅袖捲簾看

●梨香院宇結芳鄰。一樹花光白似銀。麥飯紙錢寒食節。個中亦有斷腸人

●晝永閒廷繡幔開。殘棋一局小徘徊。回頭錯落枰心子。笑問郎從何處來

●雨水雨兒霜降霜。費儂辛苦幾年藏。郎心但解冷香好。那識溫柔別有香

●冰麝無心更檢挑。鉛華不御自妖嬈。祇探茉莉纖纖粉。添上薔薇薄薄硝

●口滴櫻桃一點工。避人調笑唾殘絨。教郎細向唇邊看。新買胭脂紅不紅

●松花衫子綠鸚哥。綵線盤金繡不多。病體卻嫌蟬翼重。阿婆還有軟烟羅

●攏翠庵前樹似霞。爲郎偸贈一枝花。含情笑脫袈裟道。可吃千紅一窟茶

●活火金爐獸炭銷。繡衾不暖坐深宵。北風一夜瓊瑤雪。齊脫湘裙換紫貂

●猩紅笠子太憨生。雪裏梅花一朵輕。不是郎心偏愛惜。薛家姊妹本多情

●翠綫條條手自抽。與郎細補雀金裘。花針若個贏人巧。偏是燒香總斷頭

●淹淹扶喘別朱門。寃枉何人爲剖分。同住紅樓雲雨地。偏無好夢到晴雯。

●一面匆匆死別時。紅綾襖上淚如絲。傷心爲製芙蓉誄。訴向花前知不知。

●翠被憐香事已非。年年空憶夢魂歸。殯宮落盡棠梨雨。忍學飄零扇子飛。

●偶向花前踐宿盟。太湖石畔訂三生。無心失落香囊袋。驚醒巫山夢不成。

●雪羅衫子趁身裁。朶朶梨花月下開。雲板一聲車馬亂。饅頭菴裏送靈來。

●繡衾留戀夢温存。曉日臨窗未啓門。昨夜不知春雨過。杏花紅遍稻香村。

●綴錦樓前草似茵。小鬟傳言踏青春。教郎莫到葬花處。滿地殘花愁煞人。

●六幅湘裙汚石榴。爲尋芳草鬬風流。儂家贏得夫妻蕙。姊妹何人是並頭。

●冰梅小几饌陳初。爲賞良辰樂自如。傳到太君親赴宴。齊來花下接肩輿。

●酒兵隊裏女將軍。跌宕風騷總不羣。除卻尤家三妹子。更無人敵史湘雲。

●芍藥陰中晝正長。避人扶醉赴高唐。落花不管春狼籍。飛上羅裙格外香。

五

●鸚鵡螺杯鏤絳霞。融酥茶點樣新花。熊蹯雞跖嘗應遍。添上冰盤哈密瓜。

●村語撩人亦雅馴。筍蔬風味自天眞。千金難買蛾眉笑。老老原來是解人。

●會芳園裏暫相親。路入桃源認不眞。一枕相思憔悴死。可憐風月鏡中人。

●秦家小子太憨生。絕世溫柔玉性情。不是同車恩義重。也應分愛到鯨卿。

●倚託良媒亦自憐。淡妝素服一嬋娟。綺羅隊裏神仙客。誰是風流邢岫烟。

●蓮花巧舌讓人多。艾艾何心自舛訛。試問眼前諸姊妹。阿誰曾不愛哥哥。

●嬌癡小婢絕聰明。解把陰陽細品評。拾得麒麟私撮合。兒家亦是有風情。

●瑤林貝闕望分明。凸碧堂西雨乍晴。最好風光是三月。暖香塢裏放風箏。

●滴翠胭脂拂絹初。亭臺新寫大觀圖。多情一管描花筆。祇恐蛾眉畫不如。

●藕榭菱洲一帶蔬。曉妝妬煞木芙蕖。癡郎貪看池中影。故倚闌干學釣魚。

●太平鼓子響鄰鄰。文鳳求凰一曲新。筵上忽飛紅雨過。傳花剛到太夫人。

●寶鏡玲瓏映碧紗。枝枝照見滿頭花。攙蝗一覺渾無事。醉眼朦朧拜親家。

●飛蓋流觴小令工。濃歌豔曲滿筵紅。阿儂看過西廂記。編出牙牌便不同。

●蜂腰橋畔柳如烟。編箇花籃郎枕邊。妾貌如花眉是柳。教郎常似伴儂眠。

●私語無端入耳聽。惹人情竇太零星。卻嫌蝴蝶眞多事。勾引儂來滴翠亭。

●玲瓏新樣小荷湯。捧向櫻唇勸共嘗。小語問郎滋味好。可知還有口脂香。

●絲絲冰綫綰通靈。聯卻梅花絡子輕。試向枕邊親問訊。小名眞不媿鶯鶯。

●雲箋半幅手親裁。小楷蠅頭寫薜煤。忙煞一秋詩興好。海棠開後菊花開。

●桂花作艇玉爲堂。新打蘭橈七尺長。一陣香風花裏過。無人知是駕船娘。

●爲郎扮作小漁婆。儂着青蓑郎着簑。郎自撐篙儂把舵。與郎照影到恆河。

●窗下無人私語時。對郎調戲笑郎癡。近來學作參禪訣。究竟何如總不知。

●東風昨夜夢天涯。曉起憑欄數落花。儂命也同花命薄。飄零一樣是無家。

●繡簾風細裊晴絲。綵筆分塡柳絮詞。妾願如絲郎似柳。便隨風去莫相離。

●綠陰庭院鎖青苔。紅樓前年燕子來。春色不關人意緒。斷腸莫問李宮裁。

●絲絲鬢髮膩於油。一線紅潮枕畔收。匿笑回身向郎抱。碧紗窗下共梳頭。

●銷金繡幔紫檀床。錦被濃薰百合香。多謝穿衣三尺鏡。燈前夜夜照鴛鴦。

●冰雪聰明慧性存。絳珠仙草本靈根。外婆若問阿誰好。絕妙詞原是外孫。

●瓣香新祝女先生。一卷唐詩口授成。好把社中添一座。甄家娘子亦風情。

●凹晶館外桂初芬。紫蟹肥時酒半醺。不敢持螯郎會否。妾心亦似卓文君。

●金塘水滿睡初酣。風雨無端折畫欄。驚散鴛鴦無好夢。何人不怨趙堂官。

●香車百輛別鄉關。碧海歸宵有夢還。回首可憐歌舞地。一天風雪望家山。

●一朵鮮花色有香。縱然多刺亦何妨。不因摒擋抒才幹。誰信鴉巢出鳳凰。

●寄語檀郎莫更癡。從今了卻舊相思。洞房昨夜新人笑。正是顰兒死別時。

●瑤台悵望返雲車。愁聽鸚哥喚倒茶。何處朝雲何處雨。絳珠宮裏是奴家。

●高情枉自夢梨花。赦老風情也不差。三尺紅綃人斷送。阿爺眞個誤兒家。

●雛鳳誰憐鎩羽翎。十三學織便零丁。聘錢十萬無人借。憔悴河邊織女星。

●緇衣初換道家妝。薄命眞成枉斷腸。歲歲春花與秋月。可憐愁煞惜姑娘。

●轉眼鶯花委逝川。藍田燕盡玉成烟。傷心林下人歸去。庭院無人泣紫鵑。

●掌花人去淚空彈。花氣猶含淚未乾。不是茜紗羅一幅。肯教便益蔣琪官。

●夢入怡紅往事空。伯勞飛燕各西東。金簪落井無尋處。更把何人換小紅。

●絕可人憐是五兒。病中細與訴相思。海棠萎盡垂絲樹。賸有章台柳一枝。

●明枝已碎鏡埋塵。碧瓦成堆曲沼湮。一夜西風花落盡。傷心豈獨賈迎春。

●訪舊休招素女魂。不堪重問大觀園。沁芳橋下桃花水。盡是情蟲血淚痕。

●誰人辛苦未分明。翠被憐香夜夜情。便益風流儍大姐。一雙獸眼看妖精。

九

◉悼玉悲金也是疑。傷紅惜翠總情癡。榮甯兩府人多少。占得清名是石猊。 一〇

◉詩成亦自笑余癡。鏤血揉腸苦費思。誰把江郎傳恨筆。爲儂傳遍竹枝詞。

◉紅牙拍碎暗傷神。過眼鶯花莫認眞。推醒紅樓酣睡客。囘頭便是急流津。

紅樓夢小陽秋

平湖黃金臺鶴樓

賈寶玉

十分春色大觀園。姊妹花枝豔豔翻。相對綠牕紅雨夜。鶯慚燕妬各無言。

銀婢金鬟滿倚樓。此鄉原可號溫柔。狂奴更有胭脂癖。一見朱脣不肯休。

第一禪關未易通。鷓鴣猶自舞春風。十年放浪形骸外。醉倒凹晶凸碧中。

絳洞三宵月色迷。通靈先已去香閨。拐仙指點來時路。說在蓬萊弱水西。

玉容失卻絳珠仙。倒底神瑛志不堅。留得茜紗窗底夢。天長地久恨綿綿。

仙丹佛性悟眞詮。彈指韶華十九年。遮莫名心消未盡。歸途尚泛孝廉船。

秦鍾

綽約丰神絕世容。生憎絮語小堂東。香憐玉愛知何處。贏得多情惜落紅。

一

優曇無福被風摧。泣露啼烟枉自哀。祇有青青墳上草。放鷹猶見故人來。

二

柳湘蓮

浪跡天涯逸興催。蜂狂蝶亂報花開。可憐兒女關心計。逞盡英雄絕世才。

入耳雌黃竟莫知。多情端的爲情癡。荒祠若見春光好。可憶芳魂伴石獅。

馮紫英

白馬紅旗射獵回。鐵綱山下氣如雷。風流名將周公瑾。又喚歌姬獻酒來。

薛蝌

蕩婦無端禮貌加。一盤佳果逗情芽。少年不愛閒花草。自有賢妻陰麗華。

林黛玉

良辰美景太匆忙。曾有離魂杜麗娘。聽到牡丹亭一曲。嫣紅姹紫泣斜陽。

桃夭佳節惜蹉跎。葬盡桃花奈若何。妾意君情都不管。知心獨有一鸚哥。

秋風秋雨觸秋心。豔句新編五美吟。君看古來癡女子。綠珠紅拂也情深。

玉顏憔悴帶啼容。夢到西廂月下逢。底事花神欠公道。海棠無福配芙蓉。

縹緲芳魂一哭休。裀鴛裙蝶黯然收。瀟湘萬個篔簹影。無復顰卿拾翠遊。

覓裳偶墮綺羅叢。冷月詩魂訴舊衷。不是觀音來指點。忍教忘却廣寒宮。

薛寶釵

滴翠亭邊撲蝶還。羅巾流汗濕韶顏。誰言盛鬋豐容好。漫把蘅蕪較玉環。

團團明月照銀盆。獃雁應銷此日魂。白藕一雙西子臂。肯將紅麝染新痕。

接木移花計亦癡。累伊多少費心思。三年玉簟清如水。張敞於今始畫眉。

何物妖僧斬豔情。神瑛使者返蓬瀛。禁他二十如花貌。寡鵠單凰了一生。

史湘雲

兩小無猜豈有心。清晨公子斂紅衾。道人趨奉眞多事。配得麒麟一對金。

三

蘆雪亭中得鹿分。美人名士果超羣。萬言倚馬頻挑戰。勇奪香閨娘子軍。 四

春風雖解貴妃酲。四面花飛芍藥輕。夢裏未忘行酒令。曲牌名與骨牌名。

愛壻風華並玉山。青鸞遽返白雲間。天公事事無全美。薑橘傷心劉令嫺。

王熙鳳

神女巫山咫尺通。夕陽未落閉簾櫳。送花人過紗牕外。轉累鴉鬟面發紅。

設宴元宵羯鼓催。羣芳傳令執紅梅。猴兒語妙同堂鬨。曾拜齊天大聖來。

啼粧纔罷劍眉橫。烈烈南風報五更。屈指十年專寵愛。不堪昭信殺昭平。

散花菩薩賜靈籤。衣錦還鄉兆預占。等到雞鳴銅漏盡。南京歸去淚痕添。

秦可卿

嫩寒曉夢鎖紅房。帶醉春風睡海棠。趙后金盤武后鏡。同昌寶帳壽昌床。

太虛幻境一徘徊。萬艷同杯馨綠醅。阿姊昨宵招晏去。爲言有客在陽臺。

元春

班姬賢德左姬才。常得龍顏笑語陪。正是上元天不夜。金燈十道省親回。

風流富貴易冰消。千古多緣外戚驕。惟有卿家臣節謹。衞青原不比楊釗。

迎春

鴉鬟龍媼門紛紜。簾內猶覷陰騭文。金鳳自來還自去。任他鼓翼入青雲。

絕豔紅蘭受雪欺。中山狼子忍驅馳。紫菱洲上西風起。不見荷花萬朵披。

探春

風月蕭疏秋爽齋。海棠開社鬥金釵。侍兒會解人心意。忙向詩牕檢韻牌。

瑤池仙杏倚雲栽。預卜金吾貴壻來。休怨東風三萬里。清明遙望曲江隈。

惜春

禪門來去一身輕。意馬心猿了不驚。着破棋盤三十六。他年結局亦分明。

六

前身共說是麻姑。忍覩侯家錦繡鋪。太息三春花易落。蓼風軒底念南無。

薛寶琴

懷古情深不忍拋。十篇字字費推敲。漢南別有驚人句。恐被西洋女子嘲。

羣玉山頭孔雀裘。紅梅映雪更風流。千嬌百媚難圖畫。奚取名家仇十洲。

邢岫烟

蛾眉淡掃絕纖瑕。敢嘆標梅歲月賒。檢點舊箱尋當票。紅裙先已典夫家。

李紈

燕子樓前夕照虛。稻花香處老農居。半生畫荻丸熊苦。難得佳兒愛讀書。

李紋

蓼汀垂下釣絲繩。私卜今年休咎徵。妾命若同韓姑好。願他魴鱮逐波乘。

李綺

碧玉年華十五盈。一株弱柳又多情。夜深爭射春燈謎。奇想非非首讓卿。

尤二姐

病容消瘦臥銀床。一日頻迴九曲腸。茗椀藥甌求不得。當年還自擲檳榔。

狡兎奔來氣便衝。此人又似不相容。黃金呑罷三更月。牕外花階咽冷蛩。

尤三姐

三分醉後卸羅襦。咳唾隨風盡化珠。自惜小喬顏色好。未知誰個是周瑜。

底事狂童負玉顏。五年望斷玉連環。桃花血濺鴛鴦劍。魂向蓬萊永不還。

香菱

園亭門草興初酣。蕙有夫妻說也慚。惹得優伶齊拍手。郎君前月去江南。

寂寞梨花帶雨零。河東獅吼不堪聽。古今薄命人人惜。前有鸚風後小青。

襲人

十七

種得香閨解語花。綠牕早晚護輕紗。只愁一日三秋隔。容易青驄忽到家。 八
一枝豔放夕陽紅。雲雨荒唐睡夢中。預怕趙家飛燕妒。東風未免壓西風。
頑石神仙兩渺茫。莫憎公子竟無腸。飛灰未化秋烟散。辜負鮫綃泣數行。
金箔留着茜香巾。曾否前生未了因。從古艱難惟一死。桃花廟裏是何人。

晴雯

端陽怒氣動香閨。奪取齊紈萬片撕。恥作王家桃葉婢。秋風捐扇泣淒淒。
捧心眞個病西施。夜雨三更補雀衣。絕倒庸醫貪國色。誤將枳實換當歸。
枉住人間十六年。紅綃帳裏短姻緣。而今拜接花宮詔。留得芙蓉誄一篇。
樓頭鳩鵲哭西風。不信青娥寶鏡空。賸有指環寒玉冷。餘痕猶帶鳳仙紅。

小紅

虛度青春十七年。蘭房未敢占人先。捧茶本屬尋常事。纖手攜來便是仙。

假山石上兩心挑。怨女魂原容易銷。想作他生連理樹。夢隨飛鳥過蜂橋。

麝月

綫卸金釵夕照餘。滿頭鴉髮作郎梳。大家對看西洋鏡。紅粉青衫盡不如。

春燕

玲瓏慧性本天生。穉齒偏能識世情。怪道阿娘不解事。但因花落駡黃鶯。

柳五兒

燭炧三更私說時。承郎親手握香肌。依稀密誓飛霜颭。轉使仙山入夢遲。

鴛鴦

孤燈冷淡月淒清。最是無情勝有情。竟伴慈雲歸海上。鴛鴦兩字誤稱卿。

平兒

僥倖偷香蝶意癡。惱他枕底裏青絲。一番軟話柔情處。卽在深顰淺怒時。

九

紫鵑

瀟湘斑竹淚痕枯。多少温情慰小姑。猶怕癡兒無實意。戲言來歲返姑蘇。

金釧

雪落楊花古渡濱。飛茵飛溷各前因。蛾眉宛轉沉金井。無復胭脂點絳脣。

玉釧

瑤臺昨折一枝香。怒捧銀盤荷葉湯。豈料回嗔翻作喜。櫻桃含笑竟先嘗。

鶯兒

間關巧語絳芸軒。手結梅花絡一根。果似鶯飛三月裏。柳絲織罷絕無痕。

妙玉

無意敲棋松石間。妙公容易出禪關。藕絲若取金刀斬。紅汗何須濕玉顏。

智能

一滴楊枝密意多。蓮花座上繞羣魔。空王不管紅塵約。肯借慈航渡愛河。

齡官

柔情繾綣向風遙。手畫金簪意也消。花影過墻人小立。偏忘今日雨蕭蕭。

芳官

翠袖輕颺玉體斜。金尊銀燭興非賒。酒闌愈顯芙蓉面。似此風神合姓花。

藕官

多情假鳳祭虛凰。偸向花叢淚數行。想見柔魂呼欲出。紙錢風送暮天涼。

雲兒

琵琶檀板奏華筵。可是齊宮馮小憐。唱罷青樓風雨夜。春花春柳恨年年。

夏金桂

無端孽海起狂波。菱葉菱花輒奈何。鬧道木犀千萬樹。一時改號作嫦娥。

藍紙金針枕內陳。漢家巫蠱事重新。檀郎癡想能醫妬。前席殷殷問道人。

廿二

劉老老

醉倒紅園首盡濡。西洋古鏡影糢糊。暮年尚帶風流趣。補得攜蝗大嚼圖。

寿鹏飞《红楼梦本事辨证》

寿鹏飞，名椝林，谱名祖泗，字洙邻。浙江绍兴人。一八七三年生，一九六一年卒。光绪十七年（一八九一）考取秀才，十九年考取优贡，二十年庆祝慈禧七十大寿优贡会考，获甲辰科朝考第一等第一名，被委为吉林农安知县。其间纂有《农安县志》《奉天乡土地理教科书》及《农安县政治报告书》。后任东三省屯垦局科长，兼屯垦养成所所长、东三省盐运司科长，撰有《东三省盐政改革意见书》。辛亥革命后，历任热河行政公署秘书长兼总务处长、山东盐运使、北京平政院首席书记官等。一九二八年平政院解散后，专心致力方志之学，著有《历代长城考》和《方志通义》《方志本义管窥》等。鲁迅笔下有个著名的三味书屋，塾师寿镜吾就是寿鹏飞之父。

《红楼梦本事辨证》一册，寿鹏飞著。上海商务印书馆发行，中华民国十六年六月初版，民国十七年六月再版。书为商务印书馆编辑的『文艺丛刻乙集』之一种。首有蔡元培《序》，末有附考。不分章节，正文凡五十三页，约两万字。

商务印书馆在广告中绍介该书曰：『《红楼梦》本事，诸说互异，有谓影当时伶名者，有谓影金陵张侯家事者，有谓影故相明珠家事者，有谓刺和珅者，有谓藏谶纬之见者，有谓全影《金瓶梅》者，有谓影董鄂妃故事者，有谓影康熙朝政治状态者，有谓作者曹雪芹自述身世者，本书将前后各说，一一阐述，并加以批评。』

文藝叢刻乙集

紅樓夢本事辨證

壽鵬飛著

文藝叢刻乙集

紅樓夢本事辨證

壽鵬飛著

商務印書館發行

文藝叢刻乙集

紅樓夢本事辨證

此書有著作權翻印必究

中華民國十六年六月初版
十七年六月再版

每冊定價大洋貳角
外埠酌加運費匯費

著作者　壽鵬飛

發行兼印刷者　上海寶山路　商務印書館

發行所　上海及各埠　商務印書館

Belles-Lettres Series
STUDY ON HONG LA MON
By
SHOU PENY FEI
1st ed., June, 1927　　2nd ed., June, 1928
Price: $0.20, postage extra
THE COMMERCIAL PRESS, LTD.
Shanghai, China

五七四七陸

序

余所草石頭記索隱，雖注重於金陵十二釵所影之本人，而於當時大事，亦認爲記中有特別影寫之例。如董妃逝而世祖出家，即黛玉死而寶玉爲僧之本事。允礽被喇嘛用術魘魔，即嫂叔逢魔魘之本事。亦嘗分條舉出。惟不以全書爲專演此兩事中之一而已。王夢阮沈瓶广二君所著之紅樓夢索隱，以全書爲演董妃與世祖事，已出版十五年矣。同鄉壽鑈林先生新著紅樓夢本事辨證，則以此書爲專演清世宗與諸兄弟爭立之事；雖與余所見不盡同，然言之成理，持之有故。此類考據本不易即有定論；各尊所聞以待讀者之繼續研求，方以多歧爲貴，不取苟同也。先生不贊成胡適之君以此書爲曹雪芹自述生平之說，余所贊同。以增删五次之曹雪芹，爲非曹霑而即著四焉齋集之曹一士，尤爲創聞，甚有繼續研討之價值。因慫恿付印，以公同好。十五年六月三十日蔡元培

紅樓夢本事辨證

會稽壽鵬飛槃林甫述

二十年前。即聞吾鄉蔡孑民先生。有石頭記索隱之作。每恨未覩。辛亥之冬。先生由柏林返國。道出大連。航海南下。適余由瀋陽避難。同舟赴滬。因詢先生索隱一書概略。先生爲言。凡所徵引。皆本官私記載。有事實可佐。他日或當出版。余亦略舉所聞相質。先生許爲近理。迨後海上書肆。以先生是箸付印。流傳頗廣。石頭一記。至是始引起一般讀者、爲本事考證之注意。號爲紅學。首有王夢阮沈瓶广兩氏紅樓夢索隱之作。雖未的當。頗有興味。近如胡適之氏紅樓夢考證。錢靜方氏紅樓夢考。俞平伯氏紅樓夢辨。魯迅氏（即周樹人君）中國小說史略第二十四篇。類皆博采羣言。詳語精擇。足發後人之蒙。其間有根據前人成說、而引伸足成之者。有推倒一切、自創異說者。有就書面觀察、不欲加以影事之推測者。有搜考成書、及出版時代者。甚至彼此主奴。互爲爭辯。迄爲聚訟公案。綜觀諸氏之說。自以蔡書爲能窺見作者深意。而胡氏駁之獨甚力。平心論之。蔡氏不免爲徐柳泉之說所拘。更引當時諸名士以實之。致多牽強。若胡氏竟指爲雪芹自述生平。則純乎武斷。反不如陳獨秀氏悉數推翻諸家影事之說。而純作言情小說觀之爲斬卻葛藤也。（見陳君紅樓夢新序）然使竟如陳君之說。廢棄本事。專觀情迹。則又何解於本書開宗明義、所謂「故將眞事隱去」之言。是明明有眞事在背影矣。後之讀者。又何忍抹卻作者深心。而以尋常小說等視之耶。茲故列舉所聞。取其近理者。佐以事實。加以折衷。以就正於當世之爲紅學者。中華民國第一丙寅歲春分前一日。

紅樓夢本事。諸說互異。就所聞見。列舉如后。

(一)有謂紅樓夢書中人皆影當時名伶者。

樗散軒叢譚、紅樓夢實才子書也、或言是康熙間某府西席某孝廉所作。巨家故間有之、然皆抄本、乾隆時蘇大司寇家因此書被鼠傷。遂付廠肆裝訂。坊賈藉以抄出付梓。世上始有刊本。惟止八十回。臨桂倪雲癯大令鴻言曾見之、其後四十回不知何人所續。或謂高蘭墅所補。又謂無錫曹雪芹添補。皆無確據。洞庭王雪香先生取此書加以評點、亦無出色、最可笑者、龍潭广雲友批本、共數百條、泛論迂談、無理取鬧、謂欲表作者苦心、吾不信也、惟顧名思義一則、及說黛玉身子、是干淨無瑕、故不許其嫁而死、又說黛玉生日、打扮宛如嫦娥、演的新戲蘂珠記、說扮的是小旦嫦娥、因墮落人間、幾難完璧、幸經觀音點化、未嫁而死、以爲明明說到黛玉深處、又云薛氏梨香院。後以居女優而讓出。旣爲教戲之所。得勿謂梨園耶。則薛氏可知、而寶釵愈可知。余謂梨香院卽隱寓梨園意。院與園同音。雲友此說。獨有見到處。

按槜散軒叢譚一書。尚未考得作者姓氏。大約爲乾隆時人所箸。此節從近年出版小橫香室主人編輯之淸朝野史大觀轉錄。所云康熙間某府西席某孝廉所作。說最早。亦較可信。且因此可知程小泉高蘭墅付印活字版本以前。已有蘇司寇家流傳之坊肆初刻本矣。書止前八十回者。蓋爲曹雪芹增删時最先脫稿未成全書時之抄本。其後四十回。因雪芹成書較遲。未及加入耳。至以此書爲僅以優伶爲書中人物柱子者。直以品花寶鑑例視紅樓。淺之乎讀紅樓矣。倪雲癯鴻箸有桐陰淸話若干卷、

(二)有謂記金陵張侯家事者。

海昌黍谷居士周春松藹、甫紅樓夢隨筆第一章、紅樓夢記云。「乾隆庚戌、(庚戌爲乾隆五十五年、在程高兩氏序印紅樓夢之前一年、)秋。楊畹畊語余云。雁隅以重價購抄本兩部。一爲石頭記八十回。一爲紅樓夢一百廿回。微有異同。愛不忍釋手。監臨省試。必攜入

闈。閫中傳爲佳話。時始聞紅樓夢之名。而未得見也。壬子冬、知吳門坊間已開雕矣。茲苕賈以新刻本來。方閱其全。相傳此書爲納蘭太傅而作。余細觀之。乃知非納蘭。而敍金陵張侯家事也。憶少時見爵秩便覽、江寧有一等侯張謙。上元人。癸亥甲子間。聽父老談張侯家事。約略與此書相符。再證以曝書亭集池北偶談江寧通志隨園詩話張侯行述諸書。遂決其無疑。按靖逆襄壯侯勇長子恪定侯雲翼、幼子寧國府知府雲翰、此寧國榮國之名所由起也、襄壯祖籍遼左、父通流寓漢中之洋縣、既貴、遷於長安、恪定開閫雲間、後移家金陵、遂占籍焉、其曰代善者、卽恪定之子宗仁也、由孝廉官中翰、襲侯十年、結客好施、廢家貲百萬而卒、其曰史太君者、宗仁妻高氏也、建昌太守琦女、能詩、有紅雪軒集、宗仁在時、預埋三十萬於後園、交其子謙、方得襲爵、其曰林如海者、卽曹雪芹之父楝亭也、楝亭名寅、字子清、號荔軒、滿洲人、官江寧織造、四任鹽巡漕、則何以廋詞曰林、蓋曹本作𣍘、與林並爲雙木、作者令張字曰挂弓、顯而易見、於林曰雙木、隱而難知也、賈雨邨者、張鳴鈞也、浙江烏程人、康熙乙未科、官至順天府尹而罷、嗚謙先曾褫職、亦復正合、乃書中最著眼之人、其第二章紅樓夢評例、第三章紅樓夢約評、言黛玉卽碧玉之意、取偸嫁汝南之義、又言甄賈爲賈氏甄妃之意、又言錢竹汀宮詹云、金陵張侯故宅、近年已爲章攀桂所買、又言李紈爲李廷樞之女、江寧人、

按周氏此說。頗見新奇。然細按之。皆穿鑿，影響。鮮有確證。聊備一說。可不深論。其書亦未出版。原寫本現藏吳迂氏。

(三)有謂紀故相明珠家事者。

浙人陳康祺郎潛二筆。(卽燕下鄉脞錄)記姜宸英典康熙乙卯順天鄉試獲咎事。因及其師徐柳泉時棟之說云。小說紅樓夢一書。卽記故相明珠家事。金釵十二。皆納蘭侍御所奉爲上客者也。寶釵影高淡人士奇。妙玉卽影姜西溟宸英。妙爲少女。姜亦婦人之美稱。如玉如英。義可通假。妙玉以看經入園。猶西溟以借觀藏書就相府館。以妙玉之孤潔而橫

羅盜竊。並被喪身失節之名。以先生之貞廉。而瘐死圜扉。且加以嗜利受賕之謗。作者蓋深痛之也。

俞曲園樾小浮梅閒話、紅樓夢一書。世傳爲明珠之子而作。明珠子名成德。字容若。通志堂經解每一種有納蘭成德容若序。卽其人也。恭讀乾隆五十一年上諭。成德於康熙壬，子中式舉人。癸丑成進士。年甫十六。然則其中舉人止十五歲。於書中所述頗合也。

錢靜方氏紅樓夢考。既引用陳康祺俞曲園二說。更據納蘭容若所箸飲水詞抄中有「忘婦忌日有感金縷曲詞句云。此恨何時已。灑空堦寒更雨歇。葬花天氣」謂葬花二字。卽從黛玉葬花一段故事脫卸而來。因斷定黛玉卽爲容若德配。其集中他作亦多賓從間酬贈之什。如南豐梁份及西溟質夫蓀友迦陵翟當皆在金釵之列。又飲水詞有滿江紅一闋。爲曹子清題其先人所構楝亭。子清卽雪芹也。爲雪芹與容若有文字淵源之證。

張維屏氏詩人徵略云。「賈寶玉卽容若也。紅樓夢所云。乃其髫齡時事」

按此說雖非書中本事。然實出故家傳聞。且可證明爲康熙朝事。決非乾隆以後人所爲。蓋當時作者欲避免其敍述宮闈陰事。誹謗時政之迹。故特託之貴閥家事。以遠時忌。而當時貴閥。首推明相。加以容若公子。風流文采。交游徧天下。乃爲此想當然之詞。然實開後人揣測附會之端。而不必徵實其說也。胡適氏紅樓夢考證。已力辨其非。最有力者。爲容若死時年三十二歲。時明珠方貴盛也。且錢氏以容若之友蓀友迦陵輩。謂與容若夫人同列金釵。尤爲擬不於倫。無此情理。

(四)有謂刺和珅而作者。

見譚瀛室筆記。(未詳作者姓氏)魯迅中國小說史略引之。

按是說與記明珠家事說。臆想同出一途。不過託之明珠家事者。爲康熙時之傳言。妄意和珅家事者。爲嘉道後之理想。爾時朝士眼光。見如此繁華貴閥。非明和二氏不足當之。然康雍朝之爲此說。或含有爲是書韜晦之深意。乾嘉時之爲此說。則無甚意識矣。當日查抄和珅巨案。驚動全國。而書中適有查抄之事。成其附會也。況和珅查抄。在嘉慶三年。而是書已流播於乾隆中葉。其謬不待辯矣。

(五)有謂藏讖緯之說者。

見寄蝸殘贅(未詳作者姓氏)魯迅中國小說史略亦述及之。

按此說殊無意義。與太平閒人評本附會大學正心誠意中庸明明德之說。同其腐繆。又金玉緣評語。謂明易象。說更謬。

(六)有謂全影金瓶梅而作者。

近人合肥闞鐸霍初、作紅樓夢抉微、悉以書中情節、影金瓶梅、以寶黛二人、爲影西門慶潘金蓮。餘亦多每事附合。

按此蓋以淫書視紅樓夢。而忘其卷首自居野史之意。故爲此不經之評論。然亦實被作者瞞過矣。惟被瞞者多。乃見此書之妙。

(七)有謂記清世祖董鄂妃故事者。

王夢阮沈瓶广合箸之紅樓夢索隱。主張是說。其索隱提要云。「蓋嘗聞之京師故老云。是書全為清世祖與董鄂妃而作。兼及當時諸王名女也。」又指董鄂妃為卽秦淮舊妓嫁為冒辟疆襄姬人之董小宛。自清兵下江南。掠董以北。入宮有寵於世祖。封為貴妃。立后不果。已而天逝。追封端謹皇后。世祖哀痛不已。乃遁跡五臺為僧。而以大喪告天下。此書寶玉、卽影順治帝。黛玉卽影小宛。(原書宛均作琬)世祖在位十八年。故寶玉十九歲出家。世祖自肇祖以來為第七代。故寶玉言一子成佛、七祖昇天。又恰中第七名舉人。世祖諱章。故寶玉論文妙眞人。文章二字可暗射。小宛名白。故黛玉名黛。寓粉白黛綠之意。小宛蘇州人。黛玉亦蘇人。小宛在如皋。黛玉亦在揚州。小宛來自鹽官。黛玉亦來自巡鹽御史之署。小宛入宮。年已二十有七。黛玉入京。年止十三餘。恰得其半。小宛游金山寺。人以為江妃踏波而上。故黛玉號瀟湘妃子。實從江妃二字得來。小宛姓董。董為千里草。黛玉姓雙木林。其他如四春姊妹之合況陳圓圓。王熙鳳之指清豫王多鐸。劉老老之爲劉媼婦三秀。後嫁豫王者。夏金桂爲吳三桂妃。鴛鴦前半影李香君。後半影柳如是。柳五兒喻董年。（小宛妹）薛蟠指吳三桂。賈赦賈政爲攝政二字之轉音。即攝政王多爾袞影子。紅樓字影青樓。小宛圓圓等。皆自青樓來也。其餘印影之語尚多。

賓退隨筆、（未詳作者姓氏）吳梅村清涼山讚佛詩。蓋暗指董妃逝世。清世祖傷感。甚遁五臺爲僧。語甚明顯。論者向無異詞。獨董妃即冒辟疆姬人董小宛。則冒鶴亭廣生辯之甚力。蓋小宛爲水繪園生色。不願爲他人奪也。　讚佛詩、「王母攜雙成。綠蓋雲中來。」又「可憐千里草。萎落無顏色。」屢點董氏。、又「名山初望幸。啣命釋道安。預從最高頂。灑掃七佛壇。靈境乃杳絕。捫葛勞躋攀。路盡逢一峯。傑閣圍朱欄。中坐一天人。吐氣如旃檀。寄語漢皇帝。何苦留人間。煙嵐倏滅沒。流水空潺湲。回首長安城。緇素慘不歡。房星竟未動。天降白玉棺。惜哉善才洞。未得誇迎鑾。」蓋世祖幸五臺不返。祝髮爲僧。朝中以大喪告。所謂房星未動言帝未崩也。又、「澹泊心無爲。怡神在玉几。縱灑蒼梧淚。莫賣西陵履。」又、「陛下萬年壽。妾命如塵埃。長恐成風去。舍我歸蓬萊。」等語、自古無悼亡遁世之帝王。必爲世祖而作。陳迦陵其年讀史雜感第二首、亦專指此事。曰董承嬌女。明指董妃。曰玉匣珠襦連歲事。茂陵應長並頭花。蓋言董妃卒後。世祖復以大喪告天下也。　張公亮明弼董小宛傳「年僅二十七歲。以勞瘁卒。其致疾之繇、與久病之狀。並隱微難悉」。蓋當時被掠輾轉入宮大被寵眷。用滿洲姓稱董鄂氏。辟畺即以其被掠之日。爲其亡日也。非甚不得已。何至隱微難悉哉。本傳又云、「辟畺舉家遁鹽官。屢瀕九死。姬不以身先。則願以身後。寧使賊得我。則釋君」言外之意。隱約可思。又辟畺詩中。往往寓小鳥雙飛大鵬奪去之慨。　辟畺影梅庵憶語、追述小宛言動極詳。獨至疾時作何狀。永訣作何語。絕不一及。死後營葬亦不詳書。又敍卜籤事。有到底誰知事不諧之句。而云到底不諧。今日驗矣。小宛若以病歿。當作悼亡語。不當云到底不諧。今日驗也。又云。久客懷家。甫著枕便夢還家。舉室皆見。獨不見姬。亟詢荆人。背余淚下。余大呼曰豈死邪。一慟而醒。姬亦以是夜夢人强之去。匿之幸脱。其人尙喧喧不休也。詎知夢眞而詩讖咸來先告哉。按此當是實事。諱爲夢耳。　梅邨題小宛像詩序曰時遇漂搖。曰奔迸流離。曰苟君家免乎。勿復相顧。詞意閃鑠。與張傳同。其詩則有「亂雲梳髻下妝樓。盡室倉皇過渡頭。鈿合金釵渾忘卻。高家兵馬在揚州」蓋指高傑之禍。又「江城細雨碧桃邨。寒食東風杜宇魂。欲弔薛濤憐夢斷。墓門深更阻侯門。」若小宛病歿。則侯門作何解邪。又題董君畫扇詩、「可憐同望西陵哭。不在分香賣履中。」如非入宮。何來西陵賣履語邪。又「手把定情金合子。九原相見尙低頭。」蓋謂姬自傷改節。愧對辟疆也。又「珍珠十斛買琵琶。金谷堂深護絳紗。掌上珊瑚憐不得。卻教移作上陽花。」則意更明顯矣。　龔芝麓題影梅广憶語賀新郎詞云「碧海青天何恨事。難倩附書黃犬。藉棋日酒年寬免。搔首涼宵風露下。羨煙霄破鏡猶堪展。雙鳳帶。再生翦」所云碧海青天。附書黃犬。破鏡堪展。皆慰生別語。非慰悼亡語。董妃之爲小宛。證佐甚繁。故老相傳已如此。鶴亭爲水繪園舊主。

必欲辯訟。恐未必能勝耳。

又曾見某筆紀載。自小宛入宮。辟壘排百難。走京師。百方求通訊。不可得。因作影梅广憶語以自遣。其時梅邨芝麓。皆在京。詩詞贈慰。蓋其時也。

按清世祖出家。及小宛被掠事。徵之諸家紀載。似已證實。惟董鄂妃是否卽爲小宛。世祖與董鄂妃事。是否卽爲紅樓夢書中影事。尚屬疑問。卽使截然兩事。然如此艷情。出帝王家。亦足使小說家有合併附會之機會。近時孟蒓孫君森、作董小宛考。力辨小宛之非董鄂。持之雖亦有理。但謂小宛年長世祖且倍。以證其非董鄂。說則殊疏。夫眞色後雕。夏姬不老。孰謂三十許人。卽不能邀十五六齡天子之寵眷耶。況小說慣例。不必盡拘事實。期成信史。每得新奇可喜之材料。加以點綴及附會。以引起閱者興趣。不能盡如孟君概以道德繩之也。王氏索隱。亦尙有自成一說之價值。惟紅樓一書。作者既自命爲野史。則必依據本事。傳信後世。必不肯以尋常小說家苟且附會出之。且因其筆墨之精妙。可知其識解之卓越。決非止爲言情之作。必更有重大於世祖董妃之事者。其中主要人物。未必卽以小宛及秦淮諸妓當之也。況王氏所謂諸王名女。亦毫無佐證。一切比附。多未合榫。不過以意爲之而已。惟其讀書得間。已知必影全國大事。非僅小說觀念。此則遠出諸家評論之上者耳。

(八)有謂影康熙朝政治狀態說者。

蔡孑民先生石頭記索隱開卷卽云。石頭記者。康熙朝政治小說也。作者持民族主義甚摯。書中本事。在弔明之亡。揭清之失。而尤於漢族名士之仕清者。寓痛惜之意。當時旣慮觸文網。又欲別開生面。特於本事之上。加以數層障幕。使讀者有橫看成嶺側成峯之狀況故如書中紅字皆影朱字。朱者明也。寶玉者。傳國璽之義也。寶玉愛紅之癖。言玉璽愛歸明有也。名石頭記者。指明南都金陵石頭城而言。作者又深信正統之說。故以南京甄府爲眞天子。而斥北京之淸室爲賈府。卽僞朝之義也。三月十五葫蘆廟起火。甄氏燒成瓦礫場。指甲申三月十九之變。愍帝殉國。北京失守事。士隱所隨道人跛足麻鞋。卽愍帝自縊時狀。士隱後隨跛足道人而去言眞王正統隨愍帝之死而消滅也癩僧影明太祖本皇覺寺僧也賈政爲僞吏部賈敷賈敬爲僞教育賈赦爲僞刑部故其妻氏邢邢刑同音也李紈爲僞禮部、李禮同音賈瑞字天祥爲僞文天祥（文天祥、字宋瑞、）指明臣僞爲遺老而欲作清室官反受侮辱如錢牧齋龔芝麓輩甚至頭上落糞手中落鏡身敗名裂受辱至死而不悟也姽嫿將軍以代表起義而死者尤三姐以代表不屈於清而死者柳湘蓮以代表遺老之隱於二氏者馬道婆指喇嘛詛咒事怡紅院者愛明之義故爲寶玉所居賈代儒爲僞朝之儒嬌杏卽徼倖以代表漢人仕清而安富尊榮者曹雪芹於悼紅軒中增刪此書則弔明之意也均爲至確之論而後文又採徐柳泉說之一部分於寶釵影高淡人妙玉影姜西溟無稽之說而外更引伸比儗謂金陵十二釵爲擬清初江南諸名士如林黛玉影朱竹垞王熙鳳影余國柱史湘雲影陳維崧劉老老影湯潛广寶琴影冒辟疊惜春影嚴繩孫以實之

按蔡說深得作者眞意當時如呂晚邨方孝標戴名世輩均以故國之思偶有箸作咸攖奇

禍此書作者乃不得不變化面目託之言情隱存事實冀垂後世洵足推倒諸說之謬蓋當清之隆雖有明知此書用意者方且諱莫如深誰肯表白作者苦心而明目張膽以出之有蔡說而明星曙光此一悶葫蘆始打破矣第其採用徐柳泉說之寶釵影澹人一段則殊未當附會的紅學之訾謷由此而來蓋蔡氏既不取柳泉寶玉影納蘭成德之說矣何獨取其影西溟澹人之說乎夫爲澹人西溟之說者以二人爲納蘭上客與容若有關連也今蔡書既認寶玉爲傳國璽而非納蘭氏矣則與西溟澹人又何關乎豈非自亂其例乎況澹人西溟影事已覺游移影響毫無依據而蔡書又尤而效之畫蛇添足取竹垞迦陵蓀友辟疆潛广諸名士牽強湊合不惜費如許大力似覺不値其脆薄不成立處誠如胡氏考證所云最無理由者則爲劉老老之擬潛广蓋劉老老之入園不過哺啜主義故有母蝗蟲之謚又老於世事善於營求此豈睢州平生清介之比且即欲以竹垞等湊足十二釵正册影子又何解於副册又副册諸子耶則泥於柳泉之說先入爲主致所主張并不澈底之誤也又蔡書但就弔明譏清大恉而概指

爲政治小說。乃廣泛的無範圍的。殊有一部全史從何處說起之病。故其所指影事。東鱗西爪。無歸宿處。則因未知其專指一事也。

（九）有謂作者曹雪芹自述生平說者。

胡適氏紅樓夢考證。始創是說。蓋因袁枚隨園詩話。有「康熙中、曹楝亭爲江寧織造。其子雪芹撰紅樓夢一書。備紀風月繁華之盛。中所謂大觀園者。卽余之隨園也。」數語、極力湊合。謂書端深自懺悔之我。卽是雪芹。謂甄賈兩寶玉。均雪芹自爲寫照。賈甄兩府。亦均曹家影子。書中賈政。卽雪芹之父曹頫。且考得雪芹名霑。其祖名寅。號楝亭。爲江寧織造。曾接南巡駕數次。因卽指爲書中鳳姐趙嬷嬷口中所述接駕事。其考證曹霑家世頗詳。且揭櫫板本時代箸者三問題。以攻擊他家諸說。其氣甚盛。而自信甚深。初不問他說有可採取與否也。

俞平伯氏紅樓夢辨卷中。又爲曹霑雪芹作年表。蓋亦爲胡氏說作注解者。

按胡氏蓋深厭他人附會的紅學。而欲打破一切。自樹一幟。以標新奇。其詳考雪芹家世。原原本本亦不失尙論作者之心。其攻擊他說疵點。亦有可取。但他說雖失之附會。皆從有情意方面著想。以引起閱者之興趣。胡氏則從無意味方面武斷。以抹殺作者之深心。若石頭一記止爲曹雪芹自述生平而作。則此書眞不值一噱矣。其根本錯誤。在謬認此書前八十回爲曹雪芹所撰。後四十回爲高蘭墅所撰。亦太鹵莽滅裂矣。茲舉各反證以駁之。

（甲）紅樓夢前八十回。非曹雪芹撰作之證。　古之作者。立身本末。首在不肯掠人之美。竊他人著作以爲己有。是書第一回明云「由空空道人鈔寫回來。改名情僧錄。所云空空道人。卽原書著者。特慮觸時忌。不欲自留姓名。後又云「由東魯孔梅谿題曰風月寶鑑」。是在雪芹之先。果有是書及名人品題矣。又云「後因曹雪芹於悼紅軒中披閱十載。增删五次。纂成目錄。分出章回。又題曰金陵十二釵」。是雪芹之得閱是書。當然在作者及東魯孔梅谿之後。故於開卷特爲表明。若係雪芹自作。又何必諱言而僅認增删披閱乎。若欲自諱。又何以並不諱言增刪乎惟其絕對不肯冒名作者不憚心苦分明一則曰披閱再則曰增刪自居述而不作之地以告讀者胡氏豈未之見耶乃雪芹方自避著權而胡氏則強爲頂冒是何理由至胡氏無上根據僅在袁枚詩話。不知袁好夸誕。生平著作所引故實多謬誤影響以意爲之不求眞確。卽如本條旣誤以雪芹爲楝亭之子而又誤楝爲練均已失實且其意止在夸其隨園爲卽其大觀園而已初不存傳信之心又何能據爲佐證況文人結習每好過譽。一經雪芹增刪卽以全書著作權諉之胡氏更變本加厲。妄意爲雪芹自述。此則袁枚所不敢誕者而竟想入非非厚誣作者。後之讀者將信雪芹自序增刪之說爲可憑耶抑將強雪芹以冒居作者耶其他如賈政爲曹頫影子、及南巡等考證、牽強附會。味如嚼蠟。遠遜他說多矣。

(乙)紅樓夢後四十回非蘭墅撰作之證。　胡氏引張船山(問陶)贈高蘭墅同年詩。「艷情人自說紅樓」一句。及原注「紅樓夢八十回以後俱蘭墅所補」之語。因遽斷後四十回爲蘭墅所作。不知船山所云補者。僅稱其補輯補綴之功。並未指爲補作也。況詩人贈答慣例。譽人之美。不嫌越量。當日蘭墅既以補校紅樓夢一書。盛稱於時。卽使船山詩句。明指爲補作。亦不過循例溢美常談。不宜以詞害意。今如胡氏以考證紅樓名於時。或其友人亦有酬贈及此者。亦將認胡氏爲紅樓夢作者乎。胡氏又引俞曲園小浮梅閒話、載船山贈蘭墅句後。加以意見云。「然則此書非出一手。按鄉會試五言八韻詩、始乾隆朝。而書中序科場事已有詩。則爲高君所補可證矣。」是曲園已有蘭墅補作之論。按俞說非也。查愼行人海記載。康熙丙戌庶常散館。御試題人盡農桑力五言十二韻。又康熙十九年召試鴻博。有省耕詩五言二十韻。又康熙南巡召試。皆以詩矣。科場有五言詩。已甚普通。不始乾隆。胡氏亦已證明俞說之不確矣。又何獨信其高鶚補作之說哉。是其所根據者已不成立。至其反證。則乾隆五十六年小泉程偉元紅樓夢序云。「是書原本目錄百二十卷。今所藏止八十卷。殊非全本。竭力搜羅。自藏書家甚至故紙堆中。無不搜羅。數年以來。僅積有二十餘卷。一日偶於鼓擔上得十餘卷。遂以重價購之。見其前後起伏。尙屬接榫。乃同友人細加釐揚。抄成全部。復爲鐫板」云云。所稱友人。證以高鶚序文。蓋卽蘭墅也。此爲高鶚未補以前已有後四十回之鐵證。又乾隆辛亥高鶚序云。「予聞紅樓夢膾炙人口已廿餘年。然無全璧。無定本。（按無全璧者、雪芹增删時、脫藁有遲早、未及彙成全書也、無定本者、雪芹有五次增删本也）今夏友人程小泉過予。以其所購全書見示。（按高氏已得見全書於程氏。斷無再爲補作之理矣。）且曰此僅數年來銖積寸累之苦心。將付剞劂。公同好。子閒且憊矣。）盍分任之。予以此書雖稗官野史之流。然尚不背於名教。（中略）遂襄其役。工既竣。並識端末。以告閱者。」所云工竣。卽承上文付剞劂而言。則所謂襄其役者。不過讎校之役。明甚。又高鶚序後另有小泉蘭墅同署名之引言云。「書中後四十回係就歷年所得。集腋成裘。更無他本可考。惟按其前後關照。略爲修輯。使其有應接而無矛盾。至其原文。未敢臆改。俟再得善本。更爲釐定。且不欲盡掩其本來面目也。」夫曰歷年所得。曰略爲修輯。曰原文未敢臆改。曰本來面目。皆對原本而言。既有原本。何待補作。稍改文字。且不敢。何敢僭云作者乎。余謂於雪芹程高諸序。猶見古人史有闕文盛意。不似後人偶竊唾餘即謂作者不料後人乃欲代古人而竊人著作何其悖也。況此竄定截補之事。非高鶚所獨擅。而先有程偉元爲首功高氏不過受程委託分襄其役並非如雪芹尚有增刪之事也彼曲園之爲是說或未見程高刊本之自序與引言而胡氏固親見之且引入書中矣何仍憒憒乃爾。

又胡氏欲附會雪芹自述生平之說。因謂曹氏亦必曾經查抄。此何言歟。豈查抄事實亦可由胡氏以意爲之耶。況寧府查抄載在一百五回在後四十回中胡氏既以後四十回爲蘭墅所作則蘭墅亦應自述生平與曹氏查抄何涉而雪芹又何從在後四十回就蘭墅腕底自述其家事耶此尤矛盾可笑者也善夫王國維靜庵文集有云。雪芹書中。所謂親見親聞者。未必躬爲劇中之人物也此語殊爲破的。

至若紅樓夢增刪者之曹雪芹。是否即胡適氏所考證之世居瀋陽漢軍旂包衣曹霑其人。尤不敢信猶憶卅年前、同學馬水臣(絅章)鴛部爲余言。增刪紅樓夢之曹雪芹。本名一士。馬君賅博。承家學。語必有本。今考曹一士字諤廷。號濟寰。亦號沔浦生。上海人。雍正進士。官兵科給事中。屢上封事。朝野傳誦。工詩文。有四焉齋集惟未考得其有雪芹別號。或因增刪此書。特設此號以自晦歟。又考得一士於康熙季年未通籍時。入京假館某府者十餘年。所居與海寧陳相國比鄰。然則與樗散軒叢譚所云某府西席某孝廉所作者適合。意即其人乎。且樗散軒叢談亦云雪芹爲無錫人。且云雪芹爲補後四十回之人。然則此書作者。必非胡氏所考江甯織造瀋陽曹寅之孫曹頫之子曹霑其人矣。又何從而有自述生平之理乎。即就是書思明識清之意觀之。亦斷非旂籍滿臣世代通顯感恩清室者所爲。當必爲明代孤忠遺逸。幽憂志士之所作。與呂晚邨曾靜輩同其懷抱。而較能自晦者也。此作者問題之可供研究者也。

若論版本。則雪芹增刪既經五次。是於程本外。應尚有未定稿四本。黍谷居士所云兩抄本。八十回者名石頭記。百廿回者名紅樓夢。雁隅購得時間在乾隆庚戌以前。是較程高辛亥作序。尚早數年。其時已有百廿回全本矣。此兩本可稱爲雁隅甲本。雁隅乙本。外如蘇大司寇家藏抄本。可稱爲蘇本。爲時當更早。即此已得四本。而近年有正書局出版之八十回本。胡氏稱爲戚本者。未知與上列四本有同者否。高鶚序中所云無定本者。已可知其所見不止一本矣。至鏤板。則有黍谷居士所云乾隆壬子冬吳門坊間刻本。又京中廠肆付梓之蘇司寇家本。及程高兩氏始付活字印。繼復鏤版之兩印本。而後起者不論焉。其沿革大抵如此。胡氏說亦未備也。要之由八十回之石頭記。遞嬗爲百廿回之紅樓夢。皆出雪芹一手所增删。否則必不能如此接榫。況百廿回之雁隅乙本。發見在蘭墅辛亥作序之前數年。則可知蘭墅斷無補著後四十回之理矣。

以言時代。則樗散軒叢談。謂康熙間某府西席某孝廉所作。最爲合理。證以蘭墅乾隆五十六年序云。是書膾炙人口。已廿餘年。由是歲上溯廿餘年。已在乾隆三十年左右。加以雪芹十載之披閱。且脫稿後止有抄本。必不能立時流傳。所云膾炙人口。必距其成書需若干歲月。而所影事實。又非卽爲作書之日之事。必又有相當距離年月。至遲亦必爲康雍間時事而作。況書中有賈璉之名。璉爲乾隆子端慧太子諱。當時應避。若成書在乾隆時。早應避璉字而不用。

胡氏所證作書在十九年以後。亦殊未確。

以余所聞則紅樓夢一書。有關政治。誠哉其言。然與其謂爲政治小說。毋寧謂爲歷史小說。與其謂爲歷史小說。不如逕謂爲康熙季年宮闈秘史之爲確也。蓋是書所隱括者。明爲康熙諸皇子爭儲事。祇以事涉宮闈。多所顧忌。故隱約吞吐。加以障幕。而細按事實。皆有可徵。觀第一回云。「我想歷來野史的朝代、無非假漢唐的名色、莫如我這石頭記、不借此套」「況且那野史中訕謗君相、」等語。是明以野史自居。而慮蹈訕謗之禍。故變化面目。設此疑陣。又云「竟不如我親見親聞幾個女子、」夫曰野史。又曰親見親聞。則必實有其人其事。可補史料者。斷非空中樓閣。亦非家庭瑣事。知此而後可讀石頭記一書。請得而證之。

覺羅炳成者、清同光時人。著有「我愛鈔」一書。曾云紅樓夢爲清宮闈事而言。炳成爲清室同宗。其說殆出於宮中之傳聞。必有所據。因此知乾隆時宮中索閱此書。殆亦疑爲宣布宮闈事耳。

清代野記三卷、自署梁谿坐觀老人編、不著姓氏、其第一卷云。　滿洲老名士覺羅炳成。字集之五十以後號半聾。以左耳重聽也。爲清肇祖後裔。(俗稱紅帶子)仍世貴顯。父桂昌。浙江糧道。(中略)炳成酷好金石字畫。從桐城吳康甫習篆隸。識鍾鼎。有古甆酒杯三百器。號三百杯齋。以門蔭爲都察院筆帖式。四十年不遷。熟於國朝掌故。嘗言品花寶鑑小說出於道光中葉。其時正隨父任居杭州。著者挾貴人介紹。以稿本遍閱江浙諸大吏。所至以旬爲限。獲金無算。其書中人有身見之者。華公子者。崇華岩。父玉某。兩任戶部銀庫郎中。集貲百萬。有園亭在平則門外。華公子死。貧無以殮。徐子雲者。名錫某。六枝指。其園卽在南下窪名怡園也。田春航者。畢秋帆制府也。侯石翁者。袁子才太史也。史南湘。蔣苕生也。屈道翁。張船山也。孫亮功。卽穆揚阿。慈禧后之父。嗣徽。嗣源卽其二子。四山五山也。魏聘才者。常州朱宣初。卽浙江時文八名家中朱雪塍之父。蕭靜宜者。或曰江慎修。梅學士。或曰鐵保也。奚十一者。孫爾準之子。爾準時爲兩廣總督也。潘其觀者。內城內興隆韓肆主人蘇姓也。梅子玉杜琴言皆無其人。隱寓言二字之義。高品者名陳森書。卽著書之人也。伶人袁寶珠則仍其姓名。雲南甘太史爲之自盡者也。其餘諸伶皆原姓名未改也。宏濟寺卽興勝寺。金粟者卽桂竹蓀。曾權常州知府、遭吏議者也。其餘如王恂顔仲清。皆隱當時名人。不可縷記也。又言紅樓夢一書。實影國朝宮闈事。非納蘭成德事。(餘略)

按半聾既習清代掌故。又於品花寶鑑小說。能證其所影諸人姓氏。爲近世士大夫所公認。則於紅樓夢一書影事。必有所本。非同臆說。又小橫香室主人編輯之淸朝野史大觀卷十一載紅樓夢影事一則如後。

紅樓夢包羅順康兩朝八十年之歷史。 紅樓夢一書說者極多。要無能闕其宏指者。吾疑此書所隱。必國朝第一大事。而非徒記載私家故實。謂必明珠家事者。一孔之見耳。觀賈政之父名代善。而代善實禮烈親王之名。(清太宗弟)則可知其確非明珠矣。今路舉臆見諸條於後。 林薛二人之爭寶玉。當是康熙末胤禎諸人奪嫡事。寶玉非人。寓言玉璽耳。著者固明言爲一塊頑石矣黛玉之名取黛字下半之黑字與玉字相合而去其四點明爲代理兩字代理者代理親王之名詞也(康熙廢太子胤礽封理親王)理親王本皇次子。故以雙木之林字影之。猶慮觀者不解。故又於迎春名之曰二木頭。寶釵之影子爲襲人。寫寶釵不能極情盡致者則寫襲人以足之襲人兩字。分之固儼然龍衣人三字此爲書中第一大事　此書所包者廣。不止此事。蓋順康兩朝八十年之歷史。皆在其中。海外女子。明指延平王鄭成功之據台灣焦大蓋指洪承疇。承疇晚年罷柄家居。極侘傺無聊。曩曾於某說部中得其遺事數則。今忘之矣。大醉後自表戰功。極與承疇事符合。妙玉必係吳梅邨。梅邨吳人。妙玉亦吳人。居大觀園而自稱檻外人。明寓不臣之意。參觀桃花扇餘韻。一齣當日官府點派差役。持牌票訪求前代遺民。可知梅邨之出。必備受逼迫也。王熙鳳當即指宛平相國王文靖熙。康熙朝漢大臣之有權術者。以文靖爲第一。書中固明言鳳姐爲一男子也。

按清朝野史大觀一書。爲坊肆射利之作。雜輯清人筆記百餘種而成。雖強爲分類。而不注某條見某書。又不注某書撰者姓氏。以致亂雜無章。無從考上列之說出於何人。然據此則知爲康雍間宮闈祕史。且爲胤禎輩奪嫡事而作。其說自較他書可信。證以當年官私記載亦歷歷可據。惟謂妙玉影梅郎。熙鳳影王熙。恐未必然。

奪嫡事、官書國史。雖有記載。略而未詳。加以乾隆時已將雍正檔案修改。卽爲奪嫡事諱也。作者恐遂失傳。所以特著是書以存其眞。書中諸情節。必當日皆有影事。而爲作者所親聞親見者。今多不可考。茲從散見諸家記載者。擬集若干則。備述於後。

清世宗襲位之異聞。　康熙十四年。聖祖立第二子胤礽爲皇太子。後三十三年。至四十七年。以不類己而廢之。幽禁咸安宮。次年復立之。又三年。仍廢黜禁錮。他子亦不立。六十一年冬。帝將赴南苑行獵。適疾作。回駐暢春園。（卽圓明園）彌留時。手書遺詔曰「朕十四皇子。卽纘承大統。十四皇子者。胤禵也。賢明英毅。嘗統師西征。甚得西北人心。聖祖欲立之而卒爲世宗所攖。世宗蓋偵得遺詔所在。私改十字爲第字。遂以一人入暢春園侍疾而盡屛諸昆季不許入內。時聖祖已昏迷。有頃。忽見世宗在側。詢之知被賣。大怒。投枕擊之。（或作玉念珠）不中。世宗跪而謝罪。未幾。遂宣言聖祖上賓矣。世宗卽位。改元雍正。或曰竊詔改竄之案。年羹堯實主持之。故當雍正時。羹堯權傾朝右。而卒以罪誅。是又一說矣。

兄弟鬩牆　世宗性猜刻。待骨肉大臣尤寡恩。多被暗害。兄弟三十五人。（按康熙三十六子、其一未命名而薨、見後）次子胤礽。已於康熙十四年册立爲皇太子。擇湯斌傅之。然性佻達。宵小又從旁誘之。好淫佚。不合聖祖意。未幾廢黜。禁錮咸安宮。次胤祉。次卽世宗。聖祖暮年。以儲位未定。忽忽有所思。又不欲羣臣之請立也。世宗及第八子胤禩均覬覦焉。胤禩性躁急。私令大學士馬齊會諸大臣保奏。聖祖以諸臣欲樹恩胤禩。爲異日弄權地。黜之。由是諸臣皆不敢議。世宗故爲柔順。賄通宮侍。聖祖爲所蒙。以其類己也。意頗屬。一日聖祖病。世宗不離左右侍湯藥。聖祖立之。卽位後。先修怨於胤禩。削王爵。胤禩與第九子胤禟善。遂幷削胤禟爵。安置西寧衞。改胤禩名曰阿其那。改胤禟名曰塞斯黑。惡之甚也。未幾第十子胤䄉、十四子胤禵。又以讒禁錮。惟第十三子胤祥。(世祖同母弟卽怡賢親王)、爲其信任。餘均仇視若路人焉。佟法海者。元舅佟國綱子也。官侍郎。世宗恐胤禟在西寧未便探其迹狀也。命法海往取其家口來京。交內務府嚴加收管。胤禩胤禟遂以憂死。胤䄉胤禵亦錮死。

清代骨肉之慘禍。　康熙帝諸子。胤禔爲長。非嫡出。故不得立。胤礽嫡而長。立爲太子。然胤礽性乖戾。及帝晚年。胤礽見諸皇子相構煽。大有欲速之意。將效隋煬帝之所爲。帝覺之。目爲狂疾。廢而幽之宮中。自是諸子益運動繼嗣儲位。各植羽黨。蓄衞士。結宦官。互相傾軋不已。初胤礽之廢也。胤禵乘間言皇八子胤禩可立。帝素惡胤禩。以爲陰險有異志。至是益疑其密布羽黨。希望嗣立。且疑胤礽之狂疾。或有他故。乃窮治之。果得胤禩令蒙古喇嘛詛咒太子用術魘魔狀。於是帝念儲位不定。必爲亂堦。復立胤礽。然胤礽乖戾如故。仍廢黜禁錮。自是不復言建儲事。羣臣言者。輒疑爲私黨。罪之。至有朕衰老中心憤懣。衆人盧狂之語。深以爲一生憾事也。及帝崩。彌留倉猝之間。胤禎運動得遺命。踐位。是爲雍正帝。帝性尤狠。

與胤禔胤禩胤禟胤䄉胤禵。故有嫌怨。至是以胤禩有才難制。胤禟等皆庸懦無能。乃姑封胤禩爲親王。令與己同母弟胤祥同理政務。而安置胤禟於西寧。以孤其勢。胤禩內不自安。頗懷怨望。胤禟在西寧。密用歐人穆經遠爲謀主。以家財付之。又造新體字爲密書與胤禩往來通信。帝屢宣布其罪狀。於是胤禩等益不平。對衆詛咒。帝爲文告廟。屏胤禩胤禟於宗籍之外。並勒令更名。尋幽禁胤禩於宗人府。改名阿其那。移胤禟回禁保定。改名塞斯黑。阿其那塞斯黑者。滿洲語比之豬狗也。並拘胤䄉胤禵。於是諸王及大臣窺帝意旨。交章論阿其那塞斯黑狀罪。請殺之。帝佯爲遲回不決。惟反覆醜詆其罪。公布中外。未幾阿其那塞斯黑先後死。蓋暗殺也。嗚呼。骨肉之禍。至此極矣。

淸世宗殺隆科多之謎。　康熙倉猝駕崩。大臣承顧命者。惟隆科多一人。世宗恩遇極隆。親政之初。諭隆科多應稱舅舅。嗣後啓奏皆書舅舅隆科多。隆爲孝懿皇后父佟國維之子。官吏尙太保。襲公爵。後以四十一欵罪應誅。雍正五年獄成。奉旨免其正法。於暢春園外造屋三間。錮死於禁所。獄詞宣布有仁廟升遐之日。隆科多並未在御前。乃詭稱曾帶七首。以防不測。欺罔罪一。時當太平。臣民戴德。守分安居。而隆科多作刺客之狀。故將壇廟桌下搜查。欺罔罪二。皇上謁陵之日。妄奏諸王心變。紊亂朝政之罪一。妄奏調取年羹堯來京。必生事端。紊亂朝政之罪二。（餘略）觀此可知隆科多因參預奪嫡機密而獲罪也。 以上四則。均見清朝野史大觀卷一。

胡蘊玉雍正外傳 雍正帝爲康熙第四子。少無賴。好飲酒擊劍。不見悅於康熙。出亡在外。所交多劍客力士。結兄弟十三人。居長者爲某僧。技尤高驍勇絕倫。能鍊劍爲丸。藏腦海中。用時自口吐出。夭矯如長虹。殺人百里之外。號萬人敵。次者能鍊劍如芥。藏指甲縫。雍正亦習其術。康熙帝疾篤。雍正偕劍客數人返京。先是康熙已草詔。收藏密室。雍正偵知之。設法盜出。詔中云。傳位十四太子。潛將十字改爲于字。藏諸身邊。入宮問疾。預布心腹於宮門外。有入宮者輒阻之。（按雍正出亡在外、蓋康熙帝慮其爭儲、故逐之也、其改詔中十四太子爲于四太子、則隆科多受雍正旨而爲之、故自雍正後、一切官文書、及考試文字、均禁寫于字、必作於字。然康熙遺詔中、不明書胤禵名、而僅書十四太子、便人竊改、亦殊疏）時康熙病已殆。先是皇十四子胤禵奉命出征準噶爾。至是擁兵西路觀變。康熙宣召大臣入宮。久無至者。驀見雍正立前。大怒。取玉念珠投之。有頃。帝崩。雍正出告百官。謂奉詔冊立。并舉玉念珠爲證。百官莫辯眞僞。奉之登極。康熙衆子。有知其事者。心皆不服。時出怨言。雍正知羣情洶洶。遂以峻法嚴刑爲治。卽位未幾。親藩誅鋤殆盡。其時各藩皆有黨與。太半俠士之流。雍正恐遭人暗殺也。一日赴天壇祭祀。雍正甫至。突聞壇頂所張黃幕。砉然作異響。衛士疑爲刺客。趨護惟見雍正右指微動。一線光芒。從手中射出。斯須幕裂處。墜一狐首。雍正謂諸衛士曰。邇來逆黨欲謀刺朕。密布刺客。朕故小試手段。使逆黨知朕劍術之奇。雖有刺客。其如朕何。然雍正雖如此。而心懷疑懼滋甚。思天下劍客。多半爲我黨與。可無慮。惟某僧獨不爲用。亡命山澤。深以爲患。思殺之以除害。而某僧行蹤飄忽。無從弋獲。一日偵在某所。命

紅樓夢本事辨證　三十五

結義兄弟三人易服往探。復布精兵。圍守要隘。僧覩三人至。笑曰。若等受主命來捕我耶。汝主氣數尙旺。吾不能與爭。雖然。汝主多行不義。屢以私恨殺人。今吾雖死。汝主必不能免。一月後必有爲吾報仇者。汝等誌之。言訖伏劍而死。三人攜其首覆命。幷以其語聞。雍正大懼。防衞益嚴。寢食不寧者數日。月餘。無故暴死於內寢。宮庭祕密。諱爲病歿。實則爲某女俠所刺。相傳女俠卽呂留良孫女。劍術尤冠儕輩云。

以上多出私家記載。淸時因觸時忌。祕不宣布。故當時讀紅樓夢者。無從取爲佐證。近始披露。於是書影事。皆有蛛絲馬跡可尋。又蔣良騏王先謙兩東華錄均載「康熙六十一年十一月。帝有疾。南郊大祀。派皇四子雍親王恭代。十三日。帝疾大漸。乃趣召皇四子於齋所。並召胤祉胤祐胤禩胤禟胤䄉胤祹胤祥、及隆科多、至御榻前諭曰。皇四子人品貴重。深肖朕躬。必能克承大統。著繼朕登基。卽皇帝位。皇四子聞召馳至。是日三次進見問安。戌刻上崩」如此則隆科多實受顧命。何以異日宣布隆科多罪狀。有仁廟升遐之日。隆科多並未在御前之語。是知東華錄所載。皆檔案修改後之詞。其實雍王不召而至。獨與隆科多在御榻前。爲改竄遺詔之事。其餘被召諸皇子。皆拒不得入。故康熙怒而有玉念珠之擲。他日隆科多必有挾此自重或偶洩其事者。故雍正殺之以滅口。并誣其未膺顧命耳。茲以鄙見印證紅樓一書影事。大略如左。

史太君者。康熙帝影子也。其姓史者。明示野史祕史之義。促閱者之注意也。書中人物。皆託之女子以求隱晦。太君爲書中主人。全書線索。亦稱賈母者。言僞朝之母也。康熙仁慈。宜稱衆母。太君既居最高地位。而所愛護者惟此寶玉。所以喻康熙帝之寶愛其帝座寶位。無所不至也。愛寶玉而不肯卽以黛玉配之者。喻帝之不肯輕立儲貳。以寶位畀胤礽也。太君備致五福。寬厚有閱歷。非影康熙帝而何。

寶玉者。非有其人。乃傳國璽之義。亦帝位影子也。(與蔡說同)璽爲國寶。有天下者之重器。故曰寶玉。而實一蠢物。故又稱之曰頑石。敘其來歷。則曰媧皇以來補天未用之石。明言歷朝相傳之重器也。。敍其刻文。。則曰莫失莫忘仙壽恆昌。。明影傳國璽之文。受命於天。既壽永昌也。。惟璽爲傳國信物。故史太君極寶愛之。。又惟璽爲諸皇子及羣雄所爭窺。。故見寶玉者。。人人皆生戀愛關係也。。觀百二十回「寶玉卽寶玉也」。句猶曰寶玉卽玉璽也。不啻點睛欲飛。蓋寶玉生而啣玉。可知玉與人是二是一。。又同回云「此玉早已離世。」曰「如今塵緣已滿。仍是茫茫大士。渺渺眞人。攜歸本處。這便是寶玉的下落。」曰「焉有通靈不復原之理。」曰「到是那蠢物已經回來了。還得把他送到原所。」皆寓還璽於明之意。。且屢表示此璽在眞朝則爲通靈。在僞朝則爲蠢物。光澤暗濁。神志昏迷。皆極言璽之不樂爲異族有也。。故凡他種小說。結尾必作團圞語。紅樓夢獨結以寶玉之出亡。所以表示淸之將亡。。玉璽不歸所有也。。寶玉出亡時。仍從癩僧跛道以去。。表示玉璽仍歸明帝也。。蓋寶玉之亡歸原處。。在明室視之。。始得謂之歸結團圞也。。

林黛玉者。廢太子理親王胤礽影子也。。胤礽爲皇二子。故姓林。林者二木。二木云者。。木爲十八之合兩個十八爲三十六康熙三十六子恰合二木之數而理王爲三十六子中之一人也。黛玉者。乃代理二字之分合也。分黛字之黑字與玉字合而去其四點則爲代理二字明云以此代理親王也胤礽於康熙十四年立爲皇太子。故黛玉到賈氏時。假定爲年十四也胤礽自幼正位儲貳。前後垂四十年。其於國璽。早已視爲己有。即璽亦自以爲非理王莫屬矣。與寶黛自幼耳鬢撕磨不避嫌疑正同特理王母后早薨內廷莫固帝意不免患得患失（東華錄、康熙四十八年上諭、胤礽生而剋母、）與黛玉之無父母作主正同其屢試寶玉必皆胤礽當日圖攝實事雖欲行隋煬故事之說出於諸弟之讒譖以激帝怒而欲速之念未嘗無之與黛玉之迷本性正同九十七回史太君云、「偺們這種人家。別的事情。自然是沒有的。就是這心病。也是斷斷有不得的。」又「若是他心裏有別的想頭。成了什麽人了呢。林丫頭如有此心。我亦不疼他了。」皆指胤礽以圖攝嫌疑被廢時康熙帝援人臣無將之論爲罪案也故又於九十八回黛玉說「我的身子、是干淨的、」特爲胤礽表明並無圖攝之事以雪讒謗此正胤礽所急欲自白者也全書描寫黛玉處直將胤礽一生遭際及心事曲曲傳出而康熙帝始愛胤礽後生憎惡口吻畢肖作書本旨全在於是而仍渾然不露所以爲奇文也胤礽廢後於雍正二年卒於咸安宮禁所謚曰密故書中黛玉讀書念敏作密者以此

金陵十二釵正册副册又副册諸女子皆康熙諸皇子之影子也康熙三十六子(一)胤禔、(二)胤礽卽廢太子、(三)胤祉、(四)胤禛卽雍正帝、(五)胤祺、(六)胤祚、(七)胤祐、(八)胤禩、(九)胤禟、(十)胤䄉、(十一)胤禌、(十二)胤裪、(十三)胤祥、(十四)胤禵、(十五)胤禑、(十六)胤祿、(十七)胤禮、(十八)胤祄、(十九)胤禝、(二十)胤禕、(二十一)胤禧、(二十二)胤祜、(二十三)胤祁、(二十四)胤祕、(二十五)承瑞、(二十六)承祜、(二十七)承慶、(二十八)賽音察渾、(二十九)長華、(三十)長生、(三十一)萬黼、(三十二)胤禶、(三十三)胤禐、(三十四)胤禨、(三十五)胤禝、(三十六)未名而卒、(東華錄康熙四十一年八月癸丑皇子生三歲而薨未命名)故書中特分三組各以十二人爲一組以符三十六子之數此輩皆有覬覦大位之資格引入正册者最有奪嫡策立之希望者也副册次之又副册則去當璧遠矣而心則皆未忘寶位也然亦有隨意穿插不拘一格者如襲人則深惡其人且萬無策立希望者故降入又副册耳寶玉在太虛幻境夢見三册非寶玉之夢見諸人乃諸皇子均作得玉之夢耳

賈政者猶言僞政府也指當日外廷行政機關兼及政治狀況也康熙朝政崇尚程朱右文稽古造成迂謹之風作者所深鄙爲迂儒僞學者也故以寫賈政者寫之卽寶玉所譏爲祿蠹者是也賈赦者刑部也故字恩侯而夫人氏邢邢者刑也政刑二者備矣不必全影六部也惟賈璉之爲戶部蔡說亦可信賈璉者言假廉也故書中酷寫其貪癡濫用及庫儲竭蹶之狀

癩僧者明太祖影子也太祖爲皇覺寺僧故云然跛道人者崇禎帝影子也崇禎殉國時跣一足短衣故道人稱跛麻屣鶉衣肖其狀也（蔡說極確）清代得國於明故寶玉爲頑石時已由癩僧跛道玩之掌上攜之袖中及繫寶玉項下又時時得由癩僧跛道或取或還予奪惟命拂之則靈擲之則暗極言此璽本爲明有權在明帝也厥後寶玉做和尚仍從癩僧跛道以

去則寓言此璽終不樂爲僞朝有仍隨明帝以去也

南京甄寶玉者明弘光帝影子也作者深於故國之思故特設甄賈二寶玉甄賈之爲眞假既如書中所自言（如甄士隱爲眞事隱賈雨邨爲假語襯是）今寶玉而有眞假甄賈兩寶玉而各有啣玉刻玉文字且各相同此種隱語設喩奇特用意明顯所以引起讀者注意俾一望而知爲南北兩朝對峙之局且知南京弘光雖已滅亡而爲眞帝北京滿淸雖當隆盛而爲假王蔡氏所謂存正統斥僞朝者極易推測也又賈雨邨歷舉邪正兩賦而來之人物而以陳後主唐明皇宋徽宗等比喩甄寶玉皆所以影弘光之荒淫也蓋深惜之也否則何必以古之荒淫帝者比平民哉

寶釵者雍正影子也東華錄載康熙遺詔中有「皇四子人品貴重深肖朕躬」之語極類賈母贊寶釵口吻其金鏁固爲籠絡寶玉之物卽雍正所得康熙帝擲予之玉念珠影子雍正固以玉念珠爲傳位之信物者金玉姻緣之說所由來也其他雍正故爲柔順賄通宮侍逢迎

聖祖。要結人心之事甚多。（如張廷玉澄懷園語載、雍正自述、不踐蟲蟻、不以足履人頭影等事、）遂以獵取大位。所謂好風憑借力。送我上青雲者。恃此術也。此書形容寶釵皆貌厚而心刻。有所爲而爲之。至影寶釵而未及其殘殺兄弟之事。則此書本事。至雍正即位時而止矣。

襲人者。分之爲龍衣人三字。龍衣人者。帝服也。亦雍正影子也。諸家評語。每謂此書寫寶釵不能極情盡致者。則借襲人發揮之。蓋深惡雍正。而以婢妾擬之也。且襲人二字。有乘虛掩襲之意。喻雍正乘帝疾革。獨自入宮。襲取帝位也。

蔣玉函者。非有其人。乃藏璽之函櫝也。故名曰玉函。且住紫檀堡。明言璽函以紫檀爲之。堡者保藏之義。其襲人所藏之猩紅袴帶與寶玉換贈玉函之松花帶子。皆明指璽綬也。恐讀者不解寶玉爲傳國璽。故特以玉函及璽綬明白表示。使人易曉。至寶玉與蔣玉函發生曖昧關係者。以喻爭儲諸皇子外。與傳國璽有特別戀愛者。惟此函櫝耳。璽與櫝固有不解緣也。此隨意穿插涉筆成趣之妙文。襲人後嫁玉函。極言淸室玉步已移。此龍衣人所爭得者。亦止空函而已。。

探春者。胤禵影子也。。探春強幹。又遠嫁絕域。爲武人婦。胤禵嘗奉命出征準部。能得西北人心。爲康熙帝所鍾愛。遺命立之。以在軍未返。爲雍正帝所奪。卽其事也。又探春亦影胤禩。。當雍正初卽位。以胤禩有才。特封廉親王。命與怡親王胤祥同理政務。。與書中探春協理家務。。及五十六回興利除夙弊。。均有影射。。

妙玉被盜入海。。當爲康熙帝子某王。(忘其名)入海爲盜。。號魚殼者是也。。十年前在山東日報見有記魚殼事一則。雍正二年。特命于成龍爲兩江總督。臨行請訓。帝特以捕江北大盜魚殼爲囑。(于成龍捕魚殼事、見袁枚隨園文集、)所謂魚殼者非他。乃康熙帝子某王也。當康熙季年。諸皇子奪嫡時。類皆結交拳勇士。爲羽翼。相傾陷。某王出孤孽。然有智力。亦嘗與爭儲。爲康熙帝所逐。亡走江湖。。聚其徒。入江北微山湖爲盜。。盜名魚殼。與胤禎爲仇。雍正既得大位。思亟除之。。特以命成龍。。及成龍至。而魚殼已先遁廣州。。入海爲盜。。不可得。。其徒冒其名。繼其業於湖中。成龍則取之而以誅魚壳聞。蓋屢鼎也。或云其眞魚壳。于所故縱。云此書妙玉以金鈫正冊中人。孤芳自賞。稱檻外人。乃被劫下海而入盜黨。卽其事矣。紅樓夢詞中所云。「教有方、訓有方、保不定日後作強梁、」蓋謂帝日以理學名儒訓諸子。乃有爲盜之某王也。

史湘雲者。作者自喻。寓史筆之意也。故姓史。史筆宜直。故湘雲一生心直口快。直道寡偶。故湘雲早寡。直筆每處觸時忌。不能暢所欲言。故湘雲口吃。又湘雲叔名史鼎。寓鼎革之義。著者自言。爲鼎革後之野史氏也。

北靜王者。平西王吳三桂影子也。三桂叛清。僭號衡湘。亦嘗希冀大寶。帝制自爲者。故書中以外藩而暱暱寶玉。索觀啣玉。寓闚奸問鼎之意。他如南安郡王西寧郡王東平王等。則耿尙諸王之影子。海外女子。則影延平王鄭氏之據臺灣。無疑也。

九十七回王熙鳳掉包事。卽隆科多改遺詔。易十四太子爲四太子影事也。如上述諸家記載。胤禎既盜得康熙遺詔。將詔中傳位十四太子。改爲傳位于四太子。改十四皇子爲第四皇子而盜改此詔者實爲舅舅隆科多。康熙大漸時獨隆科多與胤禎侍帝旣召胤禵及諸皇子不至胤禎遂得冒替竊位與寶玉病中成大禮熙鳳暗中以釵易黛事正相同當雍正旣得改遺詔因激怒帝以速其崩燭影斧聲不無可疑故他日卽殺隆科多以滅口書中於鳳姐掉包一事大書特書爲一重大節目者以此又改遺詔事。一說年羹堯實主持之。則以熙鳳爲年羹堯影子。說亦可通。隆科多與年羹堯皆康熙時有權勢得帝懽者與鳳姐得賈母懽心正同也。舅舅王仁亦隆科多輩影子也。巧姐當是胤䄉影子䄉與娥同音。嫦娥乞巧自可影射大義覺迷錄載雍正上諭「胤䄉無知無恥。因其依附邪黨。不便留在京師。故令送澤卜尊丹巴胡土克圖出口。伊至張家口外。託病不行。將其禁錮」等語。隆科多旣以孝懿皇后之弟。位居元舅。而竊改遺詔賣其諸甥以結雍正絕類王仁賣其甥女巧姐之所爲而巧姐被賣於藩王又不果行正與胤䄉被遣往蒙古託病不行相類書中記巧姐之病特詳嬰孩小恙本何足書必以影胤䄉之稱病不行耳巧姐後嫁爲農家婦者影胤䄉被革爵爲庶人也一說王仁影佟法海。佟亦諸皇子母舅。巧姐亦影胤禵。胤禵爲十四皇子。蔣氏東華錄。載雍正上諭、「蔡懷璽投伊（指胤禵）院內字帖。有『二七變爲主、貴人守宗山』」之句。以十四爲二七。巧者七數也。又東華錄。雍正令佟法海往西寧取胤禵家口來京。故云爲舅舅王仁所賣也。要之當時諸皇子。必有爲舅舅輩所賣之事實也。

賈代儒者言僞朝之所謂儒者。影熊賜履湯斌張英之流之傳胤礽者。賈氏珍璉琮珠瑞環諸兄弟命名均從王字。明示諸王之意。其後輩芸薔蓉等名則寓春草王孫之意耳。

薛蟠當是借寫胤禔。東華錄載康熙上諭、屢有「大阿哥（胤禔）生性暴戾。乃不安靜之人。務須嚴加看守」之語。後圈禁宮中。此與薛蟠稱薛大哥驕縱殺人。後入牢獄。事極相類。書中影事。多隨意比附。不拘一格。不限一人一事也。

二十五回馬道婆行魅魘魔。即記喇嘛巴漢格隆詛咒廢太子事。馬與嘛同音。故道婆姓馬。蔣氏東華錄、康熙四十七年十一月、以大阿哥眞郡王胤禔。令蒙古喇嘛巴漢格隆、詛咒廢太子。用術鎮魔。革去王爵。幽禁府內。此其事也。蔡氏索隱。已詳言之。但未及因此證明此書爲爭儲事而作耳。

賈敬異居學仙。修煉不成而死。當是順治帝棄位遁五臺爲僧。崩於五臺影事。觀第二回冷子興對賈雨邨說「次子賈敬。襲了官。如今一味好道。幸而早年留下一子。名喚賈珍。因他父親一心想作神仙。把官到讓他襲了。他父親又不肯回原籍來。止在都中城外和那些道士們胡羼。」所謂不回原籍者。往五臺也。然又謂都中城外者何也。北京人相傳世祖出家在天泰山。爲京西三山之一。故有山前鬼王山後魔王之謠。魔王謂世祖也。戊午秋余曾遊此山天泰寺。見正殿佛龕供一少年側坐像。傍列巨甕二。互爲俯仰。寺僧云。此少年卽順治帝肉體。二甕卽當日以斂帝者。是帝又未在五臺崩駕矣。或者先遁五臺。故康熙帝先後五次巡幸。實爲省覲。且有奉太后同行者。後蓋迎歸而終老於天泰寺歟。然察供像狀。塗金徧體。不類木奈伊。訪廊下碑。亦未及世祖事。意者其有所諱歟。

他如甄士隱名費。費者廢也。（見八十回本原注）冷子興者。興也。明云此書感念興廢而作也。既念興廢決非僅爲一家一人。而爲國家之興廢可知。故云甄費者。說眞王之已廢也。第二回敍金陵城內體仁院總裁甄家。及論甄寶玉。必不能守祖父基業。指斥弘光。甚爲明顯。王夢阮索隱云。以明爲眞。以淸爲僞。知作者爲漢人。不忘故君之義也。大觀園者。卽宮闈也。金釧玉釧者。朱三太子輩影子也。寶玉吃金釧口上臙脂。金釧卽被逐而死。極言玉璽愛歸朱姓。而朱三太子輩爲被思明之嫌疑而誅也。口上臙脂。亦指語言文字之獄。淸初文人著書立說。以口頭思明。而屢興大獄。放逐殺戮。如金人瑞莊廷鑨戴名世輩。皆金釧比也。所謂愛紅的毛病。淸初固以人民思明爲大罪也。香菱當是崇禎帝長女影子。蓋香菱本名英蓮。英蓮者。應憐也。爲甄廢之女。於正月十五被拐。卽甲申三月十九事也。觀癩僧對士隱云「這有命無運累及爹孃之物。抱在懷中則甚。」極似崇禎帝手砍公主時語。公主甦後。出奔周奎家。由淸室代爲下嫁。不數年卒。亦如香菱身爲妾虜。備受大婦虐毒。至可憫也。公主故明胄。亦帝王家。故香菱亦與寶玉有情且借香菱慘苦。亦兼影崇禎太子永定二王輩耳。賈環者。天道好還之意亦治亂循環之意。影胤禔胤禩輩。皆譏構胤礽者。言諸子相殘。循環報應也。焦大。猶言驕大形容當日旗人恃勢驕人也。恆王殉國。當指周遇吉事。遇吉守大同地當恆山。故曰恆王。以代表明末忠節之將帥。姽嫿將軍。則以代表起義諸臣。蔡說然也。或即指大同總兵姜瓖。姜爲美女。故將軍稱姽嫿。瓖固遇吉舊部而反清者也。作者思明之深。故雖如姜瓖。亦予表揚。以概其餘。書中惓惓南京。而王熙鳳輩。皆家本南京。蓋陰指當日朝士。其先皆本明臣也。胤礽兩次廢立。故書中寶玉兩次失玉。士隱好了歌。不勝黍離麥秀之慼。王氏索隱言紅樓夢爲記事之作。非言情之作。極可信也。夫是之謂野史。

第五回警幻仙子云。「今日原欲去接絳珠。適從寧府經過。偶遇榮寧二公之靈。云吾家自國朝定鼎以來。功名奕世。富貴流傳。已歷百年。奈運數終盡。不可挽回。我等之子孫雖多。竟無可以繼業者。惟嫡孫寶玉一人。秉性乖張。性情怪譎。雖聰明靈慧。略可望成。無奈吾家運數合終。恐無人規引入正。」此等語氣。皆從康熙廢胤礽後不立儲貳之口吻脱卸而來。東華錄康熙四十七年。胤礽既廢。命諸王大臣會議。於諸阿哥中衆議誰屬。諸臣私相計議。書胤禩八阿哥以進。上諭八阿哥未更事。近又罹罪。且母家賤。不許。後大學士王掞御史陳嘉猷等屢有陳奏。帝均不許。並治以朋黨妄奏之罪。卽書中所謂子孫雖多。絕無可以繼業者也。故終康熙之世不立太子。

因傻大姐拾得春意繡囊。遂有抄檢大觀園之舉。春意繡囊。借影喇嘛歡喜佛。用以厭勝魘魔者。卽指搜出胤禔胤禩等巫蠱事。紫鵑者。張玉書朱天保之流之忠於胤礽者。雪雁則影舊屬胤礽去而趨炎者。蔣氏東華錄康熙五十七年。檢討朱天保奏請復立胤礽爲皇太子。上召問。今二阿哥聖而益聖。賢而益賢。爾何從得知。且引戾太子事爲比。以天保希圖僥倖。違旨妄奏。誅之。又見某筆記。載帝幸熱河。一日大臣張玉書入奏事。見上色甚怒。須臾侍閹捧藥椀至。上色驟變。玉書知將以此藥賜胤礽死也。因跪曰。臣有疾。乞以此藥賜臣。欲以回帝意也。上良久不語。玉書不得已盡之。歸遽卒。帝遂無殺胤礽意。此皆忠於胤礽者。

王熙鳳深恨黛玉。故閙婢紅玉之名。曰「您也玉、我也玉、最討厭不過的。」清朝野史大觀卷十一載。聖祖既廢理邸。揆敍王鴻緒輩。恐其復立。造蜚語以聞。聖祖怒。欲置之重典。衆莫敢諫。領侍衞內大臣婁德年已耄。善解人主意。聖祖自暢春園還宮。欲頒詔旨。公先日宴見、曰聞護軍統領某得暴疾。肉盡消。巳骨立矣。統領素以肥碩著。次早聖祖入宮。某統領佩刀侍神武門。豐偉如故。上詰婁。婁笑曰。可知人言未足信也。體之肥瘠現於外者。尚訛傳至此。況暗昧事哉。聖祖首肯。立罷宣詔。此皆熙鳳翟影事也。

吾意紅樓夢一書。原本既不分章回。必專寫宮闈祕事。或尙信筆直書。近於野史。未必盡合小說體裁。後値文字之獄迭興。慮遭時忌。諱莫如深。於是託之閨闥。故爲顚倒事實。以亂人目。迨禁中索閱。避忌愈甚。改竄愈多。去事實愈遠。遂全爲隱語寓言之作。至雪芹而五次增删。體裁盡變。章回顯分。惟情文之是取。致本事之愈濶。加以輾轉傳抄。後先異本。故於諸皇子影事。

不甚完全眞切。令讀者難於揣測。方清之隆。卽有知其事者。亦無敢宣此祕密。迄今二百餘載。代遠年湮。益難考求眞相。若必一一指證。強求徵實。反嫌穿鑿。王夢阮索隱提要云「意者此書但經雪芹修改。當初創造。另自有人」、又曰「揣其成書。當在康熙中葉。至乾隆朝。事多忌諱。檔案類多修改。紅樓一書。內廷索閱。將爲禁本。雪芹先生。勢不得已。乃爲一再修訂。俾愈隱而愈不失其眞」。錢靜方紅樓夢考結語云。「要之紅樓一書。空中樓閣。作者由其興之所至。隨筆拈來。初無成見。卽或有心影射。亦不過若卽若離。輕描淡寫」。皆爲確切不磨之論。玆就其信而可徵者。加以辨正。非云完備。但於寶黛二人。得有影事確證。則其餘迎刃而解。卽諸說偶有出入。不必深求。至於徵引諸書。多自近來出版諸家筆記中得來。原書間多不著撰人姓氏。每不能指定出自何人。閱者諒之。

附攷

會稽趙撝叔（之謙）章安雜記云。「世所傳紅樓夢。小說家第一品也。余聞之滌甫師云。（滌甫宗姓名稷辰道咸時官御史會稽人）一本尙有四十四回。至寶玉作看街兵史湘雲再醮與寶玉方完。想爲人刪去。然以刪之爲得。余意若通靈失去後。再刪數處。更有盡而不盡之妙」魯迅中國小說史略亦云「續紅樓夢八十回者。尙不止一。高鶚兪平伯從戚蓼生所序之八十回本舊評中抉剔。知先有續書三十回。似敍賈氏子孫流散。寶玉貧寒不堪。懸崖撒手。終於爲僧。然其詳不可考。（兪氏紅樓夢辨卷下有專論）、或謂戴君誠夫見一舊時眞本。八十回之後。皆與今本不同。榮寧籍沒後。皆極蕭條。寶釵亦早卒。寶玉無以爲家。至淪於擊柝之流。史湘雲則爲乞丐。後與寶玉仍成夫婦。聞吳閏生中丞家尙藏有其本。（蔣瑞藻小說考證七引續閱微草堂筆記、）此又一本。蓋亦續書。二書所補。或未契於作者本懷。然長夜無晨。則與前書之伏線。亦不相背。」按續閱微草堂筆記所稱本。殆卽趙氏章安雜記所載、宗滌甫先生所見本也。此等續本甚多。然意境筆墨。皆與前八十回不貫。自不如程高補本之接榫也。

馬水臣氏旣稱雪芹爲曹一士。因偏訪厰肆。求一士所著四焉齋集。竟得一部。則乾隆十五年出版者。讀之知一士生於康熙十五年。年十五補博士弟子。爲名諸生者三十餘年。雍正四年領鄉薦。八年庚戌成進士。入翰林。乙卯擢御史。多所論列。有請查寬比附妖言之獄。兼禁挾仇誣告詩文一疏。引戴名世汪景祺等慘禍爲詞。嗣後請予寬宥。居諫垣一年卒。年五十九。中間年四十時。北游京師。假館自給。正康熙五十五年。再廢皇太子胤礽。諸皇子奪嫡劇烈時也。又十年。始舉賢書。又四年。通籍。仍假舊館。所云搜閱紅樓。蓋在此十四年中。其請查寬文字之獄。益以見石頭記本爲野史。而改爲小說之苦心。馬氏又言聞之故老。某府西席作紅樓夢。旣成。祕甚。後爲居停所知。强索閱。孝廉懼獲禍。盡旬日力。悉改原書。掩其事實。而後與之。若非指斥宮闈。何必如此。

魯迅中國小說史略。於此書本事。頗傾向胡適氏主張。而不以蔡說爲然。夫蔡書誠有可議之處。然其窺見此書本旨。爲思明譏淸而作。實爲切當。若云雪芹自述生平。安見瀋陽曹氏。雖三世織造。即有書中如此氣派耶。又安見曹氏先世。有如此勳閥耶。漢軍旗人多矣。烏在考得雪芹旗籍。即爲有力證據耶。又安見生於繁華。終於零落。即爲書中人物耶。要之雪芹既止自承披閱增删。必先有是書而後可供披閱。可加增删。若披閱而即居作者。則元凱左癖。必將篡盲傳之著權。斗酒漢書。亦可奪孟堅之史席。古今謬論。孰過於斯。況胡氏所據四松堂集贈雪芹詩甚多。何竟無一語及其著作紅樓夢韻事。如船山之贈蘭墅者。則知增删是書。必非曹雪芹。

或謂蔡氏索隱。雖指是書爲思明譏淸之作。然以康雍兩朝。定國百年。重熙累洽。未必人心思漢。尚如此。余謂不然。漢人思漢。與有淸相終始。淸初政綱整肅。故僅以文字寓意。及其稍替。即有洪秀全及辛亥革命。卒底光復。幾甸近服。所不敢知。若南中則不僅上流文士。不忘故國。

卽販夫走卒。無不思明。幼聞鄉閭諺語。及社會習慣。曰生降死不降。蓋死者必改用明人服裝殮。以見明帝於地下也。曰男降女不降。蓋男人薙髮易裝。婦女則否也。三百年來。皆如一日。鄉中社廟。必供朱天君像。家家尸祝。朱天君者。以三月十九爲生日。又指三月十九爲太陽誕日。皆爲愍帝三月十九殉國作紀念也。況清初明澤猶存。人民種族思想。尤爲深切。金人瑞沈吟樓借杜詩。蓋全爲思明而作。世傳其咏紫牡丹句。奪朱非正色。異種亦稱王。特其片語耳。其及禍亦以此。（聖歎著作尙多、淸初皆被燬、世傳其批評小說、則後人僞託耳）他如金堡（卽澹歸和尙）之徧行堂集。曾靜之上鍾琪書等。經焚燬者不可勝計。觀雍正大義覺迷錄。知曾靜當日抱種族思想。欲乘諸王爭儲。雍正得位不正之隙。挑動內變。外由疆臣聲討。共舉大事。雖不果成。而石頭記一書。卽具此思想。成書必卽在此時。又不敢直言。恐遭焚燬。乃託之言情小說。以博社會之懽迎。使所影本事。藉得傳示後世。用心至苦。斯爲關係歷史之大文。烏得以小說目之。